THE YOUNG TEAM

THE YOUNG TEAM

GRAEME ARMSTRONG

PICADOR

First published 2020 by Picador
an imprint of Pan Macmillan
The Smithson, 6 Briset Street, London EC1M 5NR
Associated companies throughout the world
www.panmacmillan.com

ISBN 978-1-5290-1732-8

1 3 5 7 9 8 6 4 2

A CIP catalogue record for this book is available from the British Library.

Typeset in Utopia Std by Jouve (UK), Milton Keynes
Printed and bound by CPI Group (UK) Ltd, Croydon, CR0 4YY

MIX
Paper from
responsible sources
FSC® C116313

Visit **www.picador.com** to read more about all our books
and to buy them. You will also find features, author interviews and
news of any author events, and you can sign up for e-newsletters
so that you're always first to hear about our new releases.

For Lesley,
proof of guardian angels

Once on a summer afternoon, as I watched the young men wandering among the ranges of slag heaps outside Airdrie, I was foolish enough to wonder how it was that no sage or Mahatma had ever risen among them, for they seemed to me to have nothing to do but think.

Edwin Muir, *Scottish Journey*, 1935

PART I

Crucible

Young team: Term originally used by the East End razor gangs of interwar Glasgow. Sectarian and fiercely territorial, groups from different areas would engage in everything from casual one-upmanship to open street warfare.

The latter form – or, more specifically, the three letter acronym arising – is now used by 'neds' solely to give group identity to their immediate circle of friends.

The Urban Dictionary

Urban Legends

2004

The rain n wind ir fuckin howlin. We're aw stood intae a wee corner oot the wet n away fae the eager eyes ae Strathclyde's finest. At weekends our area is jumpin wae polis, aw lookin tae bust yi. They never wanted tae git their boots muddy walkin doon the Mansion but, so yi wur usually safe in here. There's two community polis that sometimes ventured doon n busted cunts rollin joints, the fat wan called Muldoon n the skinny wan we aw called the Roadrunner, cos he's rapid. The elder wans hud told us aboot the polis raidin it once, before we aw knew ae the place's existence. Swore they came through the doors wae a big snappy German shepherd. The troops wur steamin, launchin themselves oot the broken windaes. A git told wan even salmon-leapt tae escape, but landed in a big fuckin pile ae jaggies. He says a big fat polis looked oot the windae n muttered 'fuck that' n left him lyin in the nettles.

The buildin we're in is a beauty. Elder cunts hud ripped aw the copper n lead oot the place. Easy a few hundred quids' worth n a big juicy copper boiler. There's always the sound ae water runnin where they ripped a pressurised mains pipe oot. The constant wee flow, peaceful as it is, is testament tae the fact that no cunt gives a fuck aboot the place. It's forgotten n left fur the woods tae take back. On the left ae the hoose there's a big

3

archway. When yi walk underneath it there's a wee secret door that leads tae another room wae nae windae. We brought a few candles up n sat them aboot tae see in the dark. Should the polis huv appeared they wouldnae know if we wur tokin a half-ounce or conductin a fuckin séance.

The stables stand tae the right wae a big stone courtyard in front. Inside there's aw the individual booths fur the horses. It's aw wooden-built inside n there's steps leadin up tae a wee balcony. The wee windae panes above ir aw dirty n a good few ir panned in. There's roots n loads ae weeds growin fae the stone floor.

On the left side ae the courtyard there's a big massive barn. The barn hus been plastered and emulsioned white inside but we spray-painted it aw wae our mentions, the Young Team symbol – a Y wae a T through it. YTP is painted anaw – that stood fur Young Team Posse. Every gang usually hus a second name, fuck knows why. Yi kin say either YT or YTP, it means the same. Elder wans tended tae know it as the YTP but, cos it sounded cooler n that. The Toi wans, our enemies, write Y TOI or TOI BOIZ or YTB fur Young Toi Boiz.

Rainy, pishy days like this, we always sit in the Mansion. Nae other young team aboot here hus a fuckin hideout like ours. It's creepy-lookin, a mad dark hoose in the woods. Sometimes if yi walked roon yirsel tae meet the troops yi wid feel a bit para n hang aboot ootside smokin a fag before they showed up, then bounce in bold as brass. The light closes in around the broken corridors ae the Mansion at this time n the woods git darker outside. Wee Kenzie starts tellin a story. We're aw watchin fur him hoggin the joint but he passes it over before startin, takin an extra big draw tae dae him. It makes its way roon the rotation, orange bombers fallin fae the tip. The

4

tune playin oot a tinny bassless phone speaker is DJ Mangoo, 'Eurodancer'.

'Boays . . . the cunt is fuckin mental.'

'Phhft . . . thinks he's fuckin mental,' Broonie shouts.

'Naw mate . . . the cunt is actually aff his nut.'

'Wit's the script wae him?' Finnegan says fae behind a Mayfair.

'Well put it this way . . . he's wan ae the tap men aboot here, ran aboot wae they Toi wans. Aw our elder wans caught him doon the street n he ran right intae them n started swingin cunts aboot. That's how he became the tap man.'

'A thought Matty n Div wur the tap kiddies?!'

'Aye, but they're only Tam's age. These ir right elder cunts in their twenties.'

'Aye, they two ir meant tae be some fighters, but that Jamesy Maynard is a mental cunt, man. A've heard ae him. He runs aboot wae heavy gangsters.'

'Fuckin cardboard gangsters!'

'Boys, A'm tellin yi, he's a mental cunt! Tam used tae talk aboot him when he started high school, they wur aw still there. Noo that Jamesy's a big dealer n sells nine-bars n swedgers.'

'Aye right, man. Cunt's no Al Capone, Kenzie! You hink every-cunt's mental!' Danny says, laughin.

The rain is comin in the smashed windaes wae the howlin wind. It's Friday 29 October. This week is a fuckin buzz cos yi huv Halloween and Guy Fawkes Night anaw. We wurnae goin oot guisin fur Halloween anymore but it's a good excuse fur a swally n tae see some elder burds dressed up in wee costumes n heels n stockings. We're in third year at high school n me n aw ma pals just started swallyin oot on the streets properly. Before that, it wis stolen beers fae yir maws n das, nuhin major. Noo, we're oot gittin proper cargos wae the troops. Everywan in school wid be oot on-it at the weekend. Monday tae Thursday in school is aw aboot the tellin ae yir tales ae valour fae Friday n Saturday. How much wine yi drank, wit burds yi wur shaggin (or tryin tae shag), who yi wur fightin wae n wit drugs yi took.

Obviously, A've hud ma hole. A've never lied aboot it. A pulled an elder burd, ma big cousin's pal. Paula Cook, hur name is. A wis only thirteen n she wis sixteen, wee bit chubby A'm no gonnae lie. Cook by name, cook by nature n aw that. She wis heavy geein me the eye. Ma cousin wis laughin hur heed aff. *Yass! The wee man's gonnae pop his cherry* n that wis it. We went a walk back tae hur bit. She hud an empty, hur maw n that wur away on a night oot. Easy does it, man. The younger burds fae our bit ir aw goody-fuckin-two-shoes n don't really run aboot the streets. The elder chicks ir wit it's aw aboot. They're the bad wans who smoke n drink n that. There's a few absolute tidies that hang aboot wae the YT who ir worth chasin. They're elder but n yi say awright in passin but we huvnae really spoke tae them yit.

There's fantastical fuckin tales how cunts got their hole. At the caravans at Craig Tara? At yir grans in Glesga? Nae bor, mate. Next fur the Azzy boy wis Sophie McKay. She's a couple ae year elder anaw n got ma number fae somebody n asked us tae meet hur. Same sketch again, doon tae hur bit n nae fuckin aboot. The elder burds didnae dae much outside. Right intae a nice warm gaff, Oasis on, dae it properly. Meant every time, fae then on, A heard 'Champagne Supernova', A got a semi thinkin aboot it. Naw, yi huv tae treat the lassies wae respect n that. Fuckin hope cunts wid dae the same fur ma big cuz, Stacey. A kin obviously take the moral superiority cos A'm no a daft virgin n A dae on regular occasions. No a fuckin bully but – hate they cunts.

6

There's six ae us in the stables. We're the troops our age. Three ae us ir fourteen n the other three ir fifteen awready. There's ma best mate, Danny Stevenson. We've been best muckers fae our maws planked us doon next tae each other on the playgroup mat in the village hall. We've grew up the-gither, drunk our first beers the-gither n our first bottle ae wine wis halved between us. He's a tall thin cunt, always git a Lacoste tracky on n never git Nike Air Max trainers aff his feet. He's a perfectly healthy cunt but he's git a thin face n black pockets roon his eyes. It gees yi the impression he's always growlin at everywan he looks at. The burds must like the scowly look cos he dis nae bad. His maw n da huv git a wee bit ae poppy tucked away, enough tae git a whinin Danny his fuckin Lacoste tracksuits. The spoilt cunt's moanin fur a Berghaus jakit, a Mera Peak. The weather is pish here, especially the night, but our dossin aboot the streets does-nae qualify fur a high quality mountaineer's jakit, complete wae storm flaps, a map pocket n Gore-Tex lining . . . two hundred and fifty bucks. A've asked fur wan anaw but it wis just a token request. Ask fur suhin daft n you'll end up wae few score notes in yir hand. A prefer that anyway. A Berghaus wid be minted but. It's the quintessential fashion piece ae the Scottish ned, n if yi huv wan, yir a made man.

The other troops ir Shaun Brown n John McKenzie, Broonie n Wee Kenzie, they git called. Broonie is a wee Nazi-lookin cunt. Always hus a skinheed n a wee devious look aboot him. He's harmless but cos he's thick as mince. Just a cunt always laughin his wee heed aff at suhin, or playin wae a lighter or matches in the corner. The kinda wee guy yi wouldnae leave yir goldfish wae. The wee cunt wouldnae even huv the initiative tae try n replace it, should it come tae a premature demise. Yi wid come back fae Santa Ponsa n he'd huv stuck a deep-sea diver wae a

GONE FISHIN sign, but wid huv furgot the replacement fish. He's always interested in stuff, pokin aboot n riflin through yir drawers lookin fur suhin or nuhin. Yi hud tae love him.

Wee Kenzie is a different kettle ae fish entirely. He's a nippy cunt. Hair always gelled perfect n always wae a fitbaw tracky on n a pair ae magic gloves, regardless ae season. He wears a thick silver chain, at least five ounces, over the tap ae the tracky. The reason fur his confidence is hereditary. His da wis a fuckin mad cunt in a scheme years ago n his big brur Tam is the tap man. Obviously, Tam's brand new wae aw us, cos we're the younger wans. Always liked me tae, he says, thinks A'm a bold wee cunt. Big Kenzie he gits called, n that's a name that cunts recognise aboot here.

The last two ir Stephen Finnegan n Paul Addison. Stephen's both sets ae grandparents ir fae Ireland n he's never git a Celtic tap aff. He's wan bitter wee bastert, hell-bent on it. His big cuz taught him up n he kin roll joints n hus mad stories fae other schemes. Finnegan's da is a butcher n done well so he always hus a fiver in his backburner tae put tae a bottle ir a packet ae fags. If it came tae fitbaw, it wis them n you. Apart fae that, he's brand new. He's quite a wee guy, skinny but still wae a wee bit ae veins showin where he's done the dumbbells. He says he bench-presses ninety wae this big cuz ae his. Cough, fuckin bullshite, cough, cough. Addison is a quieter cunt. He wears the clothes n walks the walk but he keeps it on the doon-low really. His full family is quite middle-class n he stays on wan ae the new Lego-land estates. He's another tall cunt, but hus a skinny build, quite lanky really. He's the youngest among us anaw, huvin just turned fourteen. Pure perfume boy but a sound cunt nonetheless.

Last but no least, there's yir main man. Alan Williams. Azzy, A git called. Rangers doft, YT legend in the makin. A'm as tall as

Danny, nearly six fit awready. A've git dark broon hair, shaved sides n both ears pierced wae gold hoops in. A'd say A'm gittin towards solid. Been dain ma sit-ups n press-ups every mornin n night. A've git a Fred Perry tracky on, a black Carbrini parka n Lacoste trainers. Who's the tap man ae the younger wans? yir probably thinkin. Me n Danny ir the main contenders, but we'd probably never fight wae each other tae find oot. Yir best mate wis always a sacred thing, even among the troops.

Everycunt is hunched in noo, listenin in again tae Wee Kenzie's story. Noo n again the door wull bang in the wind n everycunt wull jump. A wee bit ae paranoia is healthy in here. Yi never know who's gonnae come through the doors. If they've git a radio n a black uniform, A'd be first oot the fuckin windae. Salmon-leap tae freedom fur the Azzy boy.

'Aye so where wis A? Aye so that Jamesy Maynard's sellin shit n then the McIntires think he's tryin tae muscle in n they tan him a beaut. Big dirty wan right doon his cheek, sir.'

'Phhft! Heard it!' Danny shouts.

'Naw honestly. These boys ir the heavies, man. Different level ae crazy . . . where wis A, man? FUCKIN PASS THAT, YOU!' The joint gits handed over wae a grumble. It's a heavy bad twoz.

Danny's mutterin *fuckin calm it, Janet* under his breath. Noted hoggin bastard, Danny is. 'Bring them oan fuck sake and the Toi wans n we'll smash them aw!'

'Danny, shut up, mate, honestly. Yi cannae bounce aboot sayin shit like that aboot these cunts. Somecunt in school wull grass yi fur name-drappin. They've git cousins galore n cunts that work fur them.'

'Ooft, man, wouldnae mess wae they cunts.'

'How the fuck dae yi know aw this, mate?'

'Cos Tam told us obviously.'

'Your big brother's a fuckin busy man. Think he's been tellin you ghost stories, mate.'

Everycunt laughs n they start settin up another joint in the Highlander packet. The slab ae Tennent's gits ripped open and we aw take a tin each n pass a bottle ae Tonic aboot that we aw chipped in fur. Yi huv tae take aw these stories wae a pinch ae fuckin salt. Most ae the wans yi hear ir total fuckin cow dung. A few ae them ir true but. Yi huv tae be careful wit stories yi believe and repeat tae cunts. Cos the grapevine is thick n fast aboot here. Wee Kenzie wisnae talkin pish aboot that.

'Mate, believe wit yees want, but ma big bro's been roon the block a few times. Tam's bought bits tae sell aff aw them. The elder wans in his day wur mad cunts. Pure nineties battles where that Toi wan ended up gittin stabbed aff a Young Team wan. Yees musty heard ae that wan? Fuckin famous troops fae the YTP. Yees huvnae even ran aboot wae the team yit n been in a battle.'

'Who plugged him then . . . Tam? Sorry, fuckin Bruce Lee, furgot you'd smashed aw the Toi wans yirsel!' A say, laughin.

'Kenzie, you talk as if yir the tap man yirsel, cuz!' Finnegan says.

Everybody knows Big Kenzie is his wee brur's hero n it's an easy shot, so yi huv tae take it. He knew more than aw us cos ae his big brur, but he lived aff Tam's coat tails. There is always the distinct possibility that some ae his stories ir true. There is mad cunts aboot here tae watch fur n by natural selection some ir our enemies, which makes yi para. The stories aboot our elder Young Team wans gee yi confidence n make yi feel brave n part ae suhin. That's the yin-yang balance.

'Wee Kenzie is faster than the fuckin Roadrunner when the trouble starts!'

'Fuck up, Azzy.'

'Kenzie, yir talkin pish, mate.'

'Naw, A've actually heard ae a cunt called Jamesy that git slashed.'

'Aye so yi huv, Broonie!'

'Yir fuckin maw.'

'Mate A think your big brother's Pinocchio. That big fuckin beak ae his anaw.'

'Ma big brur wid smash you if he heard you sayin that.'

'Phhft mate, yir big brur couldnae beat eggs.'

'Mate, ma big brur wid batter your cunt in n don't doubt it.'

'Yer maw, ya wee dick.'

'You dae go on aboot yir brur like he's a hero but.'

'Yer maw.'

That's the way yi learned. As a wee guy, yi hear snippets ae information aboot everyhin. They don't teach yi how tae survive oot oan the streets in school, or how tae shag, or drink or fight – aw the important stuff. Yi learn fae those that ir elder than yi, the elder wans. Furget PSE, social education. Yi learn fae yir pals, n the army ae big cousins, brurs n elder wans who feel it their duty tae lead and mislead yi tae the form ae truth that the streets offer. Even wee practical things aboot takin drugs, or advice aboot pullin lassies, reads like a ghost story or an urban legend. Exaggerated as fuck, and probably no true, n designed tae scare the shite oot wee boys like us.

Billy the Kid and the KO at the Coral

It's Guy Fawkes Night n on a fuckin Friday anaw, jackpot. There's fireworks burstin aw over the place. The six ae us ir standin outside the newsagents, waitin on somebody tae jump in fur our drink. We're aw on a bottle ae Tonic each the night. We see an eld alky stoatin doon the lane in boggin jeans n ripped trainers. A walk across the road n whistle him over tae us. The boys slowly walk over anaw tae join us. These kinda cunts ir mostly harmless, but if they hud been takin ten diazepam as a side order tae their daily cider dosage then they kin be a harmless cunt takin their pet Kitchen Devil a walk. A stoat up tae him but ma swagger makes the eld cunt a wee bitty nervous. A reassure him wae a friendly bit ae chat. 'Fancy jumpin in the shop fur us, eld son, n we'll gee yi a pound each fur a few cans, eh?' A say, actin pure sound wae the eld boy.

He counts the heads, there's six ae us. Six quid, jackpot. That's his full weekend sortit. These cunts drank bottles ae pound nasty, pure gut-rot dry cider that cost a quid each. He kin barely hold his excitement back. Our part in the bargain is a quid each. We aw rustle in our pockets. Danny swaggers up n pulls a fiver oot his new red Berghaus jakit. Celtic fans only ever went fur either the red or grey, never blue.

'Here yi go, ma man, don't spend it aw in the wan shop!'

12

A shake ma heed it ma pal. The eld boy's eyes ir as wide as two-pence pieces n as dark as them anaw. 'Cheers, wee man,' he says wae a pure crocodile smile.

'Right, eld yin, in the shop fur six bottles ae Buckfast.'

'Six bottles ae Buck. Nae bother boays, nae bother at aw,' he says as he negotiates the lines on the road.

'Fuckin auld cunt,' Broonie says.

'Fuck it, mate, that's our drink sortit, ye ha!'

It's always a nervous wait. Should wan ae yir maws or das come roon n huckle yi up the road, yir bottle is gone. Should two Strathclyde police officers appear, yir fucked. Should the eld alky steal the fiver and the six bottles ae wine, yir double fucked. Tense affair this n A kin see it on ma boys' faces. This time he comes stoatin back wae the bag after a minute. There's that wee moment ae euphoria, like yir first bottle again every time. Yir night ae madness wae infinite possibilities ae action n adventure lies within the cheap blue plastic bag, between a dirty hand wae long nails. He walks up n Danny snatches the bag right oot his hand.

'Haw! There's only four fuckin bottles in here.'

'Four bottles wull be plenty fur yooz wee pricks.'

The other two bottles ir stuffed upside doon in his ripped and paint-covered jeans. We aw look at one another fur a wee moment. In the peckin order, yir still only a wee guy. Wan ae us hus tae say suhin but . . .

'Listen, eld yin, git the fuckin bottles oot right noo.'

'OR WIT, YA WEE CUNT?' he roars in Broonie's face.

'Or yir gittin shot wae this fuckin firework, ya eld dick.'

We aw turn roon tae see Finnegan, hoddin a Sonic FX inside a long red chute. They're single shot fireworks but the screech n the bang aff them is fuckin crazy. We aw stand back tae either side ae the lane. We hud aw seen them in action being fired at unsuspectin cunts n polis n fire brigade tryin tae put oot bonfires ae eld, built by our fair hands n defended bravely by the vanguard ae elder troops. Furget the fourth of July – Bonfire Night up here is fuckin Vietnam. The eld alky doesnae know wit tae say.

'You try it, ya wee cunt . . . n A'll . . . rip yi fae ear tae arse.'

'Mate, you couldnae catch us in they eld chunky gutties! Tenstripe turbos they ir oot Brantanamo warehoose!' Danny shouts.

We aw burst oot laughin.

'WIT? Yi think yir mad coz yir tall, wee man?' the eld alky mutters n staggers away.

'Fuck it, man, we've got a good swally here,' Addison says.

'Fuck that,' Wee Kenzie hits back.

'You're right, mate,' Finnegan says wae a nod.

'HAW YOU, YA ELD ALKY BASTERT! LOOK AT YI WALKIN UP THERE WAE OUR BOTTLES LIKE BILLY THE FUCKIN KID,' A shout. He stops n straightens up n sits his own bag doon. He spins roon wae his hands hoverin over the bottles.

'A'M BILLY THE KID!' he says in a drunken slur.

'Aye, well guess wit, Billy Boy . . .' Finnegan says as he pulls his lighter oot.

'Gawn grab they bottles fuck sake, that cunt couldnae beat sleep,' Danny says.

A crouch doon wae them aw laughin at ma back n run up silently n grab the fat end oot wan ae his pockets. The cunt is concentratin on every step he makes, avoidin broken glass n dug shite. 'YA WEE PRICK,' he shouts as he spins roon tae stop me n faws on his arse. There's a bellow ae laugher n abuse fae ma pals up a bit. The other bottle rolls oot his pocket and by some miracle, doesnae smash. It bounces, slow motion, on the rim ontae a big fuckin juicy weed that cushions its arse n breaks its faw. A see ma opportunity. A dash like Indiana Jones fur his hat. A reach the big weed n dandelion heed. Billy the Kid tries tae grab ma leg but A snatch the bottle fae his talons n turn tae walk back. His white bag is lyin spilt aw over. Six plastic bottles ae pound nasty rollin oot. Next tae the lane is a big substation, the wans wae the transformer n the DANGER OF DEATH signs aw over it. A pick up his bag n fuck it right over the spikey fence. Ma pals ir aw gawn wild. Laughin like fuck. The eld boy looks through the fence n we see his heed lookin at the spikes. He's thinkin aboot it. The warnin signs mean nuhin tae him, compared tae the six bottles ae happy on the other side. Everycunt goes quiet n A wait tae see wit he dis.

He goes fur it. A chunky trainer tries tae find purchase on the brick wall, behind the spikey fence. A know, fur a fact, that the gate doesnae lock. The big padlock is just decorative n wis fucked years ago. We used tae bounce in tae git baws that hud been skied. Keeps weans oot, but cravin alkies ir a different matter. They're aw pishin theirsels at the eld cunt. A walk up by him. He's on the deck noo wae his foot caught in the fence, troosers half fawin doon his fuckin arse. A put a hand through n open the gate. A step through n grab the bag. A put ma hand oot fur him tae grab. His eld paw comes up wae trepidation. He takes hold ae it n pulls himself up. His hand slowly goes tae the bag n picks it up. He fishes in his jakit pocket producin ten Club n hands them tae me wae his heed doon.

'Fur yir troubles.'

A walk back up wae a wee bit extra swagger. Everycunt's lookin at us.

'Fuckin furget that eld cunt, it's a sin fur him.'

The group ir momentarily enlightened n nod in agreement.

'Aye, man, true.'

'Fuckin pish fur cunts like that int it.'

'It's nae life, man.'

'He's lucky he didnae git this Sonic FX right up the arse,' Finnegan says wae a toothy grin.

'Mon, fuck it, let's go n git these fuckin hings drank,' A say wae a wee laugh, still thinkin aboot that eld boy's empty two-penny eyes.

We go doon the woods and tan our drink. It's aboot two hours later n we're walkin up fuckin steamin, singin, shoutin n smokin snout, nae doubt, cos the fuckin Young Team's about! IN YER AREA! OH OH, IN YER AREA! Y T FUCKIN P. Just lettin loose n gawn crazy. It's dark n baltic, a right dry night wae a crispy scent, but fuckin frozen. The hot wine in our bellies is keepin us warm. The cold nips at our fingers n toes through black magic gloves n trainers. We've aw git the hoods up noo, n jakits zipped right up. The trick is tae tuck yir taps inside yir joggie bottoms. Means aw the layers heat up. A've seen maself oot in winter tuckin ma trackies intae ma fitbaw socks. No cause A liked that mad Nineties look either, just cos it's fuckin roasty toasty.

We're listenin tae tunes comin fae the tinny speaker in Danny's Sony Ericsson Walkman phone, DJ Rankin, 'D.E.V.I.L'. It's keepin us gawn as we trek through the frozen field, aw crunchin underfoot as we walk. Every wan ae us is hyper. The caffeine in the wine has done its job. We're aw natterin away like fuck, talkin shite aboot this n that. Wit burds we fancy n who we've awready went wae. There's two solid joints gittin passed aboot between us. The dope is takin the edge aff the bottles, chillin everycunt oot a bit afore we go fur a few more pint-cans ae Miller n a bottle ae the orange or red MD 20/20 tae keep us mad-wae-it until we huv tae head in.

The bookies is on the corner. Runnin doon by it is the main road in our town centre. The Toi's scheme lay between here n the high school. They've git aboot thirty cunts oot on a Friday, so we're told, so there's nae chance yi wid walk doon the street past there anymore. Yi cannae just stoat aboot ootside yir ain area aboot here. Yir both the lords n prisoners ae yir ain scheme. Doon the street is no man's land, yi kin bang intae anycunt doon there – so yi huv tae watch.

'Look! Who the fuck's that?' Finnegan shouts.

Me, Danny n Kenzie start tae walk doon. Next is Broonie n Finnegan n last Addison, on the phone tae some lassie. It's Kenzie who speaks up.

'Here boys, that's fuckin Taz, ma brur's mate.'

Taz is alone n runnin up the hill, gittin chased by aboot five cunts in trackies. We aw look roon at wan another. He's wan ae Big Kenzie's mates, wan ae the elder wans in the Young Team. Danny's still takin a last swig oot his bottle but after he drinks it he stuffs it back inside the map pocket empty. Broonie's still git his anaw. Taz looks as if he's awready hud a bit ae a dooin. His jakit is ripped n he's git blood on his face.

'Mon, boys,' A say, walkin doon towards the noise.

'Fuckin intae them, bhoys! Time fur a skirmish!' Danny shouts louder.

Broonie n that ir aw gem fur it. Wan ae our elder wans n a squad ae theirs. Taz's almost at us noo, pantin like an eld dug fae runnin. A kin feel Addison shitin himself fae behind me. A kin see him in ma peripheral vision, still on the phone, but quickly sayin his goodbyes. Kenzie's shoutin fur Addison tae git on the phone tae Big Kenzie n the troops n call in reinforcements. Big Danny is makin sure his trainers ir tied n A follow suit. Losin a trainer kin be deadly. Taz reaches us n the crowd behind him slows seein us. 'Fuckin hell, boays . . . cunts jumped us . . . walkin up that backroad there. Backin' us up, boays?'

Wee Kenzie struts in like the delegate in charge. 'Aye, *ma boys* wull back yi up, mate! Nae sweat,' he says lookin gem, but wae a wee nervous glance towards the cunts walkin up the hill.

Danny's fuckin buzzin. A kin see him crackin his knuckles n rollin his shoulders. Broonie's mad-wae-it dancin aboot on his tiptoes, swingin his arms in the air. Finnegan's standin smilin like fuck wae his hand in his pocket. Addison's fuckin shitin himself. They're only a hundred feet away noo.

Taz's caught his breath again. 'Ah must be gittin eld, man. A dunno any yooz wee guys.'

Calm doon, Taz, mate, yir only seventeen, ya cunt, A think n don't say. A'm fuckin buzzin anaw noo. The wine ae earlier is the drivin force. We've been buzzin aw night, cos ae the fire-works, the swally n the Friday Feelin. We kin see the cunts noo. There's five ae them. A recognise a few fae school n A know two ae them. JP, Jamie Peters, who's a year elder than us n a mad cunt, n Si O'Connor, wan ae their best fighters n a year elder anaw. His big brur, Matty, is the tap man doon there. Yi kin tell the two ae them ir the maddest. They're powerin ahead, awready wae their arms in the air, shoutin the fuckin odds. The three others ir walkin slightly behind. A dunno them, but at least wan ae them looks aboot eighteen or suhin, a right elder wan. Taz's confidence hus grown. He's seen Wee Kenzie, n heard Addison phonin Big Kenzie. The rest ae the Young Team wid hear through MSN n an army ae wee thumbs tappin madly at mobile phone buttons.

'Fuckin mone then, ya dafties, YOUNG TEAM!' Taz shouts, walkin back doon. We aw share a wee smile n probably look chuffed as fuck. That second we aw go fuckin mental. The adrenaline gees yi that sick-making, dancin feelin in yir stomach that yi come tae love n dread simultaneously.

The five ae them ir walkin up the middle ae the road. A wine bottle comes flyin up the street n bursts in front ae us, leavin its green fangs lyin aw over the road. We're aw walkin doon noo adjacent tae the bookies. A hear a fuckin hissin in ma ear. Finnegan sends the Sonic FX twistin n screamin doon the street at them. Taz looks like he's gonnae lay a fuckin egg, the cunt. Finnegan's laughin his heed aff, dancin aboot on the pavement. The rocket whines up the street towards them, hits a car windscreen and explodes mid-air, wae an almighty fuckin bang. The five ae them dive oot the way n pick themselves up fae the deck. There's nae hesitation.

The six ae us sprint at them, still shoutin like fuck in the middle ae the road. Their two tap boys run up towards us wae their arms oot, geein it straight back, pure bold cunts. Taz grabs an empty wine bottle fae the pavement n swings it at that Si's heed. The two ae them start punchin fuck oot ae wan another. Me n Danny run fir JP. He skuds Danny wae a beauty ae a right, but he's a big cunt n rides it. BANG. Danny hits him a fuckin haymaker n he stumbles on the kerb. A jump up n hit him a triple combo, a big dirty right, a wee cheeky left n a finisher. The cunt's eyes go funny as he hits the deck. He's sparkled but he's awright cos his sleeve is comin up tae wipe his splattered nose. Si n Taz are still scrappin over next tae a parked motor. Broonie n Addison ir chasin the two other cunts back doon the road. Their other mate, the elder wan, is pannelin fuck oot ae Finnegan. Danny sprints towards them first n A follow.

'HAW YOU, YA FUCKIN DAFTY!' he screams at the boy, afore skuddin him wae a right. The elder boy seems dazed. Danny grabs his jakit n pulls him forward, while aimin his forehead at the boy's nose. He folds n lands next tae Finnegan, whose face is fucked. He laughs, showin a missin tooth, n kicks the boy in the face as he falls n lies back, wavin an invisible white flag. A turn roon laughin tae git a swift punch in the mooth aff Si O'Connor's right hand. A barely feel it, just that dull thud n throb that yi become accustomed tae.

They aw start walkin back doon the way they came. Their shouts n threats still sound up the street. A KNOW WHERE YOU STAY, YA WEE DICK. Taz is handin the boys fags oot his packet n lightin them. WAIT N SEE IT SCHOOL, YOU'RE GETTIN IT! Y T FUCKIN B, YA WEE CUNTS! TOI BOIZ! He gathers us aw around him.

'A'm fuckin proud ae yooz boys. That wis fuckin MAGIC, by the way! Wit a fuckin battle that wis.'

A turn tae aw ma ain pals, our wee six-man gang. Danny's git a big daft smile on his face, wae a Mayfair cigarette in the corner ae his gub. He's git a belter ae a black eye. A big purple doughnut roon his socket, puffy n tender-lookin, wae wee ring cuts in the corner. Finnegan's face is fucked. That elder boy hud smashed him cos he hud a face yi kin only git wae a good few punches. Addison n Broonie didnae huv a mark on them, cos wan ae the wee cunts who sprinted hud the misfortune ae losin a trainer n trippin on his arse. Broonie n Addison kicked fuck oot him on the deck. His wee pal ran doon n skudded Broonie, but it wis just a token gesture. They knew they hud been done. As the adrenaline fades, Wee Broonie spews. Taz is laughin, in a proud paternal way, like his wee boy hud come aff his bike wae stabilisers. 'That's the adrenaline, son, doesnae mix wae wine,' he says, pattin Broonie's back as he heaves up a brown soup-like concoction. Ma face is sair anaw but A don't care. A couldnae gee a fuck.

We aw turn away fae him being sick n there's a mighty uproar, loads ae shoutin n bawlin. The rest ae the Young Team appears fae up the lane. Big Kenzie is at the front wae an aluminium baseball bat. They stop their stampede n survey the scene fae across the road. Their mate Taz standin the middle ae his wee brur's pals battered fuck oot ae. We aw swagger across the road, faces stingin n red n bloody, but proud. The troops spot the Toi wans walkin doon the road n a few heads start sprintin doon after them but they're long gone. The rest ae them stand roon our wee squad.

Danny turns tae me n whispers. '*Look, sir! It's fuckin Joe DiMaggio!*'

A laugh before we reach them. Big Kenzie is first tae speak wae his usual growl.

'Fuck happened here then, Taz?'

'A git fuckin jumped walkin up the road, mate.'

'Aye, they fuckin Toi wans?'

'Aye, man, there wis six ae them, n just me maself.'

'Well, no just yirsel,' he says, lookin at Wee Kenzie n the rest ae us.

'Fuckin right, mate, your wee brur n his pals backed us right up.'

Big Kenzie n the tap men survey us, wan at a time. They look at our clothes, builds n war wounds. Most ae them ir quiet, waitin fur Big Kenzie n Eck Green tae deliver their verdict. Eck is Big Tam's best mate. Big bruiser ae a cunt, easy six fit two n aboot fourteen stone. Some ae the elder wans huv git jeans on n duffle coats n parkas. Big Kenzie isnae the oldest there. It's fae aboot eighteen, nineteen doonwards, finally tae us at the bottom ae the peckin order. A few ae the oldest stand at the back, swiggin at cans ae Tennent's n rollin a joint. They didnae really seem interested in the troubles ae the young team.

'Wit fuckin even happened then?' Eck says. Taz goes in tae great detail in the tellin ae the tale. He acts oot the sound effects ae the firework, n each punch, kick and flyin bottle. The audience sways n oohs n ahs at the right points, playin their part in the retellin ae our tale. There's nae need tae exaggerate this story. It's enough on its own. It wid live on in memory and legend.

'So who the fuck ir these wee guys?' another wan ae the elder wans says.

'They're the younger wans, fuck sake,' Big Kenzie says.

'Awright, nae bother.'

'Fuckin proud ae yees, wee team, yees done well,' Big Kenzie says as he grabs ma hand n shakes it hard wae his big paw. The two groups merge. Every wan ae us is buzzin. A few ae the elder Young Team wans stand tae a younger wan, aw givin us our due n listenin respectfully tae our wee story. 'Wit's yir name, wee man?' echoes throughout the group. Hands ir shook n bottles and joints ir passed between them n us. No initiation here, just prove yirsel tae yir troops. They tell us aboot other battles n the elder burds we've only heard n dreamt ae.

The Boldness Inside

We wander up the lane, buzzin wae the Friday Feelin, a force wae almost supernatural powers. It's obvious that last week is on everywan's mind. This Friday we're gonnae join the actual troops instead ae our wee mad squad up the Mansion. We wurnae oblivious tae the main gathering's existence before. On Friday nights before we tended tae just say 'awright' tae them n go on our way. It wisnae an official thing, yir just fae that area n know them aw fae school. Then yi come ae age n it's accepted that yi hang aboot wae them n become a YT wan, oot gittin a smoke durin the week n on-it at the weekend wae the troops n the tidy burds who hang aboot anaw.

They call theirsels the YT Burds or the Team Lassies. They huv their ain enemies, the lassies who jump aboot wae other young teams. They mostly move aboot the town freely. A tidy is a tidy, after aw – regardless ae wit scheme she comes fae. There's gorgeous scheme queens n then the loyal crazy burds that ir practically troops. They're mad anaw n would fight wae guys as easily, n wur nae less mental. Every young team hus at least wan burd who's a juggernaut in a tracky. She wis never a looker but yi would never say it tae her face. If yi tried tae batter in tae her mad-wae-it regardless, she would probably punch yir cunt in . . . if yir lucky.

23

'Mon, Addison, ya dick,' Broonie says. Addison is standin on the phone tae a lassie. He wis always dain this. He's a good-lookin, trendy kinda guy – a perfume boy drenched in Ultraviolet n always wearin the best ae gear. Popular wae the lassies, hence the constant telecommunications wae them, but that doesnae earn yi the respect ae the streets.

'A'm coming, fuck sake, Broonie.'

'Hurry up, mate.'

We reach the top ae the park. There's nae park really. Crash mats cover the ground round the swings n they're littered wae black n blue blobs, where wheelie bins hud been burnt n melted. The swings huv been vandalised tae the extent that the council huv removed the chains n seats. Noo aw that's left is the bare frames, which ir like notice boards, aw penned n tippexed like fuck. The climbin frame is spray-painted like fuck anaw. YT, scrawled aw over it n names ae ghosts fae young teams past. The place is fucked, plain n simple. The council huv long since gave up tryin tae fix it fur the weans. It, like the whole place, is forgotten.

Aw the troops sit on the other side ae a wee metal fence behind a wee shelter belt ae trees. A kin see waterproof jakits n fitbaw trackies n a mix ae Rangers n Celtic taps. There's a few lassies laughin n we kin hear the din the rest ir makin, shoutin, singin n laughin. The elected edgy hus obviously alerted the team tae our presence. Big Kenzie, Eck n Taz appear at the front n somebody shouts, 'Chill oot fuck, it's only the younger wans.' As this passes aboot the group, more heads appear fae behind the bushes n trees fur a swatch. There's aboot twenty-five young wans congregated. Roughly fifteen guys, and aboot ten lassies. We walk through the trees the-gither, the six ae us. Our wee clan among these tribal chieftains and the eligible lassies. Wan ae the

24

lassies is hoddin a wee MP3 speaker n switchin between 'Dancing in the Dark' n 'I'll Get Over You.' That's the extent ae hur repertoire. 'Fuck sake, we runnin a crèche noo, troops?' some dafty says, gittin a laugh fae the crowd.

'Well yir maw doesnae complain, when we aw turn up at hur door!' A say wae a cheeky smile.

People ooh n ah, the lassies giggle, n Big Eck walks up tae me. A stand brave, still smiling. 'YASS! You fuckin tell 'um, wee man,' as he extends a hand. The guy who made the comment, Peter Dickson, walks forward, tryin tae growl at us. Eck slaps him across the face. 'Sit doon, Dickson, ya fuckin dick.' He looks ragin. 'That's Kenzie's wee brur n his pals, ya dafty.' Big Kenzie swaggers over at the mention ae his name.

'HAW, YOOZ!' Big Kenzie shouts, addressin the masses. 'This is ma wee brur n his pals, nae cunt, n A mean nae cunt, gees them shite, understand?' The crowd mutters assurances n goes back tae their own chats. Our six split n start mixin wae the troops. Eck winks at us, n him n Tam start talkin aboot an elder lassie who's pickin them up in hur Seat Ibiza. The ages range fae us at fourteen n fifteen, right tae eighteen n nineteen. Big Kenzie n Eck ir seventeen n eighteen, respectively. They ruled the roost, but they're aff. They both disappear, back up the red ash path n oot ae the park. Our only real friend left is Taz, but he's distracted, tellin two lassies the tales fae last week. He waves me n Danny over tae chat.

'Happnin, ma main wee muckers! YASS, these ir the boays A wis tellin yi aboot, ladies.' The two lassies turn n smile at us. They're both a couple ae year elder than us. A recognise the two ae them fae our bit. The first is tall fur a lassie, aboot five eight. She's a brunette, wae fair highlights runnin through hur straightened hair. Hur long legs ir standin crossed against the cold. She's git on a red puffer jakit, wae ripped, faded jeans. Hur face is gorgeous, high cheek bones n big green eyes. She's git on the perfect amount ae make-up. Most lassies caked themselves in the stuff, their necks generally a different colour fae their faces. They huv that plasticky look, like somebody's moulded them fae plasticine n smoothed oot the edges. Monica Mason is a stunner, nae denyin it. She's git the kinda face yi turned back tae look at but she doesnae pure know it.

Guys around the other ir like flies around shite. Patricia Lewis always hus a wee entourage ae admirers buzzin around hur, usually the tap men n everyone else fallin in behind. Big blue eyes, natural platinum blonde, big boobs n slim. She's git big hoop earrings n a cheek piercing. There's a millimetre gap between hur two front teeth. Underneath an Inter Milan tracksuit top, there's the green n white hoops ae a Celtic fitbaw tap. She's wearin white Adidas tracky bottoms n wee pink Lacoste trainers. Hur lip gloss is pink and glittery. The two ae them pass a half bottle ae Glen's vodka between them straight, then take a swig ae Irn-Bru tae git the taste away. A laugh as Monica screws hur face up. Patricia hands hur a draw ae a Lambert & Butler, which obviously helps. The two ae them look up at us. Patricia glares wae hur usual scowl, but smiles n winks. Monica gees us a wee cheeky smile anaw. Yolt. 'Wit's yir name then, wee man?' Patricia asks us.

'Azzy Williams,' A say, aw confidence.

DJ Pulse, 'Poison', is playin oot wan ae their phones.

'Nice tae meet yi, Azzy Williams,' Monica says.

'A'm Danny fuckin Stevenson – the wan n only.' Two ae them laugh. He bounces away steamin tae talk tae another burd.

'You one of the young wans that punched fuck out ae Big Si?'

'Aye, fuck. We backed Taz right up n aw that.'

'So yi mad then?' Patricia asks us. This time A wink. Monica giggles. Patricia gees us the sexy scowl, like she's kiddin on she doesnae fancy us a wee bit. A kin hear Danny talkin tae another wee burd behind me, Emma Black, huvin a similar convo aboot last week's antics. A turn roon tae see him nippin her, two ae them standin under a tree. The lassies follow ma look n both laugh.

'You hopin fur a kiss the night, son?' Patricia says.

'Ah never say never n aw that!' A say, wae Monica catchin ma eye. She looks doon ever so slightly, n gees us this mad look. A hear a commotion. The two lassies' heads turn n mine follows.

A hear Addison's whiney fuckin voice, 'Gees it back, ya dick!'

'Yass, new phone fur me!' an elder wan says, pretendin tae talk on Paul's expensive new Cybershot. People ir turnin tae see him gittin victimised, defining him fae then on as a victim n someone who kin be bammed up tae further their own celebrity, in absence ae the tap men. Addison retaliates in the only way he knows how.

'Get it back, ya fuckin tramp.'

Andy McColl, one ae this guy's mates, steps forward and whacks him twice wae two right hooks. We watch in slow motion as Addison's nose splatters n he folds. He's on the deck, nearly greetin. The first dick, Mark Bailey, is still holdin the mobile phone tae his ear. The two lassies look at me cos they know it's ma pal. A hand Monica ma wine bottle.

'Gawn hod that fur us, wull yi?'

'Wit yi gonna do?' Patricia asks us.

A look aboot fur Danny, but he's doon the field, away a walk wae that wee burd. Broonie is talkin tae a wee beachball ae a lassie aboot the same distance the other way. The only available hawners is Wee Kenzie n Finnegan. The two ae them huvnae even noticed yit, or if they huv, they're makin sure nobody knows it. That prick Bailey draws the boot aff Addison's chops. He's whinin n wimperin fae the deck, n cunts ir laughin at him or tryin no tae look. Paul's lyin in a puddle, new tracksuit filthy n a bloody nose. He's just a cheeky wee guy, so nobody cares. These two cunts, Bailey n Andy McColl, ir bold enough tae say suhin back n fall intae their roles as replacement tap men. Just fuckin bullies n A hate those cunts. There's a wooden plank lyin on the deck. It's a big bit ae skirtin, that somebody's dumped doon the field. A pick it up n it's all eyez on me. These two pricks huvnae noticed me approachin. Wan ae their mates, Matthew Whyte, tries tae step in ma way.

'Fuck you gonnae dae wae that, wee man?' A swing the board n hit him in the face. There's a nail through the wood, just a wee wan, but big enough tae go intae his cheek, leavin a cut where it's hit him. He folds on the deck.

A throw doon the plank n turn tae McColl. 'Fuckin mon then, ya dafty. Come ahead!' A shout at the cunt. He sees me as just a wee guy, a younger wan, so there's nae fear. The two ae us start scrappin like fuck. A git landed wae a right, but A barely feel it, full ae wine n adrenaline. Even wae a burst nose, A grab him by the tracky tap n header fuck oot his beak. His nose is splattered. It gets split up n is over before it really starts. Whytey pulls him back n whispers that we're Wee Kenzie's pals n backed-up aff the big man. He walks away n shouts tae his wee squad tae bounce. McColl, Bailey n Whytey start walkin up the road. They're shout-in doon, *Yir a dead man, Azzy, ya wee dick! Wait n see after school! Yir dead, wee man!* A'm geein them the finger n tryin no tae git para. Commotion over, everybody else goes back tae stand-in aboot in their ain wee groups, chattin n swallyin. A kin see a few cunts n burds glancin at us, wonderin who the fuck yi ir.

A turn tae Finnegan n Kenzie, who've appeared miraculously noo the trouble wis past. 'Where wur yooz? Ya fuckin pussy bastards! Yir mate wis gittin set aboot n yees stood n done fuck all.' Both ae them hide behind cigarettes n look towards the deck.

A kin see Danny n Broonie sprintin up ahead ae his wee lumber fur the evening. 'Wit happened, mate?' Danny asks us.

'That Bailey n that wur tryin tae fuckin steal Addison's phone, n whacked him.'

'Fuck sake, man. That's shite,' Broonie says, shakin his wee baldy nut.

'Bastard, man! Cannae fuckin believe A missed it!' Danny says.

Repercussions start tae flood ma mind as the adrenaline fades. A kin see people lookin at me, n A kin hear ma name floatin aboot among the young team, celebrity noo – a rising star. Patricia n Monica come over tae our wee sub group. A wipe the blood aff ma ain nose wae ma sleeve n take a drink ae ma bottle n spark a fag.

'Fuck sake, son, you didn't half go tae town,' Monica says.

'A hate fuckin bully bastards.'

Aw ma pals ir star-struck as they look at the two nicest burds fae the team. Taz walks back up wae another lassie. Somebody tells him aboot the events which just unfolded n he jogs up tae our group wae a MD bottle in hand.

'Well done, Azzy wee man. They three huv thought they wur mental fur ages,' Patricia says wae a wee wink n ruffles ma hair.

'Oi! Watch the gel, you! Aye, they wur bang oot anyways!'

'Ah yi look fine, son! Is your face sore?' she says, laughin.

'Mine? Nah . . . just a scratch fuck.'

Taz is lookin nervous n it's almost infectious.

'Happnin, Taz,' Wee Kenzie says quietly.

'Fuck all, boays. A just heard wit happened, couldnae believe ma ears. You want tae watch, Azzy mate, that Whytey is Big Eck Green's half-cousin. That's how he gits away wae actin like a ticket.'

The hushed whispers n glances aw start tae make sense. A git that wee sick feelin in ma stomach but shrug it aff. There wis always somebody or their mad cousin gonnae smash yi or stab yi fur suhin or nuhin. That's yir best n only defence aboot here, the boldness inside. 'N fuckin wit, mate. A couldnae gee a fuck whose cousin it is.'

This wis obviously too much fur Taz tae hear in public. 'Aye, well, nae bother,' he says and makes a sharp exit.

'Gonnae start callin him Casper,' Danny says.

'How's aht?' Broonie says wae a mooth fulla penny sweeties. The cunt wis always pocket munchin a fifty pence mix-up aff the van in a wee white paper bag.

'Cos everytime there's trouble he disappears, the cunt.'

'Ha! Tazper the friendly ghost!' Broonie shouts.

'Taz is a shitebag fuck . . . ma big brur always says it.'

'Aw here we go! The incredible tales ae Big fuckin Tam.'

'Finnegan, shut yir daft mooth, mate. You talk aboot this big cuz tae no end! Dain they weights as if yees ir Scotland's strongest men! Two ae yees ir built like bookie's pens, man. Seen more solid burds in the Time Capsule swimmin! Skindiana Bones yees ur!'

Finnegan cannae come back fae that wan. 'AHHH! SHUT DOON!' everycunt shouts. We aw laugh. Even though Kenzie lives aff Tam's coat tails, his ain patter is decent.

'Calm doon, fuck. Am no worried anyways, troops! Know wit A mean?' A say, glancin over tae the burds n winkin at the troops. The lassies laugh.

30

'Welcome tae the team, boys. A think you're goin to fit right in,' Patricia says as she turns tae leave.

'Aye, well nice tae meet yees again, by the way.'

'You too, son, just be careful this doesn't come back to haunt yi. Mon, Monica, A needty get up this road to watch ma wee cousin.'

'Nice tae meet yees, ya cuttla stunners!' Danny is shoutin.

'Bye, Azzy Williams,' Monica says, givin us that mad look again.

The re-enactments n the storytellin begin. A cannae be arsed listenin tae it the night. Finnegan n Broonie ir rollin a joint in the corner. A go over n chap a draw ae it. As the red n orange tip glows against the navy-blue sky, n the bombers fall like embers fae a campfire, ma story echoes like a ghost story roon our wee camp. People start headin hame or on tae elder wans' flats n gaffs. Me n the boys walk up passin the joint between us, aw buzzin aboot our first night wae the troops.

Yankee Doodle Dandy

We're sittin up the Mansion n it's fuckin freezin, snowin n aw this. We're tucked intae the room wae nae windae, aw sittin roon a big circular table, wae as many ramshackle chairs as we could gather. There's a bar stool, a plastic school chair, an oil drum on its side n two breeze blocks n a railway sleeper makin a bench. The only light is aboot five or six tealight candles burnin on the wooden fittings ae the back wall. There's a bucket kit in the middle ae the table n we're pullin rounds wae it. We aw git para in here cos yi cannae see fuck aw ootside wae nae windaes. There's a symphony ae shhh when suhin bangs in the wind or broken glass crunches underfoot. We're aw chattin shite, tryin tae make light ae the drama fae the weekend.

'Azzy, mate, A wouldnae worry aboot they three. They shat it fae you, mate,' Wee Kenzie says wae a shark smile. The fact that he's even tryin tae reassure me is makin me more nervous. It reminds me that there's suhin playin on his ain mind n he's tryin tae comfort himself by comfortin me.

'Ah fuck it, mate, if they want tae come lookin fur me, they know where A'm ir.'

'A hope they dae,' Danny says. Everybody turns tae look at him. He's smilin like fuck, but realises. 'Aye no like that, obviously. A missed it last time, fuck sake!'

'Mate, there's nae point lookin fur trouble.'

'Fuck them anyways, Azzy boy. Any shite starts n yir boays wull back yi up,' Wee Broonie says. A know that tae be true but yi cannae help worry a wee bit. There's Toi wans after us n noo A wis in-fightin wae our elder wans. A'm a sonar pulse on aw their radar. Me, Azzy Williams, the wee fuckin fly in the soup. The bold yin.

'A'll back yi right up, Azzy boy,' Finnegan says.

'You shat yirself, ya dick!' Danny shoots back.

'A know that, fuck sake, A got a wee fright. Next time A'll be in aboot it, just you wait n see, Danny bhoy.'

'A'll be smashing the next dafty that tries it with me.'

'Yir no a fighter, Addison mate,' Kenzie says.

We aw look at him. It's a race tae see who's fastest.

'Didnae see you dain much, eld son,' Danny says.

'Aye well same tae you, ya dick,' he shoots back.

'Least A wis doon pokin a burd, no fillin ma fuckin nappy!'

'Shut it, ya dick.'

'Yer maw, ya—' He's cut aff.

A hear voices outside n a rustlin comin fae the doorway. 'Shhh! Fuckin shut it!' A say. We aw sit in silence n ir reminded ae the tactical disadvantage ae a room wae nae windaes. Me n Kenzie's git a bit ae dope each, n even though mines is only a wee tenner's bit, the polis ir always mad keen tae git yir name in their charge book. That meant a charge, a letter hame tae yir maw n a report tae the Children's Panel every time. Azzy Boy hud awready racked up a fair eld few, aboot ten so far. A put ma index finger tae ma lips n move quietly tae the door. Soon as yi try tae go intae Splinter Cell stealth-mode n start creepin, some-cunt wid let oot a nervous fart n aw these chimps wid burst oot laughin. Yi wur as subtle as a fuckin circus wae these clowns. A

33

peer oot, Tom Clancy material. Spy-club original Azzy boay. Amid the snow, two black figures. The wee blue squares ae a radio n the crunch ae footsteps on the frozen ground. 'It's the fuckin polis, nae joke, nae fuckin joke.' A whisper back intae the room.

'Wit we gonnae dae, man? We're gonnae git busted wae this dope!' Wee Kenzie says, para rippin.

A gee Danny ma dope tae hod. 'Toss that if yi need tae, mucker. Git ready tae bail up the back rapid, troops.' Danny nods n sticks it in his Mera Peak.

'Wit yi gonnae dae, Azzy?'

'Watch this.' Azzy boy wid take wan fur the troops. A glance doon tae make sure ma ain turbos ir tied n walk quickly oot fae ma hidin spot. They're too busy lookin in the debris fur stashes n rustlin aboot in the big barn runnin adjacent. A sneak oot tae the beginnin ae the woods, stayin close tae the wall aw the way. A kin see the troops hidin in the arch, pishin their self laughin. The polis huvnae noticed me yit. Danny n Broonie's heads ir pokin oot tae see wit's happnin. 'FUCKIN YOUNG TEAM, YA SCUMMY BASTARDS!' A roar, geein them two middle fingers. The two ae them shite theirsels cos ma shout n the fat wan faws on the ice. A nearly pish maself laughin n start runnin like fuck.

'MERE! YA WEE BASTARD!' the fat wan, Muldoon, shouts as he pulls himself up. The young wan we call the Roadrunner is aff n runnin nearly at me awready. A'm aff like a two-bob rocket but this cunt is fast, legs gawn like Sonic the Hedgehog.

It's just us two runnin among the skeletons ae trees against the snow. A've git a black AC Milan tracky on which isnae ideal camouflage. A'm oot ae breath noo but the Roadrunner is gainin on us n A think A'm caught. A run oot the woods n hear the whistle ae the wee blue fruit van. It's chunterin up the street, no stoppin on the steep hill cos ae the ice. It's git a wee platform on the back n open doors fur customers tae stand n collect their messages. Ma gran used tae gee me a pound fur a poke ae Spicy Bikers aff it n an Animal Bar or a wee cake ae chocolate, as she called it. A see ma escape n A sprint fur it n dive ontae the platform, lyin doon low. The Roadrunner tries tae charge up the hill, unstoppable as fuck like Robocop, n falls flat on his arse, his hat wheelin back doon the hill. A gee him two middle fingers tae the accompaniment ae the fruit van's melodical chime. A only wish it wis *The Great Escape* theme tune rather than Yankee Doodle. That wid huv been magic.

The Ghosts of Christmas Past

A've hud a bad feelin aw day, which is even stronger than ma Friday Feelin – a force wae almost supernatural powers. Me, Broonie n Addison sloped as soon as the nine o'clock bell went. We met Danny, Kenzie n Finnegan later on. They call their class slots 'sessions' n we call ours 'periods'. Yi wid hear them sayin, 'session two or three.' It sounded weird tae us cos they went tae the Catholic school. The day we hud been caught a beaut. Ma redgy teacher clicked on n the school phoned ma maw at work, tae let hur know n spoil hur day. Apparently, hur boss answered n put ma year head through wae a smug look. She hud been barkin at me since A came in the door.

'Don't you realise your wee wanders out of school raise questions at the office? I don't care about that, Alan, but my boss does. Your guidance teacher says if your attendance drops much more—'

'Awk, they always exaggerate, Mum.'

'Alan, it's a percentage – how can they exaggerate that? Seventy, to be precise.'

'It cannae be . . . they musty got it wrong. They claim tae teach maths tae—'

'*Musty* . . . that's how the loft smells. You think you'll get a good job talking like that?'

'A'm no wantin wan ae yir fancy joabs.'

'You will. When you find yourself a nice girl, n have a nice flat n a nice car, you'll want to treat her, n heat it n fuel it. Won't you?'

'Obviously . . .'

'Well then, you need to think ahead. All those daft marks in school result in all the nice things in life. Let alone security for your own family, one day.'

'Right, A'm away oot anyways!'

'Be careful, Alan, and be nice to Shaun, his mum isn't doing very well,' she says back, pure flat.

By Shaun she means Shaun Brown, Wee Broonie. Ma maw, Angela, went tae school wae his maw, Alice. The two ae them hud been pals n hud grew up in the same street. Angela Williams' parents, ma granny n granda, hud been brilliant folk. Ma Granda, Alan, who A wis named after, hud been in the Highland Light Infantry as a young man. He hud ended his career in the railway polis. A right good man. Ma Granny Anne hud been a textile factory worker n later a seamstress repairin wumen's dresses. They hud two lassies, Angela n Abigail, ma maw n ma aunty.

Fortune favoured ma aunt. She hud met hur ain *good man*, married young n hud ma cousin, Stacey. Bill Davies is a lawyer, Glasgow Uni graduate. He's a flashy bastard, drives a Mercedes and wears square-lookin suits, usually pin-striped. He's git a fat face wae sunbed wrinkles around a starched collar. He is definitely the breadwinner. Abigail played the obligin housewife well. She hud never really worked a day but wanted fur nuhin. They've git a four-bedroom hoose on the outskirts ae town. Ma maw is just a wee quiet hard-workin wuman n ma da died years back. Didnae know the cunt n ma maw barely mentions him. He's just a vengeful ghost that floats aboot the place n sometimes haunts ma imagination. Most ae ma pals huv das but plenty aboot here didnae.

Nae family is perfect. Mine defo isnae but beside the usual petty differences n family shite, there ir folk who huv it bad. A didnae huv it bad, no by any standard. Alice n Steven Brown ir alcoholics. They hud aw ran aboot as weans, but in their twenties – while ma maw worked n ma auntie met Bill – they hud gone the other way. Ma maw told me the story. Why ma friend Shaun wore different trainers. Why his hair is naturally thinner n he shaves it aff. Why his mum n dad never came tae his school plays, nativities, parents' nights or anyhin else. Why he wid huv a fifty-pence mix-up aff the van but nae warm dinner on the table every night. He wis wan ae the weans wae their primary school uniform on who trailed the streets after dark n bedtime.

A'm thinkin aboot aw this shite walkin in the cold. The troops ir doon the street somewhere tryin tae git a cargo sorted after their day ae doggin it. A'm in, changed n trackied up n ready tae join the perty. Due tae a lack ae disposable funds, it's either taxis both ways or a bottle n a taxi back up. Easy choice fur the Azzy boy. Sah, it's shanks' fuckin pony. A'm trekkin doon tae find them in the cold.

There's sleet fawin fae a dark sky. The fat chunks ae snow ir sporadic n wet but that cold it feels like they burn ma skin before meltin n runnin away. A'm walkin by an eld boozer wae ma hood up. It's yir typical Scottish pub, toilet stinkin ae pish, faded tartan carpets, dark wooden furnishings n coloured glass sur-rounds. The tough-lookin bastards n eld pishy drunks alike standin outside smokin look resigned tae their fate. They shuttle between here n the Wullie Hill bookies a few doors up. A pass wae ma heed doon, still chewin over family business. A wee voice among the heavy rasps makes me look up. Under a flashin, flickerin light, among a gaggle ae these eld bastards, the voice ae an angel floats by n around them. A follow the light doonwards. The pile ae dead flies in the casing makes it look momentarily like a halo. 'Hi, son, how's you?' the angelic voice asks. A'm lost, still takin in the swirlin details ae hur face among the metallic snowflakes.

'A'm good tah, n wit aboot you, Monica?'

'A'm no bad, mister.'

An elder boy comes oot the pub fuckin steamin. He's breathin doon hur neck n A git the impression he's been chattin hur up. A raise ma eyebrows n turn tae leave. Ma eyes ir drawn tae the faces ae these cunts ootside, aw stinkin ae drink n laughin. A try tae push by them but A'm stuck in the middle ae them noo. Oot the corner ae ma eye A kin see that cunt tryin tae kiss Monica, n hur pullin away. He's laughin, puttin his filthy paws aw over hur. She's pushin him back. The eld boys ir aw cheerin the young guy on, n he's aboot thirty. A bounce up tae them. 'Haw you, fuckin leave hur alane! She's only sixteen, ya dirty bastard.' The prick just sees me as a wee guy, a familiar look.

'Shut it, wee man, n piss aff.'

A kin feel it buildin inside. That feelin that starts in yir chest n goes tae yir heed n brings the red mist doon. Monica jumps past them aw n we walk away the-gither. A flag a passin black taxi n it pulls over tae let us in.

'Uh, thanks fur that. That guy wis fuckin creepin me oot, son.'

'Wit wur yi dain in there wae that cunt anyways?'

'It's Emma's big cousin from our bit. He text me askin if A wanted to go for a few drinks – so A said aye . . . but he wis gettin weird.'

'Fair doos . . . Looked like a bam anyways. Where yi wanty go?'

39

'Dunno, you tell me, Azzy Williams.'

'Just the shop at the top ae the hill, mate.'

'Nae bor, wee man,' the taxi boy mumbles over Smooth Radio n Elvis, 'Always on my Mind.' We're lookin intae each other's eyes, sayin fuck aw. Monica's givin me that same look again. It's as if she's tryin tae figure me oot, but cannae yit. A think she likes us n A think A like hur tae. Hur lips ir magnetic n mine ir metal. A'm lookin at hur n she's lookin at me. The two emerald circles ir sayin, *'Wit ir yi waitin fur?'* The smile confirms it. A go in slowly n she tilts hur heed the right way. We're nippin like fuck in the back seat n the Azzy boay is a legend.

We reach the newsagent n look aboot fur somecunt tae bounce in fur us. There's a rough-lookin boy standin ootside, waitin on somebody like me. He walks up tae us, aw smiles n chat. 'Awright, son, some weather ae? Wit yi needin oot the shop?' At this point they're always weighin yi up. If yi wur a gimp, it means a free cargo fur them n a sore face fur you. 'Awright, el sannn . . . in that shop, two bottles ae wine n twenty Mayfair,' A say, wae a wee bit extra force than usual.

'Nae bother, pal.'

The guy walks oot the shop n starts ramblin pish while he hands us the bag. He bumbles aff wae his can ae Super bought wae the change. We're still doon the main street but noo we've nae money fur a taxi. The twenty quid ma maw geed us hus done us well. Twenty Mayfair, two bottles ae Tonic n a taxi tae bang intae Monica Mason. A score well spent, ma full week's pocket money.

'Thanks for the wine, Azzy! Buzzin!'

'Nae bother, gorjis! Gittin back up this road then?'

'Aye, son, it's getting late . . . let's drink these on the way n we kin go a walk.'

The phrase 'go a walk' hus certain connotations. Lassies like that yi hud done it before n they kin always tell by the way yi look at them. Means yir no just a desperate virgin, usin them as a conquest n obviously that yi huv a vague notion ae their pleasure, as opposed tae just yir own. Like the Azzy boay, ladies.

We start the long trudge home. The sleet hus stopped, but the ground is soakin n shiny under the orange street lamps n the purple sky. The Toi lies tae the east ae the main road where we're walkin. There's three wee residential side streets they kin appear fae. We've passed the first but there's still two tae go, that lead intae their scheme. Should a full team ae them walk doon wan ae these, then yir caught. There's more gangs than just the YT n the Toi tae contend wae. Any wan ae these wanderin on a drink-fuelled crusade intae the centre ae town could result in a kickin fur a lonely traveller such as maself.

We reach our area n see a few heads standin at the entrance tae the lane across fae the wee shop n the bookies. We've drank aboot half our wine, so we're feelin merry n A'm singin Orange tunes.

'I'm a young Ulster soldier,
From north of the border,
I'm one of the UDR four!
They'veee charged me with murder,
Just me and no other!'

The crowd starts walkin doon. A see a grey Berghaus among the unfamiliar trackies. That wee fuckin sick feelin passes through me, a mad cocktail ae adrenaline n Tonic wine. 'That's the fuckin Toi wans . . .' A say tae Monica. She's lookin para noo.

'Shit, son, wit you gonna do?'

They're awready walkin doon, attracted by ma singin. The tap men ir already separatin and walkin ahead. There's six ae them.

'Fuckin run, Azzy. Don't take the kickin.'

'Jump up that close n phone Big Kenzie n that, then bail, hen!'

She looks back aw the way n runs intae the flat door tae hide n phone the boys. They aw know A'm a Young Team wan. A kin see their excitedness at catchin wan ae us. They're shoutin abuse doon the street at me. A take the lid aff n take a long swig then screw it on tight n light a snout. They've slowed doon, sayin A'm no runnin. It's best no tae run, if yir defo gonnae git caught. When greyhound sees rabbit it, by instinct alone, wull give chase. Sometimes a full team would just walk by yi, but no wae our two teams. 'You that Azzy Williams?' Si O'Connor asks me, knowin the answer.

'Naw,' A say.

'Aye he fuckin is! It's that wee fuckin dick.'

'Fuckin smash 'um, Si.'

'Yir gettin ripped, wee man.'

'Young fuckin Toi Boiz in yir area!'

The torrent just keeps comin n A'm waitin fur the pack ae circlin wolves tae attack. They're hesitant. A'm six foot tall n A've git a wine bottle in ma hand. A take a last puff ae ma Mayfair like a Cuban cigar. 'Who ur yi then?' that Si asks us. Fuck it.

'A'm yir da, ya fuckin dafty!'

He dives forwards n A swing ma wine bottle at his dish. BANG. He's on the deck. They're aw at me throwin punches n A'm gittin hit wae a fence plank. The wee nippy wans ir tryin tae drag me tae the ground. The plank comes flyin roon again n hits ma beak, which splatters everywhere. A've only drank a half bottle ae wine, so A'm feelin it aw. There's nae alcoholic anaesthetic the night.

'Y T FUCKIN B!'

'GIT HIM, BHOYS! FUCKIN GIT HIM.'

'TOI BOIZ, YA WEE DICK!'

'INTAE HIM, BOAYS.'

A'm on the deck tryin tae git back up. There's trainers connectin wae ma face n body. A feel a Rockport boot stampin on ma legs n more trainers kickin ma face. A'm lyin foetal, still takin shots. A feel a bottle burst over ma shoulder. Ma face is aw blood n wan ae ma eyes is swollen over awready. The attack relents after a couple ae minutes ae pure punishment.

'Young Toi, ya fuckin mutant!'

'Fuck yir fuckin YTP, ya dafty! Toi Boiz!'

A wait till they walk back doon a bit before A drag maself tae ma feet. There's still shoutin in the distance. A'm totally fucked but A painfully raise both arms.

'HAW YOOZ, YA FUCKIN PUSSY BASTARDS!'

A kin vaguely make oot them turnin around.

'YOUNG TEEEEEAM!'

A feel a hand on ma shoulder n A nearly fall backwards intae the arms behind it. It's the big fat community polis n his skinny pal, the Roadrunner. A kin hear the young wan on the radio in the distance. The big yin is talkin in ma ear n hoddin me up wae his arm. A'm strugglin tae stay awake, feelin dizzy n sick. *Yir gonnae be awright, wee man, stay awake . . .*

Live and Kicking

The diesel hiss sounds n the doors ae the school bus close after us. It begins its chunterin journey through rush hour traffic. Traffic is heavy n it's a cold, wet mornin. The school bus driver is smokin his customary bribe fag n ma pals ir rollin a joint. Ma hood is up n headphones in playin Tupac n Big L, 'Deadly Combination'. A'm no smokin any dope before school the day. Smokin hash makes yi sluggish n no ready tae fight. The elder wans hud praised ma courage in the face ae the enemy. There's nae shame in takin a dooin aff a few cunts if yi stood yir ground n didnae run. Bottlin Si wis bold as fuck n A'm proud ae maself fur it. Ma maw came tae pick us up fae casualty in the mornin, worried sick. Noo, yi huv tae dae suhin back or cunts wid think you'd shat it n that wid be you finished.

The bus pulls up tae the back gates n A bail oot the emergency exit. Broonie n Addison ir trailin behind cos A'm chargin ahead, on a mission. By this time, most cunts in school huv congregated in their respective gangs outside the tech building, known as 'the Smokers' Corner'. Aw years, fae aw areas, mix in this rare moment ae unity, wae troops n snaggles n healthy burds n mad rough scheme cows alike. The only time yi see it like this is just before the five-tae-nine bell and at the mornin interval. At lunch everybody goes their separate ways, that wis nae use at aw. A'm marchin by the science buildin n past tech. A kin see people lookin at us awready, ma normal classmates n other younger wans whisperin. They kin see the determination in ma swagger n know wit's comin. A pass a few younger Toi wans n A see them whippin the mobiles oot n textin n phonin like fuck. Azzy fuckin Williams is back, live n kickin.

A kin see aw the Toi wans standin in their corner. Si, JP, Paul Allen, McVeigh, Niall Watson n Owens. They're aw crowded roon Si n Jamie tellin a story, n they've git another wee entourage roon them ae wee tag-alongs n tramps fae other schemes n a few Fleeto wans nearby, who ir their backup n our enemies by default. A see Si's hand goin tae his pocket. He gits a text aff wan ae the wee guys. We aw hear a commotion comin the other way. That wid almost certainly be Danny n that. We'll only huv a few seconds before jannies, teachers n everyone else n their granny wid descend on the scene n it wid be over before it started. A'm on a raised bit ae ground, a wee wall wae a muddy puddle on it. Everycunt turns tae see who they're aw lookin at. All eyez on me.

'YT FUCKIN POSSE!' A roar before A jump aff the wall like a ninja n land on top ae Si. Danny n that arrive as A'm awready rollin aboot wae him. The Toi ir forced intae a corner n everybody shites themselves n pauses fur breath. The rest ae the pupils form the traditional circle roon the action. Si's back on his feet but there's nuhin he kin dae. They're aw frozen tae the spot cos Big Kenzie's at the front brandishin a bakey bat n they aw know he's the tap kiddie. He swings it fur Si n it connects wae his shoulder. He's screamin n hits the deck. 'YOUNG TEAM, YA FUCKIN BAMS!' Danny shouts n runs intae the battle. The Toi ir spread oot like a week's washin.

'NO SURRENDER!' Wee Broonie shouts before runnin along

the raised wall n jumpin aff. He takes JP doon wae him. It's a fuckin free fur all. There's square-goes happnin like fuck noo. Danny turns n lays Niall Watson oot n starts fightin two Fleeto wans. A start goin tae town wae McVeigh. We're goin punch-fur-punch n he kin fight. A kin feel a few eggs awready. Paul Allen gets whacked a beauty aff Big Kenzie n laid oot on his arse. The only Toi wan left is Owens n he starts wailin like a fuckin wean shitin himself. Addison walks up n whacks him a dillion.

There's the red flash ae the Big Fat Janny's jumper like a fire engine hurtlin towards us. A guidance teacher n the male PE teachers, who often took it upon themselves tae act like the bouncers ae the school, fly unto the breach anaw. A solid teacher tries tae grab Wee Kenzie n his big brur hits him a haymaker ae a right. The PE teacher is swayin roon the ring tryin tae recover fae Tam's KO blow. Big Kenzie is standin firm, wae his bat in his hand again, n aw ae us ir runnin by him, tryin tae hide our faces wae tracky taps n beneath hoods. He's standin wae his arms oot wide, laughin n no geein a fuck. The remains ae the Toi ir gettin scooped up by the female teachers, the Florence Nightingales ae school square-gos.

'FUCKIN YOUNG TEEEAM!' Big Kenzie roars at them aw. There's pupils, teachers n janitors everywhere n right in the middle, two black polis uniforms right on tap ae us in the Smokers' Corner. 'FUCK!' Big Kenzie shouts n sprints. We're aw dashin up towards the back gates. Broonie, who isnae a natural track n field man, looks like he's goin tae take an asthma attack. That cunt spent PE lessons smokin fags in the toilets. A'm fucked anaw but there's nae chance A'm gittin caught tae face the music maself. The two polis ir sprintin after us, determined tae catch at least a token suspect. Big Kenzie launches his baseball bat over the perimeter fence intae a back garden tae dispose ae the evidence. The open gate n freedom is in sight. A polis meat wagon screams up tae the entrance, blues n twos on, n four ae them jump oot it n start runnin doon the path, blockin our exit.

'FUCKIN OVER THE FENCE, TROOPS!' Big Kenzie shouts, givin us a footy up n over on his cupped hands. A follow his example n dae the same fur Broonie n Addison. Polis ir comin fae both sides as A pull maself over the fence n hide ma face wae ma tracky tap. 'There's nae point runnin, wee man!' the polis is shoutin as A bounce the fence. A don't stop tae chat. We're aff runnin through the Catholic cemetery n towards the woods n golf course. Big Kenzie's buzzin oot his nut, shoutin tae aw us fae the front ae the pack. 'Keep those knees high, boys,' joggin like he's no even puffed oot.

We reach the beginnin ae the woods n we're aw fucked. We've made it right intae the trees n under the darker canopy. Danny's handin fags oot ae a Mayfair packet. None ae us kin even smoke them, but we light them anyway. Wan ae the wee team in first year texts us, Wee Lucas Toffey.

Teachers ir gawn mad here, polis aw over eh school n ther headin up eh golfy

We're aff again. A kin hear sirens in the distance. There's fear among us, but the adrenaline is still flowin. Once we git across the golfy intae our ain woods, we're safe. They'd never follow us that far n even if they did they wouldn't catch us in our own area. As fur ever goin back intae school, we're aw fucked.

We reach the wee burn n jump over it. Aw our uniforms ir boggin n we're lookin worse fur wear fae runnin cross-country in the wet, wintery woods. Most ae us play fitbaw but we've ran at least two miles, clamberin around steep embankments and jumpin burns. We reach the eld conker tree n stop tae catch our breaths. Yi feel safer as the familiar fields, paths n trees welcome yi back tae home territory.

'Look it yees, ya puffed oot wee cunts! Never been up the school causin a riot before? Fuck sakes!' Naebody answers but we aw laugh. We're aw buzzin n finally catch our breaths n light more fags up. Everybody sits doon on a fallen tree n seems tae slow doon. We're aw soakin n filthy noo fae jungle trekkin. Danny sums up aw our fears n realisations.

'Thank fuck A don't go tae your school,' he says under a smile n a Mayfair. Finnegan n both Kenzies laugh n nod. Broonie is smilin like fuck but Addison is lookin mad para. 'Fuck it,' they say in unison.

'They're never gonnae forget yooz, boys, yooz huv just went doon in history. The maddest, fuckin baddest younger wans there ever wis,' Big Kenzie says wae his arms roon me n Broonie.

'Did yi see that cunt Owen's fuckin face?' Danny says.

'*Don't hit me, Kenzie, big man* . . . phffft, nappy full.'

'Fuckin gimps, man.'

'Imagine that Si hinkin he's mental. He got whacked n shat it. Fuckin miniature heroes, every wan ae they Toi wans. You wee cunts ir well madder. Proud ae it, man.'

We aw laugh.

'Wit's this "no surrender" patter, ya wee fuckin Orange bastard?' Big Kenzie says wae a grin n rubs Broonie's wee baldy heed.

The polis huv been up the village hopin tae catch us oot n aboot. We aw sneak oot ae the woods wae our hoods up n keep our heeds doon. The troops huv assembled doon the bottom park n ir aw waitin fur us. It's after lunchtime n there's nae doubt that at least me, Broonie n Addison ir caught. Ma maw hud been textin rapid n Addison's maw hud been phonin him aw day. He's turned aff his mobile tae avoid it. Ma maw's still textin me but A'm just patchin it. If A reply she'll open the floodgates. Fuck it, if yir goin oot, then yi go oot in style. We hud been bold aw the way n there's nae point stoppin noo.

We're walkin doon the back way. There's only a granny walkin wae a wean in a pram n a taxi pickin another eld woman up. Everybody else hus dogged it or git oot their beds tae come n see us. A'm hopin fur a quiet afternoon after the drama, a few joints tae take the edge aff. Chill us aw oot n git a wee laugh before takin the roastin that's comin the night n the next day. Yi irnae even allowed back on school property before yir readmitted formally. We're suspended fur sure. Danny's mate fae their school hud text anaw.

Donaldsons been in lookin fur yi mate.

Everywans talkin aboot eh scrappin up eh proddy school

It's official. Danny, Finnegan n Wee Kenzie ir fucked, same as us. Our head teacher, Mr McGiver, is quite friendly wae their headmistress, Ms Donaldson. Yi wid see hur marchin aboot our school the odd time. She hus that look tae hur, quick-freeze hell material. McGiver is a big scary bastard, ex-rugby coach. Yi hud tae be brave tae take the big man on. He taught geography as a young man A git telt. His face is like a terrain map ae varicose veins fae the smokin n shoutin at wee boys fur a livin. He knows a thing or two aboot volcanoes n often re-enacts an eruption in his office as you stand like a wee malaria mosquito ready tae git squished under his massive mountain-building paws. Both Kenzie brothers hud endured the wrath ae Donaldson before. She's a tight-mouthed bitch wae black poker-straight hair, even though she's in her fifties. Both ae them ir formidable enemies but A wid stick wae the mighty lion any day as opposed tae the arctic fox. That's wit we huv in store fur us the-morra. They wid be on the war path themselves. Donaldson playin Miss Marple n the big man playin Columbo.

Trials and Retribution

The meetin is ten o'clock sharp. This gees the usual rabble time tae git chased tae their classes. Ma maw geed me both barrels last night. A went in stoned oot ma heed, just tae numb the fuckin inevitable roastin A wis gonnae git. It hud worked, after a fashion. She wore hursel oot n A skulked tae bed wae nae proverbial supper. It hud been a long day doggin it yesterday but the day is gonnae be longer. We're in the 'bad boy seats' outside the headmaster's office. Me n ma maw, Addison n his maw n Wee Broonie n his da ir aw sittin here. Ma maw's got tae head straight tae work after, so she's git on a plain white blouse n black trousers. Addison's maw hus a grey power skirt-suit on. Broonie's da looks like he's been up aw night n no wae worry. He's git on an eld HEAD jumper n worky jeans even though he's on the bru. Me n Addison's git our tie n blazer on n Broonie's awready git a tracky on in anticipation ae the inevitable suspension that's comin our way. There's big blue partition screens roon these wee reception seats tae hide yi fae the rest ae the school population. Wee guys n burds ir glancin through and whisperin as they walk tae second period cos we're famous as fuck noo. The din fades n they aw disappear.

McGiver's roarin at somebody on the other side ae the door. Broonie n his da ir tryin tae hold back a smile. A wid let one

51

creep roon ma face if ma maw wisnae glarin at me. Liz Addison doesnae look one bit impressed. Hur businesslike persona seems intact n she seems, at most, inconvenienced by the whole affair. Ma maw looks at hur wits' end. A think she's been kept up worryin aboot the meetin n probably me in general. A come fae a good home yit A'm bad. Wit more kin she dae? It's no that she's a bad maw, A'm a bad son. Course they're gonnae judge her n that's ma fault. A feel bad aboot that at moments like these, a slight whip ae guilt penetratin the dark n heavy clouds ae *don't gee a fuck.*

The door swings open n aw ae our heads turn tae look. A wee tiny boy walks oot, no even the height ae the plants which stand in pots around this wee tropical jungle. He's walkin wae his tail between his legs. McGiver's face starts tae fade fae shades ae beetroot. He straightens his suit jacket n tie and it's aw business.

'Good morning, Mrs Addison, Mrs Williams and Mr Brown. Hello, boys. Please follow me.' We aw follow him intae his office. It's a huge room, massive high ceilings n there's a big solid relic ae a desk. There's three comfortable chairs n three plastic wans been sat oot in anticipation ae our arrival. Broonie goes tae bounce on wan ae the comfy wans n the big chief points tae the wee plasticky numbers n almost smiles under that famous moustache. The big man seems cool n calm the day, cos rest assured if our parents wurnae here we'd be on the receivin end ae the fog horn. His calm is almost unsettlin, the big cunt. 'So, let's do things a wee bit differently today. Boys, would you care to start at the beginning? Or shall I give my account of events.'

'Well? The headmaster is waiting, Paul. And I've not got all morning.'

'You too, Alan.'

'Aye, Shaun, witever they says.'

52

We aw look at wan another. It's no in us. Tellin a teacher, even wan being sound, is still grassin. We cannae afford tae dae that, lest yi be labelled a grass fae then on n rightly terrorised. Rather than take our opportunity tae come clean n make it easier fur ourselves, we sit silently n wait fur the torrent but it doesnae come n McGiver talks quietly.

'I see. Honour amongst thieves then. You think your friends in the Young Toi were reluctant to talk when they were "grassing" you in?'

We aw share a glance.

'Do you boys think this is a new issue? Do you think you're the first to fight in the school, the Young Team versus the Young Toi? I think not.'

None ae us know wit tae say. Even A'm surprised n Big McGiver knows it. Broonie's da looks a wee bitty amused anaw. Aw seen n done before, part ae the tradition ae young men passin through these schemes n schools. Our maws look horrified. They've just clicked on he's talkin aboot gangs.

'This flares up every few years. The village and the first area in town have been fighting for a generation – angry young men warring with each other, over postcodes. At this age, we see episodes like yesterday. Which leads me back to my first question. You are being given an opportunity to explain your actions, before I sum them up for your mothers and father. My explanation, I'm sure, will differ from yours.'

McGiver glances at me. He gees me this look like it's up to me tae spill the fuckin beans. He knows Addison is a mouse n he knows Broonie doesnae gee a fuck. The buck's landed at ma door. It seems only fair cos it wis aw inspired by me anyway. A've git a sneakin suspicion that he knows that anaw. Big McGiver always knew. 'It wis cos ae me,' A say quietly.

'Ahh, Mr Williams, you've seen sense. Please continue.'

'They set aboot me, done us right in, n that wis payback.'

'I see . . . so this was your *bad flu*?' he says, glancin towards ma maw. She shifts uncomfortably. 'This is why the school needs to know about things which happen outside. This could have been prevented.'

'It's no ma maw's fault A smashed them.'

'Indeed not, Alan . . . but this could have been dealt with differently. So, you were attacked?'

'A gang of them jumped him walking a girl home, Mr McGiver. It's an absolute disgrace. Kicking him on the ground. Never would have happened in our day.'

'Mrs Williams, I agree. Alan is a big boy, an easy target for groups like this. However, his gang affiliations are the reason for his attack, I am sure.'

'They're hardly a *gang*, it's the boys he's grown up with. For God's sake, I used to take them to playgroup together.'

'Forgive me, Mrs Williams, but these are angry young men, bound together under a gang identity and who are fiercely opposed to each other. As well as being the victims of violence, they are the perpetrators of similar violence. I am willing to bet that there was a catalyst for Alan's attack. Is it wrong to assume that someone else has had their toes stepped on?'

'Well, Paul, is this true? You stupid boy!'

'Aye, mum.'

'It's *yes*.'

'OK, Mrs Addison. We're making progress here. So, you hit them, they catch Alan and give him a proper hiding. Then in retaliation – this leads to the events of yesterday.'

'What happened exactly, Mr McGiver? I couldn't get a straight answer out of Alan.'

'Well, Mrs Williams, let me summarise. The *Young Team* – Alan, Paul and Shaun from our school, the McKenzie brothers, Mr Stevenson and a Mr Finnegan – organised themselves and besieged the school. They entered armed with a baseball bat, and attacked six other boys, who call themselves the *Young Toi*, to their injury. Two boys were taken away in ambulances, a member of staff was assaulted and a local resident phoned Strathclyde Police, who attended in number. The boys managed to evade capture and here we are. I've got six of my pupils and a teacher with varying injuries and the authority breathing down my neck – not to mention making the local paper.'

Nobody's smilin noo. Ma mum's dabbin at tears wae a tissue n even Addison's maw looks a bit upset. She's lookin at hur son wae new eyes. Hur facts n figures cannae add up tae explain this wan. She's provided a nice hoose, pocket money n the best ae gear but nuhin more. Ma maw's devastated, A kin tell. She takes these things personally, as if she's failed somehow, n she's that bitter cocktail ae angry n disappointed. Even Broonie's da is shakin his heed – he knows we've gone too far this time. Stevie Broon speaks fur the first time. 'Yi dinnae bring bloody weapons tae school! That's whit yur fists ir fur!'

Liz Addison tuts loudly.

'Mr Brown is right, to an extent. Fist-fighting is another matter and one which we can deal with in-house. I am afraid the police are pursuing charges. But, I have intervened and made some calls. My counterpart, Ms Donaldson, and I have assured officers that there will be substantial punishments for both sets of boys. She will be pursuing her own line of enquiry, so your friends will be having a similar chat. Mr McKenzie senior will not be so lucky. As he is past sixteen, the police are offering no such leniency. He is beyond my reach.'

'The boys aren't being charged?' Addison's maw asks, horrified at the thought.

'No, not this time, but consider yourselves very lucky, because there were some who wanted you to go for this.'

'Wanted them to go?'

'As in permanent expulsion, Mrs Williams. This was a particularly serious matter. A teacher was assaulted, seven people injured and a hell of a lot of scared kids in the process. I was inundated with calls from parents preaching fire and brimstone at me about the safety of their children. I have gone out on a limb for your boys . . . and it is not free of charge.'

'What do you mean?' Mum asks.

'I mean there will be conditions attached to your readmittance to this school, boys.'

'Oh anything, Mr McGiver,' Addison's tearful mum retorts.

'You will all be suspended for twenty days, the maximum available to me. This is necessary to demonstrate the severity of this matter to the rest of my pupils. It is also the only way I can keep a lid on those who would have you all expelled and in front of the education authority looking for a new school. However, I am fully aware of the consequences of extending the boys' Christmas break by a month. Not only will this put immense pressure on yourselves and other family members, but it will leave them open to the other consequences of these actions – and for that I apologise unreservedly.'

'Other consequences? What do you mean?'

Broonie's da is shakin his heed. 'They're aw gonnae be lookin fur them. God's sake, Liz. *Use yir heed, wuman!*'

She just doesnae get it. This world is alien tae hur n she's nae concept ae gang violence or retribution.

'But who is?'

'Every other young team in the town. Folk wull be huntin fur them. Yees ir gonnae huv tae be careful, boays. Keep yir heeds doon fur a while.'

'Unfortunately, Mr Brown is absolutely correct. In my experience of gang violence, such actions are widely whispered about and there will be revenge for this stunt.'

'Oh my God!'

'So, back to my request. I'm willing to settle at twenty days' suspension if the boys are willing to come to an arrangement with me.'

'They'll do anything,' Liz Addison shoots.

'What is it?' ma maw asks.

'I want to arrange a meeting with the other gang, the Young Toi, within school. This is a new restorative method they've tried in Glasgow, which started in Boston in the US. We bring them together in a secure environment, with teachers and our community police officers, for a one-day gang workshop. They talk and shake hands – that's it. Perhaps a game of football on the ash park afterwards.

'The second part of this treaty is that the boys promise to endeavour to stay out of harm's way during the holidays. I realise this suspension could not have come at a worse time, but there is no suitable alternative. Does this sound acceptable?'

'That's very decent of you, Mr McGiver.'

'Of course, Paul will do anything you ask.'

'N so wull Shaun.'

That wis McGiver's bright idea. Aw respect tae the big man, he tried his best. We sit n wait on the Friday morning. The three ae us huv been sent up in our smartest uniforms, polished shoes, ties the proper length n tight roon our necks instead ae stuffed in a blazer pocket. McGiver hus gone tae some trouble fur the occasion. He's set plastic chairs oot in a circle wae a table ae snacks in the middle. There's plastic cups wae fizzy ginger n sandwiches oot the canteen. The nuts n crisps must huv been his own doing. He's put two whiteboards wae pens in the holders at each side n stuck up aw the posters aboot gangs, knives n bullyin he could find, like an alternative wallpaper. They hud slogans like 'Bin a Knife, Save a Life' n aw sorts ae other stuff. There's wan ae a boy wae stab wounds in surgery n it makes us shudder tae look at it.

The two community polis ir floatin aboot the hall, lookin at the war memorial n other displays littered around the place. The young tall skinny wan wae black hair n the elder heavy-set boy wae a moustache – the Roadrunner n fuckin Yosemite Sam. Big McGiver is sittin lookin ragin cos the only thing that's missin is the Toi. They huvnae shown up n huv, one n aw, dogged it. Aw the big man's efforts huv been in vain n it's written across his face.

'Well, boys, I dare say we should continue regardless. Don't you agree?' We aw shrug n try tae look interested. 'Help yourself to a sandwich, in the meantime,' he says, glancin towards the two polis doin their own thing. McGiver speaks tae them like two pupils late fur class. 'Sergeant Muldoon and Constable Blakley, we are ready to begin.'

The fat one, Muldoon, trundles towards the circle ae seats and the tall one follows behind, monkey tae the organ grinder. They're awright actually. Yir cat n mouse by default wae the community polis but it ended up more Tom n Jerry. They sit uncomfortably wae their stab-proof vests on n turn their radios doon quiet. Me, Broonie n Addison ir sittin like *The Usual Suspects*. The polis nod towards me n A gee them wan back – neither is overly friendly but it's a wee acknowledgement. McGiver sees it n nods his own big solid nut. He claps his hands loudly.

'Good morning, gentlemen. This is the first monumental and historic gang workshop this high school has ever conducted. Needless to say that the representatives of only one gang have turned up.'

Everybody mutters a laugh n looks aboot like the Toi wid magically pop up. It isnae tae be. McGiver's brand ae sarcasm is easily accessible. Even Broonie kin tell that he isnae being a hunner per cent serious.

'So, first I would like to make introductions—'

'That will not be necessary, Mr McGiver. We recognise a few faces and at least Mr Williams is known to us.'

'See, sir, straight-up famous!'

'Mr Williams' ego aside . . . this is Sergeant Muldoon and PC Blakley, your community officers. On the other side we have Shaun Brown, or "Broonie", and Paul Addison, and last but not least we have Mr Alan "Azzy" Williams.'

We look among ourselves n McGiver laughs tae the two polis.

'They think we exist in a different universe, one where we don't have ears and don't know their nicknames.'

'Always the bloody same, Mr McGiver.'

'Yes, none of this is new, but prevention is better than cure. I believe this workshop can be repeated around the town and I am going to make other headteachers aware of the recent increase in territorial violence.'

Sergeant Muldoon starts tae talk. 'Now, boys, we aw know that this could spiral out of control, so rather than it descendin intae more violence—'

He's cut aff by a brick comin right through the top windae. Everybody shites themselves n ducks. There's broken glass on the floor n McGiver rushes tae huv a look. PC Blakley is awready aff, sprintin towards the main entrance. Muldoon nods tae McGiver n jogs behind him, lookin pissed aff he has tae run. We're aw desperate tae see who's done it. Through the broken pane we hear them shoutin.

'YOUNG TOI, YA FUCKIN DAFTIES.'

McGiver stands wae his back tae us, lookin oot the windae as it gets hit wae wee bottles ae Irn-Bru n beer tins. The big man looks like the caped crusader lookin over his city.

We aw start creepin up behind him, chokin fur a peek oot intae the street. He raises a hand, 'Stay back, boys.'

We aw edge closer n huv a look oot. There's at least twenty ae them standin, aw wae trackies on. They've git poles n wine bottles n their elder wans ir there. McGiver stands silently. A think he wishes he could just run oot n git stuck intae the bastards cos A know A'm fuckin dyin tae. Ma thoughts ir broken by big skinny Blakley sprintin oot the door, legs goin like the fuckin clappers. This isnae *Mad Max*. They aw shite themselves n sprint like fuck. A hear ma name gittin shouted as they turn n run. It floats through the windae's new ventilation hole.

'AZZY WILLIAMS IS A DEAD MAN!'

'YOUNG TOI!'

A'm standin next tae Big McGiver at the broken windae. There's wan ae his posters lyin under shards ae broken glass. His angry look has faded tae acceptance. McGiver wisnae like the rest ae the teachers. They fired referrals at yi constant n fucked yi oot intae the corridors fur talkin or carryin on. Yi spent as much time oot there as yi did in a class. The big yin cared n wis tryin tae help us. Addison is sittin textin away over in the circle ae plastic chairs. A see Broonie tuckin intae the sandwiches, openin them up n stickin crisps between them n knockin back the ginger like a pint at closin time.

'Yi tried yir best, sir.'

'I know, Alan. It's very disappointing. What can we do with you all?'

We share a look but there's nae answer tae the big man's question.

'Λ dunno.'

'Me neither, Alan.'

Bandit Country

A stick ma heed oot the windae n light a smoke up. It's gone midnight noo n the snow is still fallin. The flakes ir black against the swirlin purple n orange sky above. The smoke looks blue against the white ground. It's Christmas Eve, but this year it doesnae really feel like it. The tree is up doon the stairs wae coloured lights n ma presents ir tucked away in the back of ma maw's wardrobe. A loved Christmas when A wis wee n still git excited aboot it deep doon. Ma maw went tae hur bed an hour ago n the hoose went quiet wae nae tele on n nae daft Christmas music. We used tae go tae the Watchnight service in the church tae see in Christmas mornin, but the past year or two A hud patched it n went oot wae the troops instead, runnin the streets until late. Since aw the shite at the school, ma maw's been worried sick. She says she's distraught suhin's gonnae happen tae me n it keeps hur awake at night.

A'm snibbed fur the full duration ae ma suspension. No allowed over the door at aw. A've been blitzin the eld PS2, playin *Max Payne* n *Vice City*. The troops huv been up sittin anaw. Ma maw doesnae mind, cos she knows we're aw safe in here. It hud been a quiet couple ae weeks fur everycunt. Obviously, we'd aw still bailed oot windaes when our maws n that wur away tae work fur a joint or two. Yi need tae dae suhin when yir exiled fae school. It gits fuckin borin after a while.

There's a loud rattle at the front door. That fuckin knock that makes yir heart thud, pure polis chap. A bail doon the stairs n pull the door open. A recognise the red puffer jacket straight away.

'Monica? Yi awright?'

'Big Eck just got battered aff Matty O'Connor!'

Matty is Si's big brother. Him n Div Peters, Jamie's big cuz, ir the two tap men in the Toi. Both ae them ir aboot eighteen or nineteen n gem as fuck. They're the cunts yi heard aboot in stories n, cos ae their back-up, how Si n JP think they're mental.

'Fuck sake! Come in the noo.'

She's soakin wet n brings the cold in wae her. 'Where wur yees?'

'Up the Mansion swallyin. Me n Amanda walked up to meet Patricia, n Big Eck n that were there. We aw walked doon the shop fur fags n Eck went a walk wae Amanda. She phoned screamin hur heed aff sayin Eck had just been battered off four guys who jumped oot a BMW.'

'Where's everycunt noo?'

'They're aw gonnae head up the Toi.'

'A needty go anaw.'

'It's up to you, Azzy. I'll just say you wur sleepin n A went home. We can sit in here.'

This is very temptin. No cos A'm shitin maself goin up the Toi, but because Monica Mason is offerin tae spend the night here wae me. That's an offer boys ma age kin only dream ae, but yi cannae slope yir troops at times like these. 'A'd obviously rather just stay here wae you, but we kin come back here, if yir still up fur it.'

'Aye that's fine, just be careful when you go up there – you've never been up, huv yi?'

'Naw, no yit,' A say honestly.

A've never been up the Toi n A only know a rough sketch ae the layout ae the place. Should we git separated n A end up on ma own, then A could just as easy run doon a dead-end or find a fence which is too high tae jump. A don't know where the doss hooses n closes they're likely tae pour oot ir. Or on the other hand, Monica sittin brushin hur damp fringe oot hur eyes on ma bed. Hur hair's gone curly at the edges where it's wet. A watch as she stands up at the windae n lights a Lambert & Butler, takin a slight draw on the end ae it fae the edge ae hur lips.

There's nae choice, no really. A grab ma Rangers scarf n wind it roon ma neck n over ma chin n mouth. A pull ma jade Marseille tracky on n pull a Nike Air hoody over the top ae it aw. Monica understands n doesnae offer any more protest. It's still snowin like fuck. A could be dain wae ma own Mera Peak, which is wrapped n tucked in the back ae ma maw's wardrobe. A'm ready noo. She beckons me wae a single finger n A kiss hur n feel hur hand go tae ma face, pure elder lassie manoeuvre. Right on cue, ma mobile starts ringin in ma pocket n A rush tae answer it before it wakes ma maw. It's Danny. 'Yelt, ma man! Huv yi heard?'

'Aye, mate, A'm in ma bit wae Monica.'

'Ya dirty dog! Yi comin up this Toi? We're ootside your bit!'

'Aye, mate, course fuck.'

'HURRY UP, YA DICK! WAAA! HERE WE FUCKIN GO!'

Monica is laughin n shakin hur heed. A grab two Budweisers A hud stashed doon the back ae ma drawer. They wid go doon smooth on the road tae the Toi's scheme n wid take the edge aff any blows tae come. A kiss hur wan more time n we creep doon ma stairs. She gees me a cuddle n a kiss on the cheek before disappearin intae the night.

We're mostly aw here, bar Addison. He doesnae stay oot late n dae aw nighters wae the troops. Danny, both Kenzies, Finnegan, Broonie, McColl, Rab, Bailey, Whytey n Big Eck. His face looks a bit fucked, n he's git a shiner ae a black eye. A git passed an open bottle ae wine aff Whytey n take a healthy tan oot it. He tells me tae finish it n A feel the warm rush ae Tonic in ma cheeks. A light a snout n we aw start walkin doon the hill towards the woods. 'Yass, Azzy wee man! Here we fuckin go! First battle intae the Toi!' Big Kenzie says.

'Ready fur dain a bit?' Stacey's man, Big Rab Ryans, asks us.

'Yir fuckin right A'm ir.'

'A heard they jumped yi the other week, Azzy?'

'Aye, Ryans, but we smashed them in school n got them back . . .'

He shakes ma hand. 'Let's git up here n set aboot these cunts.'

We're aff intae the snowy night, walkin towards the Toi's scheme. A few troops have brought weapons n they compare them as we walk under the last orange ae the street lamps. Wine bottles, a cosh n at least wan blade. Bats n that ir wan thing, but knives ir another level. A never carry cos A don't want tae kill somecunt. There's nae comin back fae that.

The eleven ae us head intae the woods n start our trek through the darkness ae the trees. They seem tae swallow us as we disappear intae them.

'Azzy boy n fuckin Monica Mason – no bad, son!' Big Kenzie shouts fae the front.

Everywan laughs. There's nae shame in pullin a tidy, if the burds kin take yi serious it means yir a decent cunt.

The sky looks aw moody n red cos the snow. The woods in this pitch-black wid normally huv been pure solid tae walk through but the ground is completely white n lights the path through the skeleton army ae trees. Ma Rangers scarf is right up over ma mouth n nose against the cold, wae ma hood pulled up. Everywan is banterin away like mad, passin beers n wine bottles among ourselves. A've drank ma two beers n aboot a half bottle ae wine on top. A'm feelin mad-wae-it n ready fur anyhin. We walk the path right up tae the end ae our woods n the start ae the golf course then jump the wee burn. The golfy is completely white n untouched. A winter-green flag comes wae us, like the battle standards of eld Scottish warriors.

We march on towards the lights ae the scheme ahead. Our feet ir muddy n soaked through fae the half-foot ae snow on the fairways. We pass the clubhoose n enter the next set ae woods. The big woods tae the north ae the course ir our territory but the light wooded areas tae the south n east ir theirs. Soon as yi pass the fairways, bunkers n greens n enter the other side, yir in a foreign land. The Toi's boozin spots ir behind the row ae trees n a squad ae them usually hung aboot there. Soon as we enter their unfamiliar woods, the atmosphere changes among us. Aw the laughin stops n cunts ir lookin aw business. The trees aw look different here, mare crooked n unfamiliar in the dark n less like our wans back across the open expanse ae the course. The banter fades n the volume drops tae a whisper. We aw know where we ir noo. Uncharted territory, the badlands. Bandit country.

Soon as yir oot the trees, the Toi's scheme begins wae the first row ae big spikey metal fences surroundin a block ae rundown flats. They huv red ash gardens wae nae grass n a single washin line hangin across it wae weans' toys scattered among the weeds. Beyond that is a labyrinth ae side streets n windin residential areas wae as many potential wrong turns as dead-ends. There's wan block ae high flats n the rest smaller wans wae closes n bright red doors wae clear windae panes n security buzzers. The first sight tae greet yir eyes is a ramshackle n derelict community centre. Y TOI is spray-painted aw over it n aw their stupit names anaw. A big massive MATTY Y TOI, followed by YTB, DIV, TOI BOIZ, IRA 1916, SI, JP, O'NEIL, ALLEN, UDA, 1690, FTQ n ANTI SCREW CREW. There's another ominous message ae WELCOME TO HELL, just tae raise our spirits as we enter their area, deep behind enemy lines. We aw hope fur a massive gang fight n maybe part ae yi, deep doon, hopes we don't see a soul.

We push on, walkin up the street right intae the heart ae the Toi. We're aw shoutin like fuck noo n tryin tae attract attention, like sharks after a drop ae blood.

'YOUNG TEAM, IN YER AREA! YOUNG TEAM, IN YER AREA! WHO ARE YI? WHO ARE YI? LET'S GO FUCKIN MENTAL! LET'S GO FUCKIN MENTAL! NA NA NA NA, OI! NA NA NA NA, OI! LET'S GO FUCKIN MENTAL! WE'RE AW FUCKIN MENTAL! IN YIR FUCKIN HOOSE, EATIN AW YIR BISCUITS! FUCK YIR FUCKIN TOI BOIZ, YA DAFTIES. YOUNG TEAM IN YER AREA! Y T FUCKIN P!'

Silhouettes appear in the darkness. Shoutin doon their own torrent ae abuse. Bottles, stones n bricks come flyin doon the street towards us. Whytey takes a bottle tae the heed n hits the deck. Danny drags him back tae his feet n we square-aff in two rough lines. Aw our weapons ir oot noo n we hunt fur missiles ae our ain tae fire back up at them. Big Kenzie n Eck ir at the front. Then Whytey, McColl n Ryans n me, Danny next tae us, Broonie n Finnegan on our left. Cunts ir shoutin our names n more ir appearin fae side streets. Two cunts push through tae the front ae their gang, Div Peters n Matty O'Connor. The full Toi is there n that Matty's swingin a machete over his heed.

'INTAE THEM, BOYS!' Big Kenzie screams n starts chargin. We aw follow shoutin our heeds aff. A've git a wine bottle in ma hand n A'm swingin it over ma heed. They're sprintin at us anaw noo. Soon as we reach them, everycunt in both lines clash. A'm swingin ma wine bottle at Si O'Connor's heed n he's duckin n swingin punches back at us. It's a pure war zone. Everycunt is gittin attacked fae every direction. Matty swings the machete at ma heed n A pull back. It hits ma arm n A feel it cut us through ma jumper n sting like fuck. Big Eck turns n skuds him wae a bakey bat across the dish. He falls sparkled straight tae the deck. A'm still bouncin aboot wae ma wine bottle ready tae take it aff somecunt's dome. A see Wee Kenzie gittin battered aff Div. A git hit wae a wine bottle across the face but it doesnae burst. A see the white flash, nearly knocked oot, an instant egg formin on ma jaw. A'm staggerin n fawin. Danny jumps in n pulls me up wae the scruff ae the neck oot the road. A'm fucked n heavy dazed but still conscious, yi huv tae keep yir feet or you'd git yir heed bounced on. Whytey is gittin battered aff three Toi wans. It's oot ae aw fuckin control n turnin bad quick.

More cunts ir runnin doon tae join the onslaught. Ma face n arm ir killin me n there's blood. There's folk everywhere noo. Men ir runnin oot their hooses n we're still aw fightin like fuck. Matty's back up n rugby tackles Big Kenzie. The two ae them ir scrabblin on the ground in a scrum noo. Si n JP fly fur us but me n Danny fight the two ae them aff n Finnegan tries tae spear them. A turn roon n see Big Kenzie wae a big slash doon his face n everythin breaks apart. It's aw fucked n we're done this time. Sound the retreat somecunt n let us git back alive tae lick our wounds n tell tales ae bravery in the face ae the enemy. Every scar wid be a trophy, so long as everycunt made it back.

Sirens sound n blue lights appear as two polis motors come screechin up the street. Wumen fae the hooses in the street ir over seein tae boys on the deck. Cunts that ir still standin start backin aff n pullin their hurt troops tae their feet. Aw the Young Team wans sprint back towards the Golfy. There's polis chasin us n we're runnin like men possessed. Cunts ir missin. Me, Danny, both Kenzies, Ryans, Broonie, Finnegan n Whytey make it across the street. There's still figures lyin on the ground no movin n others gittin wrestled tae the ground n put in polis motors. Big Eck, McColl n Bailey irnae wae us. There's two polis runnin after us anaw but they stop at the edge ae the woods n git on their radios. There would be helicopters n aw sorts after us if we didnae make it oot the woods n back tae our bit before they did. 'FUCKIN RUN, EVERYCUNT! INTAE THE GOLFY!' Ryans is shoutin at the top ae his voice. 'RUN, YA BASTARDS! FUCKIN BOLT! SPRINT, EVERYCUNT!'

We make it intae the woods. Naebody's laughin noo. We aw stop tae catch our breath n fall doon finally intae the snow. A look aboot me tae see if A've been stabbed. A'm covered in blood n Danny rushes over tae me n starts pullin up ma hoody n tracky n checkin ma back. 'Azzy, you ir pishin blood. You awright, mate?'

'A'm sound, ya daft bastard, it's ma arum.' Ma jade tracky is soaked red n the smell ae ma own blood makes me spew intae the snow. A've git a deep gash on ma left arm n A take ma scarf aff n wrap it roon tae stop the bleedin. A'm just glad it wisnae ma new Berghaus jakit that git chopped. Ma arm wid heal but that defo wouldnae. A kin hear Wee Kenzie greetin his eyes oot.

We aw pick ourselves up n rush over tae Big Kenzie. It's then A remember his face.

'How bad is it, boays?' he asks, awready knowin the answer. None ae us kin talk fur starin at it. It's a deep slash, fae the ear lobe tae the bottom ae his lip. Pishin blood n the sides separated.

'It's no that bad, son,' Ryans says, tryin tae reassure him.

'Don't talk shite, mate. Hus Tony the Tiger git a stripe or two?' Big Kenzie says quietly. Wee Kenzie is sobbin like fuck. He's git a sore face anaw, ring cuts n a black eye.

'Aye, mate, just a wee wan,' somecunt lies.

'Where's Big Eck?' Tam asks, covered in his own blood.

'Somecunt plugged him, mate, he wis lyin no movin when the polis came. A tried tae grab him but a polis got there first, his neck wis aw bloody, he wis hoddin his neck,' Ryans says, lookin grim.

'Fuck me, man,' Danny says.

'Mon, boys, up the fuckin road. A think A need a hospital,' Big Kenzie says quietly, tyin a bloody Celtic scarf roon his face.

We cross the dark golf course in near silence. There's nae bravado noo, nae brothers-in-arms chat shite. Aw A kin feel is ma burnin war wounds n ma frost-nipped fingers n toes. We cross the seventeenth green and the burn, slowly n painfully, helpin each other n the cunts that ir limpin. We walk intae our woods n trudge on through the snow towards home. A light a fag n smoke it painfully wae ma throbbin cheek. A kin awready feel a healthy egg n bad swellin. It's gonnae be worse in the mornin.

We finally reach Big Kenzie's hoose. Tam's face looks fucked. The slash on his cheek is deep n hus been gushin aw the way home. Wee Kenzie's frettin aboot chappin the door n won't go in his gate. 'Fuck sake, sir!' A shout, pushin by and rattle the thing like fuck. The lights come on n his da appears at the door in his boxers. Big Harold's git bleary eyes n starts shoutin. 'Wit the fuck's gawn on, John? Thomas?'

'Eh . . . eh . . .'

'Look, Harold, Tam's been slashed, git him doon casualty pronto.'

'Right, Alan, son. John n Thomas in here NOW! WILMAAA!'

Big Kenzie walks past our guard of honour at the gates. 'Cheers, Azzy wee man. A'll be sound, kid. Git yir arses up the road before the polis appear. Young Team, ya fuckin bams! Fuck yir fuckin YTB!'

'Take care ae yirsel, big man,' A say n head back oot the garden. Wae that the McKenzie brothers wur gone. Every light in the hoose goes on n we kin hear his maw screamin the place doon. Time tae boost. The rest ae us walk away up the street a bit. Me, Danny, Broonie, Finnegan, Whytey n Ryans.

Big Rab turns tae us. 'You better git up that road anaw, Azzy. Stacey's gonnae kill me cos that arm ae yours. It needs cleant wae fuckin TCP or suhin.'

'A'll be sound fuck. It's only a scratch.'

'Make sure yi clean that shit oot, boss. Git up the road.'

A look around at the six ae us. We're aw broken men. Danny's git a black eye n his face is scratched tae fuck. Wee Broonie hus a deep cut above his eyebrow. Whytey's both eyes ir almost swollen shut. Finnegan's git scratches across his face. A turn tae Rab. 'Git Whytey up the road, mate.'

'Birdseye peas fur you, eld son!' Danny says.

Ryans looks sympathetically at Whytey. He puts n arm roon his shoulder. 'Mon, mate, A'll git yi up the road. Catch yees, lads.'

The two boys hobble away in the opposite direction n ma lot ir left alone.

Broonie's gigglin away. 'Whytey looks fuckin Chinese wae they eyes, the cunt!' We aw turn tae him n laugh n finally breathe oot, shell-shocked n shattered noo the adrenaline is gone. Aw yir injuries start tae throb after the chemicals n drink leaves yi.

'Aye right enough, Broonie, Jet Li fuckin Whytey fae the YTP!'

'*Try n diss me – A'm fuckin Bruce Lee!*' Danny says, laughin.

'Joint?' A ask wae a sigh. Everycunt nods.

We head fur the graveyard tae sit n git a quiet joint before boostin. Ma ain face is fuckin killin me noo. A know the cut on ma arm is bad, the machete hus took a chunk oot. It's a sore wan n possibly a wee trip tae casualty fur me in the mornin. Don't think ma maw's Elastoplast ir gonnae cut it this time. Twice A hud been lucky no tae be scarred fur life wae a wine bottle smashed across ma face. If the lid is aff when yi git bottled, they smash n leave yi like a jigsaw. Lid on, they don't usually burst. A barely landed a punch n git chopped n fuckin laid oot. A'd huv been as well stayin in wae Monica n huvin the night ae ma life.

Danny sums up aw our fears. 'Wonder wit happened tae Eck n that. Any yooz see?'

'A seen Bailey gittin liftit, a screw swept him n they both fell,' Finnegan says.

'They're fuckin carted, mate! Weekender fur Crimbo material.'

'A defo seen Eck wae blood on his neck. Dunno who it wis but,' Danny confirms.

'Fuckin hell, man, did it look bad?' A say.

'He wis hoddin his neck.'

'Fuck me, that cannae be good.'

'Let us see yir face.' A turn tae look at Danny. His isnae lookin great either.

'Bit ae an egg, but yir still gorjis, son.'

As we walk through the cemetery a polis motor screeches up n we go tae run. It's Muldoon n Blakley, the community polis. We stop in our tracks n by this point we're aw too tired n sore tae run anyway. 'Don't bother runnin . . . where's Shaun Brown?' Broonie ducks doon behind us aw.

'Shaun, yir no in any trouble, son. Yi needty come wae us,' the Roadrunner says.

'It's aboot yir maw, son,' Muldoon says, n opens the back door fur him.

Broonie falls tae the ground, wailin like a banshee. Everywan is taken aback. Finnegan n Danny shite themselves. A try tae pull him up, but ma arm is too sore. He's lyin shakin n screamin like a lunatic. The two boys pull him tae his feet. Muldoon jumps oot the motor n helps them lift him tae the motor. None ae us know wit tae say. He's greetin wae tears streamin doon his cheeks n he's just repeatin, *Naw, naw, naw, naw, naw . . .* 'Cummon, son, there now, yir awrite, mind yir step.' It takes the three ae them, Sergeant Muldoon, Finnegan n Danny, tae pull him tae the motor n stick him in the back. Big Muldoon nods lookin aw serious n gets back in the motor. 'You lot are a fuckin state,' he says oot the windae.

The Roadrunner leans across fae the driver's side anaw. 'Oh n by the way, there's more cars on their way up here. Might be a good time to make yourselves scarce.' The windae slides up n they disappear.

'Fuck yees think that wis aboot?' Danny asks.

'His maw's been in a bad way, man. Ma maw told us aboot it.'

'Think she's deid?'

'Fuck knows, man. Either that or she's seriously no well. Polis wouldnae be oot lookin fur Broonie otherwise.'

'Fuck.'

The eld grey kirk is quiet n dark against the snow n we aw walk slowly n silently towards it. We bounce intae the eld section n sit quietly. A start rollin a joint painfully, cos ma arm is pure nippin n the blood is through the scarf. As the drink fae earlier fades ma pain gets worse anaw. Everyhin is fucked wae a capital F. A turn tae the boys, who ir passin a crumpled n damp joint roon. *Merry Christmas, troops.* We shake hands in the darkness n huddle in tae our rotation against the cold n the snow.

A Shite Christmas

A hud spent the early hours ae Christmas in casualty gittin stitches. Only after that wis A tae open ma pressies. A spent most ae the day playin ma new PS2 game. *Grand Theft Auto: San Andreas*, goin on rampages n gittin the polis after yi. Here yi kin just whack the stars-cheat in n that's you, defeated the ends ae justice. A got ma blue Berghaus Mera Peak anaw n a couple ae score notes in cards. A got the grey Lacoste n the red Diesel aftershave n the new Ajax tracky. A'm happy wae that. A wid be smellin right fur the ladies n lookin minted. Berghaus n bottle ae wine doft. It's the wan garment yi need tae survive the streets ae the west ae Scotland. Azzy boy in the blue Mera Peak. Quality.

We're in Stacey's bit noo, in the Legoland estate. The two ae us ir leanin oot the windae upstairs smokin a joint before Christmas dinner. This is a sacred ritual ae ours n makes the turkey n roast tatties taste aw the better, pigs in blankets the lot. She's git a black dress on n A'm wearin a long-sleeved checked shirt n jeans at ma maw's behest. A've tae 'cover that arm n not put people aff their dinner' apparently. Twenty-three stitches A got. Ma face is lookin black n blue on the left side where the bottle hit me, ridiculous egg anaw. A wis aw achey n breaky when A woke up in the mornin. The hot shower stung like fuck, but

A hud tae clean aw the shite oot ma arm, ooze n dirt fae the golfy. After that, ma maw demanded tae see it cos aw the blood in the bathroom n then it wis straight tae A&E at the Monklands.

Big Eck is in hospital n Big Kenzie hus twenty-odd stitches anaw. Bailey n McColl ir stull in the cells. It's aw over MSN. Eck wis lucky. They said another centimetre n it wis game over. Worst ae aw, Alice Broon hud been found lyin wae an empty bottle ae vodka n hud choked on hur sick. Dead n fuckin gone on Christmas. A dunno how tae feel aboot it aw. It's pure madness. A'm thinkin aboot aftershaves n trackies n Wee Broonie is wakin up without a maw.

Everywan is on MSN braggin aboot wit injuries they huv n didnae huv, who they hud battered n who's gonnae get it as a result ae last night. It hud been a full-blown gang fight, but despite everycunt's tales ae battles, they ir actually quite rare. Yi wur much more likely tae git caught or sneakied n done in aff a few cunts when yir on yir own. Waves ae paranoia aboot revenge n gittin done in or slashed keep whippin me. A'm sittin tryin tae ignore it n summon the boldness inside. A didnae really feel that bold the day.

'Told yi, ya fucking idiot, told yi they wurnae to be messed wae!' Stacey says.

'A know yi did. Big Eck's gonnae be awright.'

'Aye, well, he very nearly wisnae. Murdered on Christmas Eve . . . do yees ever think ae yir poor maws? Angela wid never ae hud a good Christmas again if anyhin hud ae happened tae you. Twenty odd stitches, yir lucky yi didnae lose that arm. Think yir gonnae get a burd wae wan arm, ya daft bastard? Yir wee pal's lost his maw n yooz ir oot causin it . . .'

A tut n shake ma heed n she lifts a hand tae slap us. 'Naw don't. A'm sorry, cuz, ma face is fucked . . . don't!'

'Well, don't be fucking cheeky then! Yir a daft wee laddie, Alan.'

A roll ma eyes. She thinks she's ma fuckin maw.

'N don't you worry, Rab's had his arse kicked the day anaw.' Could ae predicted that. Stacey wore the fuckin trousers in that wan.

'Aye, did yi skelp his wee bum fur him?' A say in an eld wuman's voice.

'Naw, A hut him a skud n you'll get wan anaw, ya wee dick!'

'Steady on, Stacey. A'm walkin wounded.'

'Yi will be!' she says n winks.

Ma Aunty Abigail shouts fae doon the stairs n Stacey pulls me aff the bed. We both walk doon tae see ma aunt n uncle n ma maw huvin a wee drink. They aw look at Stacey n comment on hur dress. 'You're lookin lovely, hen,' ma maw says smilin.

'Cheers, Aunty Angela. You too.'

'N here's Rocky Balboa!' Bill blares across the room.

'Awright, Uncle Bill,' A say, no amused at his wee joke.

The prick is dancin aboot, kiddin on he's boxin. 'Don't hit me, big man!'

'Sit down, Bill, you big galoot!' Aunty Abi says.

'Merry Christmas tae yees,' A say wae a painful smile, n sit doon.

'Same to you, Alan.'

'Aye, son, of course. Merry Christmas,' he says, extendin a furry ham hock tae shake. 'Yi want a wee beer?' he asks, lookin at ma maw, who's awready shakin hur heed. 'Awright, awright. A can ae Bru then?'

'Aye, that'll be fine Uncle Bill, tah.'

'Champagne for you, Stacey and Angela?' Aunty Abi asks, pourin a bottle ae prosecco.

Blue Crowns and Jackie the Bird

It's Hogmanay n we're in Rab Ryans' council flat. It's a wee wan-bedroom n he's git a big sound system n a widescreen tele fae crisis-loan candy. There's two three-seaters facin each other wae the silver tele in the corner. The place is quite clean considerin but Stacey's been stayin here anaw so that's probably how. Hur n Rab ir in the kitchen sniffin lines. Yi always see the elder wans disappearin intae kitchens n bathrooms when there's gear aboot. The stuff is forty quid a gram or three fur a hundred, so they couldnae be bangin lines oot fur aw the young troops. A git a wee cheeky Patsy but, cos A'm hur cuz. Rab went n got aw our drink oot the shop n took us a run fur swedgers anaw, so yi cannae grumble. There's twenty-five blue crowns – thick, perfectly set ecstasy tablets – lyin on his coffee table. The tunes ir bangin n it's half ten. *Only an Excuse* is on soon then *Chewin the Fat*, n the Hogmanay show on BBC One. Everybody watches them, but nae cunt remembers them cos we're aw fuckin mad-wae-it by then.

There's me, Danny, Finnegan, Wee Kenzie, Addison, Broonie, Rab, Stacey, Monica, Patricia, Amanda, Big Kenzie n Whytey. Tunes ir blarin oot the system n we're aw swallyin our first bottles n tannin cans anaw. We're aw aboot tae take our first ecktos n git right oot our barnets. We aw huv reason tae celebrate the night. Big Eck hud woken up n seems tae be on the mend. He's kept in fur observation but he's defo gonnae make it. Me n Big Kenzie still huv our stitches in. Ma arm is healin up but it's itchy n the gauze is fuckin stinkin. A hud been doon every day tae git it re-dressed n cleaned oot so it didnae go infected. Wee Broonie is weird. Yi kin see suhin's changed inside our pal. He's git a glazed look n his eyes huv been replaced wae two marbles wae a red swirl. The hurt hidden somewhere deep behind them.

'Yass, troops! We're gonnae be flyin shortly portly!' Danny shouts. The pills huv just started their journey. Nae goin back noo. Orally ingested. Travellin doon yir gullet n oesophagus intae yir stomach. Mixin wae wine n beer. Absorbed through yir small intestine. Straight intae the bloodstream. Pupils dilate. Heart rate increases. Yi start sweatin. Momentary paranoia n feelings ae slight discomfort ir replaced wae a sense ae orgasm, euphoria. Senses ir increased n heightened. The couch yir sittin on feels good tae yir hands. The floor feels good tae yir feet. The tune playin oot the system sounds fuckin magic tae yir ears. Even yir fuckin baws tingle tae the beat when yi glance in the direction ae a burd. When yi inhale yi feel like yi kin breathe in the full fuckin room. Yir feet start tappin the rhythm n yir heed starts bobbin. Yi might feel sick as yi come up but yi don't care cos yir flyin noo.

Yi feel light, manoeuvrable, irritable, sexual, sensual. Yi huv overwhelmin feelins ae brotherhood wae yir own sex n absolute love n affection fur members ae the opposite sex. It turns no bad tae fuckin stunnin. Yi wanty kiss, cuddle n roll aboot in pleasure. Even a lassie yi barely know touchin yir skin or kissin yi feels like you've been wae hur forever, such is the romantic readiness ae the swedgers. Yi close yir eyes n just breathe in, at the peak ae that eckto mountain. The tunes ir carryin yi away somewhere else, takin yi tae heights higher than yi ever thought possible. Yir worries, fears n issues melt away tae nuhin. Yi kin tell aw yir secrets n no care, nae judgement here. Arguments aw resolved, those beautiful strings that bind us strengthened. The ecstasy flows through yir circulation n yir up dancin. Yir flyin high above the clouds n yir free, repeatin yirsel through drug-inspired confusion n trippin in yir ain heed. These parties last days n we're locked in, curtains shut, more swally, more pills on this mad XTC journey intae chemicals n sound n the soul. Nae purgatory. Straight tae heaven on sharks, windmills, speckled shamrocks, playstations, crowns, cherries, smileys, pumas, rockets, Xboxes, Mercedes, lovehearts n fuckin Mitsubishi double-dunters.

Only an Excuse has just finished. We've aw tried tae watch it, but we didnae git the jokes cos we're aw fuckin fleein n disconnected fae the normal. Jackie Bird is on givin it smiles n sparkles. Wit a fuckin absolute stunner she is. This national treasure needs more recognition, a Jackie Bird Day or suhin. A wonder if she's single. The Azzy Boy wid take hur oot fur hur lunch at Pizza Hut. Me n Jackie wid go aw the way – Bonnie n Clyde wan O two point five. Rab's talkin somewhere in the distance aboot *Chewin the Fat*. A'm heavy chewin ma jaw but A'm sittin back n chillin oot, ridin it, n noo A'm up dancin like a pro again, showin cunts how tae rave. Wee Broonie, Addison n Danny ir ma backup dancers n we're aw ravin like fuck. Monica n Patricia jump up n start ravin n bouncin away. Everybody's arms ir up in the sky n we're flyin.

A kin hear Stacey's tellin me tae calm doon. 'Wee Azzy's cookin oot his barnet!' she's shoutin, laughin. We're dancin like fuck. Floorfillas' 'Sister Golden Hair' is playin n sounds strange n beautiful cos A'm fleein, pure different. Wee Broonie's gouchin n A'm strokin the couch like a dug, cos the ripples in the fabric feel magic tae ma mad eckto spider fingers. Seriously but, huv yi ever stopped tae feel the ripples? Addison n Finnegan ir huvin a heart-tae-heart sittin on the flair. Monica is makin eye contact wae us. A think Patricia is anaw, but A could be mistaken. It's probably doon tae these mad fuckin pills A've been takin.

Jackie Bird's dress looks like it's shimmerin n the band's playin faint n ghostly ceilidh music that's makin me tingle. Time is just floatin by noo. Ma buzzin mind starts tae slow n A'm comin back intae maself. Everywan else is cookin, still dancin n fleein. PPK, 'Resurrection'. Pure build up. The trance music is perfect fur these feelings n this drug. The beats huv layers like classical orchestras. The beat, the bass n the treble aw dancin the-gither makin its sweet symphony. Aw the layers givin colour tae our racin minds. The beat n pills cast a spell on yi. It's super-natural aw this. The night's a tragedy. A know A'm stull oot ma dial cos A'm talkin romantic. A feel more normal again noo. Still cookin but slowin gradually fae the mushroom-cloud come-up. Monica looks a wee bit oot it anaw. She's took a couple n they've hit hur noo. Hur pupils ir massive n she looks gorjis. Naebody's been near the toilet. Yi cannae pish on ecstacy cos hormonal changes in the body, apparently. Yi didnae want tae think aboot that in case it freaked yi oot. Yi need tae ride the wave. Breathe deep n just enjoy it.

The countdoon begins. Jackie is countin backwards doon fae ten. She looks so fuckin stunnin n A want tae gee hur a kiss fur the bells. Sorry, Monica doll, there's only wan woman fur me, ma Lanarkshire belle. Just Azzy boay feelin that pure eckto love n that. Never mind Robert the Bruce, fuckin Jackie the Bird, know wit A mean?! We're aw on our feet jumpin aboot goin mad. Everybody's shakin their heeds, arms n arses. 'OoooOoooOoooO!' EIGHT. A catch Patricia lookin at us again oot the corner ae ma eye. She gives me a wee fly wink. Monica's git hur arm roon me n she's cuddlin intae ma side restin hur heed on ma shoulder. It feels like electricity when she touches us n A'm 99 per cent sure A love hur and Jackie, la mia bella, ma cherie, ma darlin. A love you tae. SIX . . . FIVE. Heed buzzin. THREE . . . TWO . . . WAN . . .

HAPPY NEW YEAR, YA CUNTS!

Dead or Alive

2005

Big Harold McKenzie is a bear. He's git a Celtic badge tattooed on his chest. There's eld IRA wans anaw, a sunburst n EIRE wae a masked gunman wae a rifle on his arm n shoulder. He's worked on the roads his full life in a tarring squad n kicks aboot in rigger boots n a hi-vis vest constant. Harold is always tanned n built solid cos ae it, wae a big baldy napper n aw muscle mass n a thick neck. The big man enjoys a bottle ae wine just as much as us n there's always a Club cigarette hangin oot the corner ae his mouth. They're strong fags n if he took a Mayfair aff yi, he always complained that he couldnae git a draw ae it. He'd rip aff the brown filter n stick the tightly rolled end in his mouth n spark the other raggedy side. A'm no sure where he came fae originally but he's git CYT tattooed on his arm under wan ae his Republican tattoos. He hud been hard on Big Kenzie as a wee boy, n as a result Tam ended up tough as nails. They hud been softer on Wee Kenzie n he hud never amounted tae the fame ae his brother. Maybe it's hereditary or maybe it's genetic. Nature n nurture n that. Fuck knows.

Big Harold is rootin aboot in the shed, blindin n cursin as he rattles eld paint tins n brushes n shovels. A see a spade n a hoe fallin on his builder's arse n him cursin like fuck at it. Me n the two brothers ir standin tryin no tae laugh. Their shed is a treasure trove ae gardenin n work materials procured fae a variety ae places and in creative ways. The lawnmower's wire is tangled roon the extension cable n is formin an orange web. Harold is the big juicy fuckin fly caught in the middle. 'Cumeer, ya bastard!' he says without pausin. There's an almighty crash fae the shed. A go tae poke ma heed roon the wee wooden door, Big Kenzie shakes his heed n lights two fags in his mouth n passes us wan. 'THEREYIRTHERE,YAWEECUNT,' Harold says aw in the wan word. Another crash n bang. He pulls oot a brown can ae creosote, two big thick brushes n two pairs ae red plastic gloves wae a material bit on the bottom. He sticks them in a bin bag n gives them tae me.

'Cheers fur that, Harold,' A say, lookin at his big red face fae bendin.

'Nae bother, son. They're wee cunts dain that. Git yir arses up there n git it sorted.' He hands us a hard wire brush. 'Mind fuckin brush it furst, eh? Dinnae be tryin tae paint over it, it's only a varnish creosote but it's aw A've goat.'

We aw nod a thanks n start walkin up tae the top park. There's nuhin tae it really. Just two swings n a wee chute. This isnae our real haunt. The weans ae the scheme tended tae huv this park tae themselves n yi often seen a squad ae maws wae prams here natterin n smokin fags. Yi used tae git told aff fur wrappin the swings roon the frames when yi wur a bit younger n hunted fae hangin aboot this wan. We aw shifted doon the bottom park after that. Yi love yir wee park n dens when yir a wee guy but suhin changes when yi enter yir teenage years n yi just wanted tae smash them up.

We reach the top park n clock it. A wooden fence, flakin n exposed, runs the length ae the back perimeter ae the park. The message is scrawled in four-foot white spray-painted letters.

Big Kenzie laughs n marches up tae it. 'Fuckin shoddy work, boys. Typical lazy YTB job!' We're no really laughin. That twinge ae paranoia has spread through us. There's nae names left, but we knew fur sure they hud been here, a full squad up lookin fur us. Big Kenzie pulls oot a roller tray fae his bag n starts pourin the creosote over it. It splashes ontae the paint tray in big fat glugs. He hands me a glove n paint brush n Wee Kenzie the wire brush. 'Mind yi arms n eyes noo, boays. The eld creosote kin be nippy.' It smells like fire, pure brimstone in yir nostrils, thick chemicals chokin yi, but it takes me back years tae ma gran's shed. We start sloppin the thick brown liquid aw over the fence n Wee Kenzie scrapes the hard wirey brush against the flakin surface n scrubs the paint aff till it's dusty n faded. The dark brown creosote covers the remnants ae the paint n our death threat begins tae disappear. A glance towards Wee Kenzie, whose face must be like a mirror image ae ma own. This wis far fur them tae come n we knew that.

'Right boys, nice even brush strokes noo! Aw in the wan direction!' Big Kenzie says wae a fag hangin oot his mouth, laughin casual. The two ae us ir lookin at him. 'Wit?' he says wae a shrug. Wee Kenzie goes back tae scrubbin the plank wae the wire brush.

'Dae yi no care, Tam?' A say.

He turns n gees me a look n A see his sore-lookin scar. 'Azzy, wee man, we aw care. But it's no just a case ae carin or no. A'm no gonnae sit n shite maself fae these fuckin cunts. Bit ae paint's no gonnae hurt us.' Big Kenzie's face hud healed but it left him wae a big tan mark, ear tae fuckin lip. He lits a couple ae days' stubble grow in before he shaves noo n often hus a patchy beard tae hide the mark.

'You're a daft cunt, Tam,' Wee Kenzie says.

We both turn tae look at him, surprised. He hud barely spoke aw day.

'Wit you talkin aboot, kid?'

'Yir no invincible, ya stupid prick! Dae yi no realise you've broke ma maw's fuckin heart comin hame wae a face like that? It scares hur tae look at yi noo!'

'WELL, FUCKIN PARDON ME FUR GITTIN SLASHED! Ya wee fuckin dick!'

'If yi hudnae started wae Div n Matty it wouldnae huv happened!'

'You listen tae me, wee bro. They cunts ir fuckin animals n if it hudnae happened tae me it wid ae happened tae wan ae yooz. So A'm fuckin glad it happened tae me. Yees ir still wee guys, man, A wid ae felt bad.'

'Mate, they've no heard the last ae that. They're fuckin owed fur you n Eck.'

'Azzy, you're gonnae end up gettin it as well. Two ae yees hink yir mental.'

Big Kenzie turns n slaps his wee brother's face a fuckin beauty. 'Fuckin man up, ya wee turd yi! Me n Azzy didnae fuckin start this but we've git the fuckin baws tae end it. A'm the tap fuckin man aboot here!'

Wee Kenzie's ragin, holdin back tears. 'WELL YOU KIN FUCKIN TELL MA MAW WHEN YI KILL SOMEBODY! COS A'M NO, YA PRICK!'

'John, fuckin calm doon, mate. A know yi got a fright when A got slashed but yi cannae just git hut n that's it over n done wae. A'll always needty watch noo n so the fuck wull yooz. Yees ir fuckin YTP noo, boays. It's never gonnae be over. Yees wull fight wae these cunts tae yees drap deid. TELLIN YEES. Yees wull be huvin pitched battles wae yir fuckin zimmer frames n walkin sticks as chibs in the nursin home. MEER YOU, YA TOI BAS-TARD, I'M HUVIN YOU!' Big Kenzie dances aboot holdin an imaginary zimmer.

Wee Kenzie is smilin noo but sparks a fag n smokes it in a huff. 'Well, wit we gonnae dae then?'

'We're goin doon the fuckin Toi the night tae dae a wee mural ae our ain! Art Attack time, bhoy-ohs!'

'Fuckin too right, ma man!' A say, laughin.

'TOI BOIZ, WANTED. DEAD OR ALIVE. YEEE HAAA!' Big Kenzie shouts, swingin his cap aboot like a cowboy n makin pistols wae his fingers.

Lessons

The classroom is eld n flakey. There's a muddle ae desks n chairs, some newer faded plastic wans n eld wooden things fae nineteen-canteen. They're stuck the-gither wae chewin gum n bear the scars ae aboot twenty years ae graffiti atop graffiti. The things ir boggin n huv the faint smell ae stale mint n Atomic Apple Hubba Bubba. We're in English, fourth period, which is always a bad wan. Everycunt is buzzin tae git oot fur lunch n dae witever yir dain. We couldnae gee a fuck aboot *Macbeth*. It's the first day back n everywan is in a pure downer. The rain is runnin doon the big plastic windaes. The only glass wans in the school ir the wans oot ae safe reach ae balls n stones.

A sit n stare oot these big dirty plastic windaes every day, dreamin aboot the future n ma life. A fantasise aboot burds, adventures n stuff that A want, like motors n that. It vaguely occurs tae me that the shite the teacher is rabbitin on aboot kin git me aw these things, but the thought ae actually listenin n learnin it n dain good fries ma nut. The minute A git interested in suhin, the eld dusty grammar books come oot n A feel lost n throw in the towel. She's talkin aboot *Macbeth*, givin it murder, ghosts, witches, castles n A'm like fair doos fuck that dis sound passable. Then she tells us it's a fuckin Shakespeare play. We've git the book in front ae us but A cannae read a fuckin word ae it. Somecunt shouts, 'Miss, A hink A'm dyslexic!'

Even when yi try n pure concentrate some banger shouts suhin daft n makes yi laugh or yi drift intae the ether n start clock watchin n glancin doon at yir mobile under the desk. Ma heed just starts buzzin aboot wae Monica n how healthy she is n how much A like hur . . . n stuff we could be up tae. Then A'm thinkin aboot the troops n the YT or A'm oot in the corridor again fur talkin or disruptive behaviour.

Ma teacher is aboot fifty. She's an elder woman wae scraggy hair n thick specs, Mrs McLaughlin. She has on a black cardie n a light blue blouse wae a long black skirt n heels. She's rattlin the eld black board wae a bit ae chalk. 'Miss, A thought yi couldnae mention *Macbeth*. Is that no bad luck or suhin?' A ask hur, rememberin suhin A'd heard years ago.

'Impressive, Alan. Some thespians won't utter the name of the play in the theatre in fear of bad luck!'

'Wit's a thespian?'

'Azzy called the teacher a lesbian!'

Laughs aw around. McLaughlin looks ragin. 'Enough, Mr Addison! Enough of that language this instant!'

'Sorry, Miss, A didnae hear yi right! Wit is a *thespian* then?'

'It's an actor, Paul, a theatrical actor. Now, back to *Macbeth*. Mr Williams was correct. There is a very real superstition about pronouncing the protagonist's name in the theatre where the production is being performed . . .'

'Miss, wit's a protractoragonist?' a lassie shouts fae the back.

'It's a lead character, Julie. The play is referred to as the "Scottish Play", and in rehearsals they will call the protagonist the "Scottish Lord" or the "Scottish King" in fear of repeating his name. They even say in productions where this hasn't been followed there have been reports of bad luck and even deaths. If you believe in that kind of thing! Can anyone give any reasons why they think this may be the case?'

'Cos Shakespeare is heavy gay!'

An eruption ae laughter.

'No, Alison. The Bard's sexual orientation isn't relevant here. Anyone else?'

'It's actually because of the witches,' a wee smart cunt doon the front says.

'Very good, Jonathan. Please go on.'

Addison catches ma eye n we git a wee chuckle. Aw the cool cunts sit swingin on their chairs at the back ae the room. Aw the mad geeks sit at the front wae their heads doon answerin questions n tryin no tae git in trouble. We just try tae git a laugh n no git a referral. A'm only on a doggers card the noo so A didnae huv the eld A, B or C rating system. A hud, historically, hud a wee extra note, behaviour-related, written even on the doggers card which only asked fur a signature tae confirm yir attendance.

'It's because the original dialogue was thought to have been real spells and mentioning witchcraft was seen as a bad omen.'

Someone is makin pigeon noises wae cupped hands n a paper aeroplane comes flyin overheed like Concorde. School aboot here is a constant circus.

'It's coz, YER MAW!'

Everywan is pishin themselves again. Jonathan hits a red neck n puts his heed doon.

'Enough! Well done, Jonathan.'

'How come we're no dain *Our Day Out*? The other classes git tae dae that! We git hit wae Shakespeare!'

'Because you have the privilege of having me for an English teacher. *Our Day Out* is beneath you all!'

'Well we cannae understand this, Miss!' Alison says.

'Perhaps if you all opened your ears and closed your mouths, you might do a bit better.'

'It wis wrote aboot a thousand year ago!'

'It was *written* four hundred years ago . . .'

'*Our Day Out* wisnae written that long ago!'

'For goodness sake, will you forget about that silly play! You are a middle section deemed capable of reading something a little challenging. *Macbeth* may be difficult, but it is at least worthy of our attentions! Now turn to act one, scene one. What kind of drama is *Macbeth*?'

'An eld boring yin!' somebody shouts.

'No, actually, it's a tragedy.'

'Tragedy! When yir pants fall doon and yir arse is broon, it's tragedy!'

'Enough! Now if anyone else talks out of turn, they will be heading to Mr McGiver's office for a long chat about Shakespeare over lunch!'

Fuck that, A think. A'm envisionin ma chips n curry, that savoury delight wae the sweet caress ae ma wee bottle ae Irn-Bru. A'll smoke a wee fag after it doon the Smokers' Corner n A'll be happy as larry. Our first day dain Shakespeare n we huvnae even opened the first page. This is the way most classes go. Unless yi huv a scary bastard ae a teacher that kin control their class. The proper eld-school teachers ir decreasin every year. Aw the new wans ir different. The young wans ir too busy havin yi make posters or watch videos. Givin yi wee star stickers on a fuckin achievement board. Dynamic approaches or some shite. The eld wans made yi copy oot texts n read the eld dusty books oot the supply cupboard. Either way, yi learn fuck aw.

The bell rings n we aw grab our bags n head fur the door. 'Mr

Williams, will you please wait behind!' Everybody oohs n ahs on their way oot the door. A let oot a big sigh n stand in front ae the blackboard. She marches over n closes the door. 'Sit, please,' Mrs McLaughlin says, pointin at the front desk. A dae as A'm told, still thinkin aboot ma lunchtime munch n the fuckin queue that's gonnae be formed in the wee shop noo. Every day the poor bastards in the shop ir tryin tae feed the five thousand n it's a riot. She's still wipin the fuckin blackboard. *Hurry up, man!* A'm thinkin in a wee huff.

McLaughlin finally turns and starts, 'Alan, this last year I've seen some real potential in you. Have you thought about next year and what you want to do after school?'

'Naw, no really, miss,' A say, glancin at the door.

'Do you want to leave and do nothing, as most of your pals will?'

'A dunno wit A wanty dae, miss.'

'Next year, your Standard Grades will determine how your life plays out. I'm going to put you forward for the credit exam. How does that sound?'

'Sounds hard!'

'Of course it will be hard, but I think with the help of your writing folio and a little work, you'll have a decent shot at it.'

Much as A'm fuckin dyin fur ma chips n the sweet tender silky smoothness ae ma Irn-Bru, A'm inclined tae listen tae folk tryin tae help me. It wisnae a regular occurrence so A'm no gonnae throw it back in hur face. 'Aye, A'm listenin, miss.'

'Good. English may not be of particular appeal to you, but you show some real talent. Have you any other interests, subject-wise?'

'A like history n politics. A like talkin aboot politics!'

'Do you do History or Modern Studies?'

'Naw, A chose PE n Woodwork instead, n Geography fur some reason.'

'That doesn't matter. I can speak to your guidance teacher and get you changed if you are prepared to do the extra work. You're more than capable and I'm sure Mr McGiver would support me if you demonstrate a genuine interest.'

'Fair doos, miss. A suppose A could drap Woodwork, n dae Modern Studies.'

'Mr Williams, let me tell you something. You could do anything in this life – but I don't see you as a tradesman somehow. Do we understand one another?'

'Aye, miss.'

'You're not aware of your academic capabilities, but I take an interest in students like that. Ones like Jonathan will naturally do well. However, ones like you, Mr Williams, can go either way.'

'Wit yi mean by that?'

'Your friend, Mr Addison. He comes from a well-off family, I know his mother. He will probably go to uni and won't break a sweat doing it. You have the potential for great things and it's time you realised it. It will be harder for you, but so, so much more worthwhile if you achieve it.'

We share a look fur a minute. A gee hur a nod n she glances towards the door tae let me know A'm dismissed.

'Aye cheers again, Miss McLaughlin,' A say as A dash fur the door.

A keep eyes open fur Toi or Fleeto wans n swagger roon tae the Smokers' Corner alone fur a snout n patch lunch. Broonie n Addison wid awready be doon n back up wae the few other cunts we ran aboot wae. There's aw the younger wans at our school fae the Team anaw, the wee guys. The tap man oot aw them is Wee Lucas Toffey. He's a solid wee cunt n is gonnae be

93

wan ae the tap men when he grows up. He's a popular, good-lookin kinda wee character n always hus the nice burds floatin aboot him. He's only in first year but hus the swagger n the style. Yi kin just tell who's gonnae be who. His wee crew is made up ae him, Carlyle, Gunny, Briggy n Dalzell. They five ir the next generation. They look up tae us like we did tae Big Kenzie n Eck, Taz n Ryans, even Whytey n McColl n that. Yi need tae look oot fur the young troops below yi, just like aw the elder wans looked oot fur us – don't bully them just tae make yirsel look mental. A think aw the wee guys ir cool as fuck. Mad tae think we're their elder wans.

The First Day of Marching Season

We're in Agnes Stevenson's bit, Danny's gran. We've always mucked aboot roon here. When we wur wee boys she used tae gee us a fiver each fur dain hur garden. No that we wur landscapers, but she wisnae expectin a *Ground Force* style transformation. Aw we hud tae dae wis turn the soil in the flower beds, cut the wee square ae grass, pull oot the weeds n put weed killer between the eld broken slabs. As a younger woman, Agnes hud took great pride in hur wee garden. She hus a rockery roon the front n flowerbeds round the back wae the biggest bits ae rhubarb yi ever seen. The red n green stalks wur as big as yir arm. Yi hud tae wash them before yi ate them but, cos cats wee oot the back. She hud wee yoghurt tubs full ae beer buried intae the soil around it tae kill the slugs. She used tae gee us a can ae McEwan's lager tae go n fill them. Me n Danny always took a wee swig n pretended tae like it. The real task wis emptyin the eld tubs, full ae stale beer n dead slugs. No exactly a fuckin Pina Colada. We spent long summer afternoons dain the garden n gittin a cheeky fiver fur our troubles.

Danny's granda's eld tools ir still in a wee shed at the back ae the garden next tae a green hoose. He hud died before Danny wis born n the shed wis left as a shrine tae his memory. There wis an array ae tools fur us tae look at. When his gran wis fitter she wid come n show us things he made wae wood n his accoutrements, aw the files, chisels, planes, drills, saws n whittling knives. She used tae love watchin us figure oot wit things wur fur n there wis always an odd bit ae timber she let us play on tae test oot our new skills. Yi hud tae sweep up afterwards, cos that's wit good workmen do.

Time moved on. Agnes hud grown eld n hur garden hus begun tae take the look ae a jungle. We still promised tae go n dae it but it never happened. When we wur wee guys, me n Danny wid both fit on the top step while she watched oot the back door wae a wee Canada Dry ginger ale n whisky. We wid stay roon tae the light sky turned royal blue then navy. Yi wid see the twinklin lights in the distance, further than yir wee mind could comprehend. The few streets n woods we wur allowed tae run aboot in wis the end ae our world then. 'Where is that?' we used tae ask.

Agnes wid sip hur drink n smoke hur Superking menthol cigarette n say, 'That, boys, is our wee paradise, far away fae the big bad city where A grew up.' Our eyes wid widen in wonder at the sight before us. The infinite sea ae orange n red wis like another sunset. In actuality it wisnae paradise, but the streetlights ae Condorrat n Cumbernauld.

'Yees want a wee poke ae chips, boys?'

'Naw, yir awright, Gran. A'm a bit skint but, ma maw didnae gee me ma pocket money!' Danny says, hintin fur a fiver.

'Yees sure? Wit aboot you, Alan?'

'Naw yir fine thanks, Agnes. A've just hud ma lunch in ma maw's.'

We don't like tae see Agnes runnin after us any more. She isnae fit tae but still wants tae keep tradition n look after us.

'Awright then, wid yi like a cuppa tea n a Caramel Wafer then? Or a Blue Riband?'

'Naw, no thanks!'

'Awright then. So wit huv yees been dain then? A've no seen yees roon fur a while.'

'Aye, we've just been busy wae our exams n that, Gran.'

'Yees dain well at the school? Yi stickin in, Alan?'

'No bad, Agnes. No too bad.'

'Aye, Gran, we both git As in wan ae them!'

Our exams ir marked wae a numerical system. But it sounds better that way.

'Aw that's good, son. Gittin good marks it the school is important. Pay attention tae yir lessons, boys. It's important yees git good marks at the school.'

'Aye, A know, Gran. Me n Azzy are best in our classes. Tap ae the class!'

His gran isnae daft but n she hudnae came fae Clydebank on a fuckin banana boat. 'Yi think A wis born yesterday? Just pay attention now, or you'll end up in the remedial class wae the dunces! N you'll git sent doon the pits!'

'A don't think there's mines anymore, Gran!'

'Aye well, still.'

A make maself comfy on the eld couch. It takes me back tae ma childhood being here. Nuhin much hus changed. There's still the eld shelves wae wee whimsies but wae an extra layer ae dust n the eld patterned carpet. There's a bronze plate ornament hangin on the wall n pictures ae Danny as a wee wean n his cousins n his da anaw. Danny's granda n other men A didnae know in army khaki suits n hats.

We're aw disturbed fae our chat. The noise floats through the single glazed windaes. Agnes cannae hear it yit but me n Danny kin just make it oot. It's the big drum beats yi hear first, a bass drum that yi carry in front ae yi on shoulder straps. There's nae foot pedal, just two sticks tae rattle the thing wae. Next is the rattle n purr ae the snare side-drum lettin aff a double-stroke roll. Finally, there's the unmistakable shrill ae the Fife flute playin the eld melodies. They wur only allowed tae march between April n August. Durin marchin season there's plenty though, the Juveniles, memorial parades n the big walk in July. Danny rolls his eyes n sighs. A cannae help smile a wee bit.

Agnes sees us listenin n both our expressions. 'Wit is it, boys?'

'It's they band bastards!' Danny says, ragin.

'Now dinny yi swear in here, son! That's foul language!'

'Sorry, Gran. They just piss us aff but! Proddys always rubbin it in yir face!'

'Aye like yooz don't anaw!'

'No aboot here, mate! When huv you ever seen a Hibs walk?'

We stayed in a majority Protestant town n the only places yi really seen a Republican walk passin by wis particularly Catholic areas, like doon Langloan in Coatbridge n up n doon the Gallowgate in Glasgow.

'Mate, yees rub it in our faces constantly, n then git ragin when we complain aboot it!'

'Danny, aw yees ever dae is complain!'

'Aye right, eld Brother Alan. Son ae William n aw that! Eh, Gran?'

'It's true, Danny! Even fitbaw. Yees think the ref is a mason n aw that! Always cheated, never defeated!'

'Don't argue, boys! Ma family had two choices, stay in Ireland and starve in the famine or come tae Scotland and survive.

Barely a choice ataw. Anyway, never matter! Dae yees want a poke ae chips?'

'A'll stick them on, Gran,' Danny says wae a wink as he heads through tae the kitchenette. He tries tae slap me on the way past but A manage tae gee him a discreet baw-twang fur his troubles. *Orange bastard!* he's mutterin intae the deep-fat fryer.

The Easter Holidayz

We've awready been aff fur our Easter holidays fur a week. We finished at half two last Friday. Ma maw's still been workin aw week so A've lay in bed, smoked a bit ae dope n git a bottle two nights through the week anaw. Part fae that, it's been fuckin borin. A'm lookin oot the windae at the sunny day n it's inspirin me. There's nae adventures tae huv aboot here. Yi wander aboot the streets endlessly kickin the dust fur hours, dreamin pointlessly aboot plans n shit we're gonnae dae. The boredom is chronic. Campin, but naebody hus a tent. Go tae the go-karts, but we cannae git a run. Go tae the pictures like we used tae wae the lads, but it wis gay noo without burds. Cunts talked aboot paintballing but it never happened. Yir maw n that ir sick ae geein yi money, so yi huv fuck aw but a mere few quid fur a ten-deck n a bottle. Then, we'll tick a bit ae dope n buy some Highland skins wae our last quid n bounce up the Mansion tae sit n smoke it. That's yir North Lanarkshire adventure.

Holidays wur different when yi wur wee. We wid go up tae St Andrews wae ma maw n gran n granda. They wur long gone noo but A've git certain images aboot the place stuck forever in ma heed. The livin room n patterned sofa cushions ae a static caravan n a wee hotdog oot the shop at the East Sands. The eld ruin ae the cathedral in the end ae North Street, the thick harr n the smell ae seaweed n fresh salt. Lobster pots n St Leonards girls' school, which is hauntit, apparently. The only groans n grunts we ever heard wur the big poshy burds playin rugby oot the back. The wee park at the East Sands hud the wee black motorbike n the red elephant. Then at night when it got cold, yi walked roon the harbour n across the wee bridge tae the wee cafe fur chips. It hud the wee RNLI charity box wae the movin boat. Before yi went home, yi wur allowed tae go tae the toy shop at the West Gate n buy a cap gun. The nice eld man wid show yi them oot the packet n they smelled like Bonfire Night. A used tae run aboot wae the wee polystyrene planes that yi hud tae poke the wings through the flimsy fuselage n attach a wee plastic propeller. These often crashed over the cliffs and ended up in the North Sea. If that happened, ma maw wid go n buy me another wan cos she loved me n wanted me tae be happy. That happiness belonged tae a different wee boy n those good times hud rolled on by.

A finish ma joint n ping it intae ma neighbour's garden. The phone goes n A'm still dreamin as A answer. It's Danny. 'Awright, son,' he croaks.

'You sound fucked, mate. Yi on-it last night, ya cunt?'

'Aye, man. Amanda came doon n we drank a litre ae vodka. You gawn tae Gunny's empty?'

'Aye fuck! Any shaggin last night?'

'Rambo git a knife, son?'

'Ir the burds comin tae Gunny's?'

'Azzy, furget Monica, mate! Git intae Patricia! She's fuckin gorjis n A dunno how but she's keen on yi – it's obvious. Monica's a stuck up wee cow! How long you been tryin tae batter intae her noo?'

'Monica's a decent lassie, man. Everycunt tries tae go wae Patricia. She's high maintenance material! Know wit A mean?!'

'Gonnae start callin you big Azzy the virgin!'

'Aye witever, mate! You stick tae sleepin in between Amanda's wee chicken legs like a good wee fuckin dug!'

'Mate, A'm ir a dug! Always chasin pussies!'

'Naw, yir always chewin somecunt's bone, ya cunt!'

'Listen, *Alan*! You git wan ae them pumped the night! Or yir fuckin gay!'

'Aye, aye, we'll see. You away back tae playin dolls wae Barbie. A wis more intae Action Man!'

'Listen, mate. You, Action Man and King Billy aw took it up the shiter! So shut it!'

'Right, A'll see yi later, Don Juan!'

A go roon fur Danny n Amanda vanishes oot the door n starts the walk ae shame up the road. Danny rolls his eyes soon as hur back is turned. She's more Medusa than Barbie the day. A nod hello n she glares n disappears. 'Yass! Thank fuck she's away, man! Wee heed nip!'

We're walkin doon towards the shop fur our bottles when A hear a wolf whistle behind us. It's Gemma Carmichael n Big Rose. A wave n the two ae them walk doon tae meet us. Big Rose is the mental burd oot aw the lassies. Hur name suggests the flowerin heed but she's more like the jaggy stem. A squad ae lassies came up lookin fur hur, eager tae find oot if she wis as mental as legend hud it. She bounced oot in a tracky n rag-dolled the lot ae them aboot by the hair. A huvnae heard ae anycunt goin wae hur – no that curiosity ever tempted us, cos she wid probably ride yi intae battle. Big Rose is the tap woman awright, nae joke. Goliath ae the fuckin burds.

Rose makes like she's gonnae punch us. A assume the

defensive boxer's position. 'Azzy! Ya wee dick! You'll git punched aboot!' she shouts.

'Hiya, Gemma,' Danny says, smiling.

Danny's always tryin tae hit hur wae the patter. Gemma is wan ae the elder burds, a wee stunnin ginger. Cunts always chase her. She wid chat away tae me but cos A never tried tae go wae hur. That's the secret tae the elder burds. Just be cool n they'll chat back n batter intae you, if they're interested at aw. Gemma is an absolute stunner but. She hangs aboot wae elder cunts n only appears wae the troops sometimes.

'Awright, lads. Wit yees up to?' Gemma says.

'Gawn tae a party if yi want tae come? Just waitin fur drink.'

'Why no? A'll git yees it, A kin git served now!'

'Yass, you're a fuckin darlin, Gemma!'

After a minute, Gemma appears wae the bags n seems tae be strugglin wae the weight ae Big Rose's fat cargo. We've git a bottle each n a few tins, Gemma hus a bottle ae pink MD n a couple ae Bacardi Breezers fur a tasty number after. 'Is Monica n Patricia goin?' Gemma asks.

'Aye everywan's awready there,' Danny replies.

'So who yi kissin the night then, Azzy?' Gemma asks, winkin.

A fancied hur anaw. She wid look at yi like she knows everyhin yir thinkin then wink, tae tell yi tae keep dreamin. A hope Monica's gonnae be there. A wis still textin her constant but nuhin's happened yit. Cunts pure chasin wee lassies n aw that. Nae use ataw. The elder burds ir where it's at.

'Gemma, you kin take ma arm the night!' Danny says.

'Eh, naw! A'm just aff the phone wae Amanda, ya dick!'

'YA WEE FLY MAN!' Big Rose shouts n punches him in the arm.

We reach Wee Gunny's street n kin see his hoose. The tunes ir awready bangin oot the windaes. We reach the door n bounce straight in. There's a pile ae trainers at the door like an assault course tae dodge on the way in. The tune blastin oot the speakers is Jurgen Vries, 'The Theme'. Troops ir everywhere n the place is awready a fuckin mess. There's cans n bottles n glasses aw over. There's four ashtrays, a paper fur rollin joints on, greff on the floor n spilled wine n bodies tramplin it aw in tae the carpet. There's two three seaters on each side ae the livin room n the remnants ae an eld coffee table covered in aw this shite. Wee Toffey is in the corner playin wae an eld stereo. The thing is blarin it oot n the sub below is dancin its ain wee rhythm. The tune skips, Benny Benassi, 'Satisfaction'. Big Rose is pushin me fae the back. 'Cammon tae fuck, Azzy!' Wee Toffey jumps over the coffee table n grabs us. We aw start goin crazy, ravin like mad. A crack ma bottle n take a healthy tan ae it. Cunts ir bouncin aff the walls gawn nuts. A shake Wee Gunny's hand n gee him a drink ae ma bottle as he walks by, steamin awready. The tune changes again, Plummet, 'Damaged'.

A'm only in half an hour when Monica catches ma eye n glances towards the door fae across the room, subtle n feminine, blink n yi wid miss it. Toffey notices but n he's noddin n givin me the thumbs up n winkin. A laugh n start headin fur the door discreetly. A grab ma bag wae ma bottle n cans on the way oot.

It's still warm outside n A'm buzzin cos A'm walkin wae hur. Monica's wee paw slips intae mine n she's git a wee serious look on hur face. It's makin ma mind race wae possibilities n A'm smokin double drags. Noo n again she'll catch ma eye n gee me the look n yi know witever happens yir fucked, cos you've fell fur an elder lassie who cannae promise yi anyhin more than the moment. Pals, school troops, other burds n the young team wid aw huv suhin tae say, aw damagin wit yees huv the-gither. Then yi huv tae contend wae elder guys who've git motors n money n aw the shite that comes along growin up. A'm still YTP, tracksuit n bottle ae wine doft, livin life on the edge. Maybe that's part ae the appeal, even fur a lassie like hur. We're on borrowed time always, wae every second stolen and destined fur inevitable n painful failure but every moment ae it pure electricity.

Helicopter Sunday

22 May 2005. The title race fur the Scottish Premier League has culminated in one last day ae football action. Celtic ir two points clear ae Rangers at the top ae the table. The title decider hus come tae the final games ae the season. Celtic play Mother-well at Fir Park and Rangers play Hibernian at Easter Road in Edinburgh. If Celtic win the day then they take the title. Fur Rangers tae take the title clean, we need a win and Celtic huv tae draw or lose. The trophy is transported tae the winnin team in a helicopter. Mid-game, the chopper wid hover halfway wae it's precious cargo – the Scottish Premier League trophy – then depart tae the winnin side fur the medal presentation n the liftin ae the cup.

We're in the Orange Hall n everywan is here, young n eld. Eld grannies up on their feet wae the tough worky cunts that popu-late the club. We're aw wan the day, united in our common loyalty tae the red, white n blue n the Queen's eleven. There's pints flowin n a fuckin din floatin oot every door n windae ae the Orange Hall, pure fuckin sash bash. Yir surrounded by trad-ition in here. The mirrored mural pictures ae our flute band and their comrades fae Northern Ireland hang on the walls. The Union flag flyin ootside as a reminder ae the place's loyal lean-ing. The Red Hand of Ulster, King William III of Orange, the

Union flag, the British crown, the YCV, the UVF n 1690. These ir our symbols. It's family n tradition n fitbaw n flows through the veins ae our community, part ae yir very fabric. At moments like this, yir united and divided at the same time. Yi felt part ae our blue brotherhood, but yir split fae the other half ae our community. The Irish Tricolour, green, white n gold, the hardships ae famine n British rule, hunger-strikers, FREE DERRY, Sinn Fein, the INLA n the IRA. Those ir their symbols. We love tae hate each other and on days when victory is yours, it's fuckin phenomenal. The Old Firm – the clash ae the famous Glasgow Rangers and our arch enemies n otherwise friends n neighbours at Celtic Football Club.

Rangers ir up one–nil against Hibs at Easter Road and the score is the same fur Celtic in Motherwell. If it stays like this, then Celtic take the championship. Yi kin feel the charge in the very air, thick wae loyalty and nervousness at being defeated by them. The commentators huv the same excitement in their voices. There's a commotion in the away stand n a mighty roar sounds fae the Rangers support at Easter Road. The coaches n Big Eck McLeish ir lookin aboot. Everyone is on their feet in the club in anticipation. Another box comes up in the screen and the sound switches tae the Celtic game.

SCOTT McDONALD!

HE'S SCORED! McDONALD FOR MOTHERWELL!

ONE ALL AT FIR PARK!

THE CELTIC PLAYERS CANNOT BELIEVE IT!

IF THIS STANDS, RANGERS WILL TAKE THE TITLE!

THE HELICOPTER IS CHANGING DIRECTION!

We're aw fuckin dain the bouncy in the club n watchin Rangers kick it aboot at Easter Road. We're tryin tae hold up the ball n take our time in the corners – urging those sticky seconds tae tick away but they're treacle when yir winnin, minutes turn tae hours, days and fuckin aeons. They're tryin tae break Motherwell doon, but they're playin oot their socks fur Big Terry Butcher, a former Rangers man. He's git the Motherwell team well fuckin fired up.

We hear the Rangers supporters celebratin again in the away stand. We dunno wit's happnin n there's a confusion again. The players ir lookin tae the coaches at the touchline. Big Eck McLeish is wavin his arms, signallin tae his players tae keep playin n don't stop. The game isnae finished. They're lookin aboot fur the ref's whistle tae end play. Alex McLeish and the Rangers coaches start huggin at the touchline n goin nuts themselves, cos the news hus come over the wireless tae the bench. The split screen pops up again and the sound switches tae the Celtic n Motherwell game on the lounge projector n big speakers.

Another chance for McDonald! He's in the box. Can he do it?
McDONALD?!
HE'S SCORED!
McDONALD HAS SCORED AGAIN.
IT'S ALL OVER!
MOTHERWELL TWO, CELTIC ONE!
THE TITLE IS GOING TO IBROX!

The Orange Hall goes absolutely fuckin bananas. Grannies ir kissin cunts on the cheek and grown men ir huggin like wumen n greetin wae happiness. Pints ir flyin through the air like fountains n packets ae nuts ir flyin aboot like confetti. We aw burst intae song in unison as if it hus been rehearsed.

'ALL TO-GETHER NOW!
THE CRY WAS NO SURR-ENDER!

SURR-ENDER OR YOU'LL DIE – DIE! DIE!
WITH HEART AND HAND,
AND SWORD AND SHIELD,
WE'LL GUARD OLD DE-RRY'S WALLS!'

The seconds tick ever onwards. Everybody's on their feet waitin, hopin, prayin and dreamin. There's cheers ae MON THE GERS fae the lounge n the rest ir nervously waitin. Aw the men ir up oan their feet n some shuffle aboot tae the toilet n the bar. Celtic need tae score twice tae take the title. There's nae time fur that. The game finishes at Fir Park: MOTHERWELL 2, CELTIC 1. It's aw over fur them but we're still playin, the final minutes n seconds. A draw up there wid cost us the league. Kin it be? FULL TIME EASTER ROAD! RANGERS 1, HIBERNIAN 0. It's aw over. The commentators go mental n the lounge erupts. The Rangers' travellin support invades the pitch up in Edinburgh n floods the green grass wae a sea ae red, white, blue n orange.

ABSOLUTE SCENES AT EASTER ROAD.
FANS GO WILD, RUNNING ON TO THE PARK.
THE POLICE ARE TRYING TO KEEP ORDER . . .
RANGERS ARE THE CHAMPIONS!

We fuckin float oot the club, singin like fuck n still buzzin. There's me, Big Eck, Broonie, Addison, Toffey n Carlyle. We've aw git Rangers taps on. Big Eck's git a Union flag tied roon his waist n the orange Diadora shirt. A've git an Ulster flag wrapped around mine n ma eld blue Diadora Rangers tap on, long-sleeved, wae the lions n the collar. The rest ae the boys ir wearin the new lightweight Diadora taps. We've git our bottles ae wine planked roon the side n bounce roon tae grab them oot the bushes. We're walkin doon the middle ae the road, aw swag-gerin, singin n gawn mental. When the Old Firm plays aboot here there's radio silence and the streets ir apocalyptically quiet, naecunt walkin aboot n nae traffic on the roads. After the game cunts would flood oot hooses n yi wid see the place come back tae life wae a bang. We're still in the middle ae the road n aw singin the-gither. (Tae the tune ae 'Winter Wonderland.')

'THERE'S ONLY ONE NACHO NOVO,

HE SAID NO – TO THE PROVOS,

HE SAID NO THANKS, YA BUNCH AE WANKS,

WALKIN IN A NOVO WONDERLAND!'

The place is buzzin, totally alive. The streets fill wae cunts wearin colours n motors start appearin on the road. Normal life kin resume n it's as if some wicked spell hus been lifted aff everycunt. That static charge in the air seems tae earth n we leave three hundred years n ninety minutes ae religious conflict behind us. At least until next season or the big walk in July, where tensions wid rise again n grown men in Celtic taps would spit at yi n call yi a wee fuckin Orange bastard. It's a momentary division, superficial here really, despite everycunt's best act that it isnae.

Down the shop, we see the Republican half ae the Young Team comin fae the other pub, where they aw congregate in when we're in the Orange Hall. They're aw draped in Irish Tricolours n green n white n yella Celtic taps. We're still singin n geein it laldi. They're awready shoutin abuse n IRA slogans up at us.

'YA FUCKIN ORANGE BASTARDS!'

'Tiocfaidh ár lá, ya dirty hun cunts!'

We're no geein a fuck n we're singin our songs over them. Big Kenzie is at the front, then Wee Kenzie, Danny, Briggy n Finnegan, wae a khaki balaclava n a Tricolour wrapped roon his waist, n Wee Gunny. They're shoutin the odds n singin their own songs ae tradition n rebellion.

> *'By a lone-ly prison wall-ll,*
> *I heard a young man calll-ing,*
> *"Nothing matters, Ma-ry, when you're free!*
> *AGAINST THE FAMINE AND THE CROWN,*
> *I RE-BELLED, THEY CUT ME DOWN!*
> *Now you must, raise our child – with digni-ty".*

We're standin on opposite sides ae the road geein each other abuse. Motors ir slowin doon tae look n residents ir hurryin by. They think there's gonnae be a riot. There isnae but n the fitbaw is practically forgotten, apart fae our colours n flags. The YT always took precedence over any sectarian divide. Big Kenzie n Eck bounce in fur a healthy cargo n we aw start walkin doon the park.

There's nae park really, just skeletons ae swings n the remnants ae other climbin frames n shite. The place is forgotten but it's ours. A'm lookin aboot as we bounce through the gate n start joggin doon the ash path. A watch as ma troops jump the fence, wae our blue cairy-oot bags swingin tae the beat, aw bammin each other up aboot the game n chattin shite. Big Kenzie n Eck ir at the back, pushin each other n wrestlin as they walk. Me n Toffey n Danny ir walkin next n Finnegan n Addison n the rest ae the younger wans ir up ahead. '*Dae yi want a chicken supper, Bobby Sands?*' Eck is shoutin, steamin. Big Kenzie's yellin back tae him. '*Aye, gee him a bit ae yours, ya fat fuckin proddy cunt!*' We're aw laughin at them. Big Kenzie's got Eck in a heed-lock n they're tryin tae sweep each other then rollin aboot the grass fightin.

The fields further doon ir showin signs ae the comin summer noo. The air's changin. Yi noticed that in the countryside up here. This summer wid be some buzz. The wans previous, yi hud been just the wee guys kickin the dust n tryin tae git the odd bit fur a joint or a few stolen cans. This year wid be different. We're the main troops noo n our time hus come. Six weeks ae madness lay in store fur us. Yi end up skint n back kickin that dust desperately seekin adventure n listenin tae tunes on The Box wae yir maw's windaes flung open, lettin these new tunes fill the street wae the colour ae trance n teenage rebellion. The big Orange walk fell right in the middle, which practically guaranteed madness. Long as we got a few burds n a few mad aw-nighters, A wid be happy. Yi kin see it comin wae every night that stretches n holds on tae dusk a wee bit longer. Yi kin be oot wae the troops tae eleven o'clock in the light nights ae the summer up here. Aw sittin roon a wee fire at the log, drinkin yir bottles until the darkness creeps in around yees in the woods. The endless nights ae summer n eternal youth.

We reach the bridge n Big Kenzie is handin the cans oot. These ir the hazy dayz, chilled oot material. We sit n roll a few joints n drink our bottles, still draped in Union, Ulster n Irish Tricolour flags, n forget aboot division n the afternoon n the days slippin away. That doesnae matter but cos time is on our side, the summer stretchin oot before us wae a million possibilities ae love n war, high dayz n fuckin adventure on the Lanarkshire Frontier. The wind picks up n sweeps roon the eld railway bridge n an amber sunset fades behind the Campsies, leavin a dark silhouette in their stead. A'm standin lookin at them as A crack a fresh bottle ae wine n neck it. They've seen it aw come n go n yi feel small in their mighty presence. Ma granny used tae say that the hills looked over yi, blue n expandin forever, beyond the cemetery n the rollin green fields behind. The sky goes dark n aw yi kin see is the orange tip ae a joint gittin passed between eld pals n the Cumbernauld streetlights that come on in the distance.

PART II
Galvanised

Murder and culpable homicide rates across Strathclyde have jumped by around 40 per cent, according to the latest figures from Scotland's biggest police force.

Chief Constable Steve House said that at least 47 of the victims were known to their alleged attackers, and said cheap drink and the rise in the number of house parties were also significant factors.

Deborah Anderson, Evening Times

A Strathclyde Safari

2008

Strathclyde Park, known tae us as 'Strathy', is where yi go a spin when yi pass yir test. It lies between Hamilton tae the west n Motherwell tae the east. It's four kilometres squared ae roads n wee car parks centred around Strathclyde Loch. It's home tae M&Ds, Scotland's biggest theme park wae aw the rollercoasters n the Kamikaze. A think that's away noo right enough. The Kamikaze wis two big cages swingin roon, like two fixed grasshopper oil wells yi see in America. They swung adjacent tae wan another n when the first cage reached the tap, it wid pause, leavin yi suspended upside doon fur a minute. It wis then yi heard everywan's money n phones flyin intae the cage, n A even seen somebody spew n watched a candyfloss n cheese burger mix makin the same trip back tae earth. A preferred the wee shows wae the daft shootin ranges wae the eld 2.2 rifles at Burntisland n aw that. A wis always no bad at that. As an elder teenager yi wid be slopin aff wae the local burds tae the beach n tryin tae git fags n a bottle ae wine. Yi wid sit on the wee rocky bit wae aw the troops n git a swally n hope somebody hud a CD player wae batteries fur beats. They wur the fuckin days.

The local shows wur run by gypsies n yi always ended up fightin wae them. A few ae the big parks in our town n doon Coatbrig became home tae travellin fairs a few times a year. As soon as dark fell n aw the weans left it wid be time tae tango. The gypsy boys wur mental cunts, pure tough made. They wid be standin in a group, makin sure naebody wis thievin or bumpin the rides. Then the young teams ae the town wid attack them n you'd huv full-on square-goes, fights breakin oot everywhere, amid the incessant whine ae the bells n whistles, the muzak n eld dance tunes bangin oot. Even a few high-vis security cunts couldnae stop a rampagin young team meetin the gypos in the middle. If yi wurnae boxin, yi wid just drink a bottle ae wine n jump along fur the ride. Loads ae wee tidies wid be wanderin aboot catchin yir eye wae dirty looks. Cunts bouncin aboot on eckies starin at the flashy lights wae a carnal lust.

'Aw wit, mate! She's a fuckin beauty!' Danny says.

'Mate, you've seen it a hunner times!' A say, laughin.

'Aye, she's a slick beast!' Broonie says, polishin the bonnet wae his sleeve.

'Wit aboot Addison in the fuckin new Astra? 1.8 SRI? Your maw n da ir mental geein yi that.'

'It's aboot the bottle, no just the throttle!' Wee Kenzie says.

'Where we gawn the night then?'

'Falkirk cruise!'

'That's only a Thursday or suhin, man. Wit aboot Strathy?'

'Aye, yi need tae go tae M&Ds when yi pass fuck!'

'Place is hoatchin with polis but!' Addison says.

'So fuck, Azzy's just passed n he's chokin tae go a good spin. Git a Maccy Dee's n that,' Danny says. He sees ma expression. 'Nae mess in Azzy's shiny new brief, troops! Or they'll be death in the camp!'

'Right that's that then. Strathy it is, boys,' Wee Kenzie says.

'Wit aboot the lassies? Think they'll come a run?' Danny asks us.

'Aye, A says tae Gemma tae come but she's no replied,' A say.

'You're fuckin Gemma in the brain, mate,' Wee Kenzie shoots back.

'Say tae hur then tae git the rest ae them oot fur a spin – better wae the lassies oot fur a laugh n a swatch!'

'Aye, Finnegan's just wantin another pump at Toni!' Broonie's shoutin.

'A've no fuckin went wae Toni, awright! Telt yees a hunner times!'

'Fuckin baws, Finnegan! Two ae yees ir always sittin gittin a wee swally or a few joints or a wee munchy box! Yir full ae shite!'

'We're just pals, Kenzie! Fuckin swear doon!'

'Aye, pals wae benefits!'

'Naw, more like pals on benefits!' Kenzie shouts.

We aw fuckin buckle again. Even Finnegan manages a smile. The night's sorted. A wee run doon through Strathy, a Maccy Dee's at Hamilton retail park, then back up the road.

Danny boy's smilin away, leanin in ma driver's windae. 'Wit yi fuckin lookin it, fanny baws?' A say tae him.

'Nuhin, mate, just weird tae see you drivin! Always is when somebody passes their test.'

'Aye, nae baw hair, *Tokyo Drift*,' A shout tae him as he gets in his ain motor. He hud passed aboot two month ago, the cunt.

The tune blastin through the system is Michael Woods, 'Solex'. We're aw racin doon the Whifflet, then past the Shawheed flyover n fleein left ontae the Bellshill Road, doon past the Hilton hotel n the business park. The limit is fifty but we're rallyin it dain eighty. Addison's away oot n by like fuck in his Astra SRI. Finnegan is in an eld gold Peugot 306, pure nineties brief. Kenzie's in

Danny's wee 206, the turquoise wan. Ma wee Corsa C isnae the fastest, but it looks no bad, black SXI wae lowerin springs n white 17" ten-spoke alloys. Fuckin spot on fur ma first wee shaggin wagon. The last cunt who hud it hooked it up fur beats n there's red translucent wires leadin intae the boot fae the bonnet n tucked under the plastic door trims. Big Kenzie donated an eld 1200 watt, green Fusion sub n amp fae his eld Golf tae the cause ae tunage. That's hooked up in the boot n bangin, dancin tae the vibrations ae the beats n makin yi feel the bass in yir chest n heed.

We're drivin in the Bothwell-end gate, turnin aff fae the big roundabout. Past the entrance n intae the park wae the steel skeletons ae rollercoasters fadin in the darkness. We've still git the windaes doon wae Marcel Woods, 'Lemon Tree' pulsin through the motor as we're cruisin through. There's two polis motors sittin outside the main centre n we roll by casual, hidin the joints in the ashtrays. Yi go straight up fur half a mile, on a wee road through the park n the woods wae the loch on yir right-hand side. Then after that, as yi approach the Hamilton side, you've git a network ae wee car parks at the waterfront, aw appearin at different points doon the road. At night these could be full ae unsavoury characters n of course, the polis. Loadsa drug deals went doon here n a few lassies hud even been raped. It's miles n miles ae dark woods, roads n secluded car parks filled wae the young teams ae every scheme in Lanarkshire. Yi huv tae keep yir wits aboot yi. Forget the scene ae Scottish beauty through the day, the loch n feedin the ducks n aw that shite – at night, these woods became a jungle. The night, ma first legally drivin a motor vehicle, we're on safari.

Our convoy is still passin through the park. The car parks ir full the night, motors hidin behind the darkenin trees. The sun is almost doon noo n it's that mad dusky pink light. A kin make oot Rangers n Celtic taps through the trees n dafties still bouncin aboot, some wae taps aff n the familiar green n yella ae Buckfast bottles. Broonie's rollin a joint in the motor's handbook noo, crunchin the grinder, n A'm scopin the scene, seein where we kin pull up n sit. A hud been doon here in elder cunts motors when A wis a wee guy n kin always mind it being jailbait. The polis wid park at the top ae the wee car parks n go doon n search everycunt. If yi get caught wae a grinder full ae green, yir fucked. A few times when the polis hud appeared at the motor, A'd crunched a full fuckin joint intae a wee baw n stuck it doon the front ae ma trackies, folded the book away n swept up the tobacco tae avoid a drugs charge. The grinder is the only thing yi cannae git tae fuck quickly. It's hard tae deny a solid metal cylinder wae half quarter ae ground-up stinky grass n a bumblin Broonie in charge ae the surreptitious destruction ae evidence. Yi huv tae be quick n smooth no tae git busted, then play it cool under the duress ae questionin, melted oot yir nut.

We pull intae the next car park wae only a wee blue Saxo VTS sittin in it. There's a few lassies in the motor n nae dafties. We aw park across fae the burds n slide aw the windaes doon so we kin talk across the four motors. Addison is wae a burd we didnae know, Amy. Finnegan's wae Wee Toni, as per. Danny is wae Amanda n Kenzie in the back n A'm wae wee fuckin captain chaos, Broonie boy. Amanda's leanin oot the windae talkin tae me while she lights a fag. 'Where's yir burd the night, son?'

'She didnae want tae come oot. Fuck knows wit's the matter wae hur,' A say.

'She pissed aff at yi fur suhin?'

'Aw fuck probably!'

'Yi probably deserve it! Gemma's no been aboot much lately,

right enough. She's oot wae hur new pals in the town n aw that. They aw go tae Tunnel.'

A hudnae really seen Gemma properly fur a few weeks n any time A tried she wis patchin it. It wis a passin fling really, no much mare than that. A wisnae lookin fur love anyways, just chasin the buzz wae the elder chicks, as always fur the Azzy boay. If yi chase the bad burds n the elder wans, longevity isnae often guaranteed. Short n intense is best.

'Wit's the plan then, Azzy boy?'

The wee burds in the motor opposite ir geein us the eye, a wee blonde wan n a brunette n A'm nudgin Broonie tae look, but he's stoned noo n jist gigglin away tae himself. 'Plan is, draw ae that fuckin joint, ya mad hog!'

'Oh sorry, swed. Didnae realise A hud fuckin puffed it away.'

'Yi never dae, ya wee cunt!'

A start settin another wan up in the book. Everycunt is banterin away, shoutin tae be heard up the line ae motors n over the 6X9s n the sub's heavy vibrations. A'm sittin wae the tunes on n Art of Trance, 'Madagascar' (Ferry Corsten Remix) is reachin the good bit. A'm lookin oot intae the water, stoned n fascinated aboot nuhin, dreamin aboot burds n checkin oot the tidies in the next motor. The sun is doon behind the other side ae the loch n it's lit the sky aw orange against royal blue. The long summer nights ir absolute quality. It's the end ae July noo but n the end ae summer is in the air. It makes yi feel restless, like yir runnin oot ae time again like those summers years ago that passed us by.

'Edge it, mate. There's the fuckin screws!'

The polis motor rolls up tae the car park slow as fuck, crawlin along the Serengeti, lookin fur its prey. A'm flippin the joint rapid, lickin n stickin it then stashin it doon ma tracky bottoms, horizontal along the waist band. The polis motor rolls on, a silver n blue beast through the trees. A light ma joint n watch as the cherry crackles n the blue smoke gets sucked oot the windae, towards the orange sky n the clouds ae midges that huv showed up tae gatecrash the party.

The Nature of the Beast

There's piles ae notes aw over the floor n pills n bits ae dope lyin everywhere. Danny n Kenzie ir sittin countin the money n tryin tae work oot wit stuff they've still git left. They've took another bar ae dope last weekend wae a week's tick on it. The pills hud been an impulsive extra. McIntire hud pulled the bag oot, said he wis lookin tae git rid n they hud snapped his hand aff. So, as well as the soap bar, they've git three hundred swedgers tae try n move anaw. They got these fur a hundred n seventy-five. This isnae such a good deal, sayin Big Kenzie or Eck kin git them a hunner fur sixty fae this other guy, on two-week tick anaw.

Party drugs ir hard tae sell individually cos no cunt is takin them through the week n it's a mad n sporadic sesh customer at the weekend. The hash sold itself. That's cut intae quarters n sold fur fifteen or twenty dependin on who's buyin, n the pills ir sold two quid a whip, aw the way. This meant they only huv tae sell fourteen twenty-pound quarters n they kin pay their normal tick. The remainin bits tae sell wid be profit fur their pocket, but yi never got it bang on n they always smoked some. The eld hash that used tae git imported wis much better quality. The outer skin ae the bar used tae be mega shiny n the dope inside wis a soft sandy colour. Mostly it's shite noo n cunts only want green.

Wan ae them wid take the new bit on Friday n start sellin that. The other wan wid keep the rest ae the original stuff n try tae sell they bits. If they kin sell ninety pills, they're aff scot-free and in healthy profit tae sell the rest in their own time – while takin their usual order next week n sellin that simultaneously. If yi wur smart, yi saved up a few weeks n bought bits cash n sold them at yir own pace. Problem is, when cunts find oot that there's nae mental third-party tae potentially enforce any hunt fur the debt, yir much more likely tae git bumped. Then yi need tae sort cunts oot, which is drama. If yi sold anyhin on tick yi wid always huv tae chase somecunt n smash cunts who bumped yi. Yi wid huv tae contend wae that, cunts wantin tae set yi up n steal yir stuff n the polis anaw. That's the way drug dealin works. Simple? Aye, in theory.

A'm sittin starin at the pills again. Danny n Kenzie ir arguin aboot whose fault the present situation is. Ma eyes ir driftin across aw the pills lyin. It wisnae uncommon tae take at least ten ae these things. In the last fifteen years, the levels ae MDMA in them hud dropped dramatically. These ecstasy tablets ir the size ae a drawin pin heed, off-white wae shark stamps on them.

'Ya fuckin dafty! A told yi just tae git the fuckin dope!' Kenzie whines.

'Did yi fuck! You wur the wan noddin yir heed when McIntire asked yi.'

'A wis shakin ma heed, no noddin it.'

'Yi wur noddin like the Churchill dug, ya cunt!' A shout.

'Fuck up, Azzy. It doesnae matter noo! We're nearly two hunner short fur him!'

The two ae them turn tae me. A'm smokin a joint in the corner, mindin ma own business. 'Wit you sayin, Azzy?' Danny says.

A turn n raise ma eyebrows through a thick cloud ae grass

smoke. 'A'm no a fuckin drug dealer. A take the hings, A don't sell them.'

'Aye, we know that, Alan. But dae yi know anycunt that wid be interested in eckies or a bit ae fuckin dope tae help yir mates oot, wee sacks?'

'Yi know everycunt is lookin fur green noo. The dope's gittin hard tae shift n fuck knows aboot the pills. Yees shouldnae ae took that many, fuck sake!'

'Aw great fuckin help you ir!' Kenzie shouts.

'A'll try aw the young wans. Ask them if they want fifteen quid quarters n a good deal on pills.' The two ae them look as if A've slapped their faces. 'That's fuckin business, boys. If yi want cash in a flash then yi need tae gee cunts a deal! Even A know that, fuck sake.'

'Fuck sake, sir. That's our profit yir handin oot, Azzy. It's a business, no a charity.'

Five minutes n a few calls n A've made them back seventy quid. They bang bits oot underweight, chase cunts early fur tick n then they wonder how they cannae git rid ae stuff when it comes tae Friday n they're desperado fur any coin tae make up their debt. World's worst fuckin dealers. A understand it n how tae deal wae cunts, but A cannae reconcile the grief wae the potential small profit yi might or might no make. The logistical heed-fuck on a Friday makes fur grim watchin.

'Gunny takin a bit then?'

'Aye, a half Oscar n ten sweeties.'

'FUCKIN YASS, Azzy boy! You should git in on this. You'd make a few bob! Eld silver tongue, know wit A mean, Kenzie?'

'Bad enough listenin tae yooz moanin n greetin on a Friday. A'll help yees the night but that's yir whack.'

'Some cunts irnae fit fur the game, know wit A mean, Danny?'

126

After that the sales dry up. The elder wans ir nae use the night. Oot ae aw the younger wans we manage tae git rid ae another twenty eckies n a quarter ae dope. We make half their tick back, which is pretty good goin considerin. Aw that's left tae dae is go n meet McIntire n tell him the script in person. They're meetin him in a car park doon the bottom end.

We roll in n there's a black Subaru Impreza awready waitin. Aw the windaes ir blacked oot n the motor hus the usual gold alloys. A pull up across fae it n Danny leans forward fae the back seat. 'Mate, you wait here,' he says tae Kenzie.

'Wit yi talkin aboot?' Kenzie says, his pride obviously knocked by this.

'Wait here, fuck sake. Both ae yees. Witever happens here, just stay in the fuckin motor n that's it. Awright?'

'Danny, we're only fuckin aboot a tonne short or suhin! Yir being para, ya cunt.'

'Naw we're no.'

'Wit dae yi mean?'

A roll ma fuckin heed back n take a long last draw on the joint. 'How much?' A say without lookin round.

'Wit?' Kenzie says, confused.

'How much, Danny?'

He finally turns tae me. 'Me n Amanda git a quarter ae ching through the week. A thought the pill money wid cover it, but A told him it wis fur a mate.'

'Fuckin gear anaw? On tap ae the bar ae dope n the fuckin eckies?'

'Aye . . .' he says.

The Scooby flashes its lights.

'Yir a fuckin dick, mate.'

127

'A know A'm ir, he says A better huv it anaw. Said he didnae care aboot the pills, but don't dare let him down fur gear money.'

'Take it yi sniffed it aw n didnae punt any?'

'Aye, obviously, two ae us ended up wrecked n sniffin rock stars n shaggin aw night.'

'Canter, mate. How much noo?'

'An extra two hunner on tap.'

Three hundred-odd quid tae these cunts is a week's wage. Even wae their wee enterprise runnin they don't huv two pennies tae rub the-gither. It's always in wan hand n oot the next. They like countin notes n playin aboot wae scales but they never actually seem tae profit fae any it, pure pointless. The lights flash again.

'We've been late the last three times, Azzy. He's telt us straight nae fuckin more or else.'

A shrug. 'Yir gonnae huv tae tell him the script, eld son.'

Danny sighs, bounces oot n jogs up tae the Subaru.

Two minutes later, Danny's up at the windae ae the Scooby wavin his arms about. The door flies open n Marcus McIntire bounces oot. He's a big Donkey Kong ae a cunt, roarin at Danny n pushin him. Danny's shitin himsel waitin fur the inevitable. McIntire hits him five rapid n Danny's on the deck. He's gittin bootit fuck oot ae n aw we kin dae is watch. A kin feel Kenzie shakin like a leaf in the passenger seat. He's a fuckin cardboard gangster. Danny's both brains and enforcer in their wee business arrangement. It finishes before it starts. McIntire helps Danny up n brushes him aff. He takes the notes oot his hand, after Danny picks them up. McIntire ruffles his hair before he jumps back in the motor n toots the horn on the way oot the car park.

Danny walks back up tae the motor bent in two. He's git a

beaut ae a black eye n a bloody nose. Kenzie jumps in the back. Danny sits doon in the front wae another big sigh. A pass him ma pre-rolled joint, which A always keep fur night. He nods a cheers n puts it between his swollen lips. 'Wit did he even say?' Kenzie asks.

'Says A've tae huv it aw by next week or A'll be gittin it again.'

'Did yi git our bit?'

'Aye, two this time,' Danny says, passin the tin-foil wrapped bars tae the back ae the motor.

Raving in the Bedroom

Saturday, 27 September 2008. The last few weeks huv been nuhin but anticipation ae this day. In aboot seven hours we wid be on a bus headin tae wan ae the biggest events in the Scottish dance-music scene. Fantazia, the original n best. It wis the wan yi aspired tae go tae, the wan yi dreamt aboot as a wee guy. We'd seen elder wans' videos n heard the stories ae smoke n sweat, the bubble ae heat when yi walk in the main arena, the green lasers above yir heed as yir eyes roll in pleasure n ecstasy. The long bars n pockets full ae drink tokens on the bus hame. The smell ae a burst glowstick in yir hair fur days. That is aw tae come.

We've listened tae dance music since we wur wee guys aboot eleven year eld. Happy Hardcore, Scott Brown n Hixxy n aw that. Then *Clubland – The Ride of Your Life*. After that it hud been aw the PCDJs. Yi hud the first pioneer, the genesis, DJ Rankin – Pulse, Nogitaclue, Fatcat, Badboy, Zitkus, Gillies, Paul n Cammy. Then Curtai, Steven Logan, McD, Neil Jackson, Div E, Disco Dave, Supreme ae the famous 'Friday Night Tune', Cheesy, Cambo, Blitzed, Easton, CoCo, Flea n DJ Add, aw fae aboot this way, n the boay, Gary McF. 'Ah Ahh Ahhh' – any time A heard that tune, it took us back tae the very beginnin on the streets wae the troops, the definitive anthem ae the PCDJ generation.

There's too many others tae hope tae mention, fuckin hundreds ae cunts mixin fae the schemes. Aw these legends hud kept us aw ravin through the early years. Only a few mainstream tunes broke through in they days, 'Fly on the Wings of Love', 'Pretty Green Eyes' n other mad dance chart shite like that. Aw the lassies hud 'Dancin in the Dark' n DJ Sammy n that playin constant. A few other classics made it through like 'Cruisin' n Scooter's tunes, the big blond German hero. We mostly preferred the disses n aw that *Every day oan MSN! Yir about tae git shuttt-down!*

About sixteen or seventeen yi grew oot ae the megamixes. Then yi found cunts like Tiesto, Mauro Picotto, Marcel Woods, Armin van Buuren, Simon Patterson, Markus Schulz n plenty mare. The trance scene wis flyin, n a bit ae Showtek n Deepforces fur a bounce. Somecunts split n went harder n listened tae hardstyles n gabba – Technoboy, Tatanka, Evil Activities n Angerfist n aw that. A'm no intae aw that as much. A like trance n takin eckto n dancin aboot wae glowsticks n ravin wae yir hands n feet, rather than aw that fuckin fist-pumpin, heedbangin hard shit. The night, we're progressin tae the next level. Fantazia is the original event in the Scottish rave scene n it's wan ae the big wans, alongside Coloursfest in June n Fantasylands, the newest addition, in April n November. We're plannin tae hit that wan next.

The anticipation is building inside us, an uncontrollable urge tae git bang on-it. A've git 'Alya' playin in the background n A'm almost ready. Ma maw's even went n brought me in a McDonald's tae make sure A eat suhin. It's gonnae be difficult but. Normally, yi wid snatch the thing oot hur hands n scran fuck oot it, but the day A'll be munchin it a sesame seed at a time. A'm forcin it doon. Adrenaline is a hunger suppressant. This excitement n euphoria needed nae fuel, apart fae Methylene-dioxy methamphetamine n Buckfast de la Tonic Vino. It's an eld CD n it skips ontae DJ Rankin, 'Raving in the Bedroom'. The CD player is blastin oot n A'm bouncin aboot like fuck. Ma maw's goin nuts but A don't care cos we are ravin! YEEEOOOO! *We are raaavin! We are raaavin! ALLLLLLAN, TURN THAT DOWN!* Naw, maw, cannae, soz – cos A'm fuckin ravin in the bedroom. *DJ Rankin in the mix motherfucker!* Here we fuckin go. Haw, specky, gees an ecky.

A bounce doon tae Eck's flat n the troops ir awready here bang on-it. Danny, Addison, Big Kenzie, Wee Kenzie, Finnegan, Big Eck, Amanda n Wee Toni. The tunes ir bangin oot the eld beat-up system n the neighbours ir awready chappin through the wall. Big Kenzie n Eck ir fuckin full ae it. They've been sniffin a quarter ae gear aw day apparently, bangin oot Patsys left, right n centre. The two ae them ir dressed in pure bright colours. Tam's wearin a shockin pink tap n Eck's in a baby-blue polo shirt wae the collar up n white trackies. Danny, Wee Kenzie n Finnegan huv Gio-Goi n Brookhaven T-shirts on wae joggy bottoms. A'm wearin a royal blue Henleys tap wae a pink logo, dark grey Nike joggies n ma eld Lacoste trainers wae the single strap. Amanda's gone fur the pink tutu n furry boots, the lot. Toni's in a turquoise strappy tap n ripped denim hotpants. Hur n Finnegan ir in the corner chattin away. A crack ma bottle ae wine n take a healthy neck oot it, make the first drink a good wan. It goes doon smooth, pure nice bottle wae the vanilla hint comin through that only a seasoned Tonic connoisseur kin detect. A've git that n a bottle ae Red Square Reloaded. That wid dae yi on rave day.

The door goes n Eck rolls backwards aff the couch tae git it. He comes back in wae Patricia n Monica. A huvnae seen them fur a bit. There's rumours flyin aboot that Patricia's been seein that Jamie Peters fae the Toi. Scheme hoppin wee cow. Cunts said they hud seen her oot n aboot in his BMW. She's that kind ae lassie – no quite shaggin fur a run, but no far aff it. Monica hud stayed on at school n hus started college. She's talkin aboot maybe goin tae uni eventually. Naturally, yi think yir above folk aboot here if yi try tae better yirsel. Everycunt thinks she's turned posh or suhin. We hud always kept in touch after our fling, but, as wae aw elder burds, it wis a passin thing. A still huv a wee soft spot fur Monica Mason but, cannae deny it, troops.

A've only drank half ma bottle yit n take another healthy tan. A heavy bangin beat blasts on tae the system. Dark Oscillators, 'Nobody is Perfect (Original Threesome Mix)'. Wit a fuckin eld school sound it is. Pure constant bassline beat wae the treble gawn young skitzo Dardie. The beat draps n A sniff a line aff Eck's mirror. It's good stuff, goes right tae yir fuckin nut n A'm dancin aboot gawn mental. A light a fag n it tastes like heaven, smooth smoke slidin doon the hatch n ma numb mooth n teeth tinglin. Cocaine en route tae the brain. Caffeine keeps me chargin, marchin powder keeps me dancin. Still the beats ir bangin.

A'm the only wan dancin on the floor but A don't fuckin care. A'm ravin wae ma hands n feet n it feels dyno. Class A drugs wid dae that tae yi. The wine's kickin in n Big Kenzie bounces up wae me. The two ae us ir goin fur it, dancin like fuck. 'Hard house music makes me horny,' the lassie on the track is sayin n A'm bouncin when that beat draps. The two lassies ir dancin wae us noo. Patricia n Monica ir both in wee hotpants n lumi taps. A'm watchin them n they're watchin me n A feel wan ae their hands roon ma waist n it feels good. Showtek, 'Green Stuff' comes on, Big Kenzie n Eck's favourite. They're shoutin like fuck n singing,

'I WANNA PUFF PUFF,
SOME OF THE DUTCH STUFF!
I WANNA PUFF PUFF,
GIVE ME THE GREEN GREEN STUFF!'

The bass kicks in n the whole flat vibrates n A kin make oot a neighbour chappin the wall like fuck again. Me n Monica's laughin away n we sit on the couch. Patricia sits doon next tae me on the other side. Big Kenzie bounces on tae the armchair opposite. 'Where's Gemma, Azzy?' Patricia asks us, as she crosses her long legs n lights a Lambert & Butler.

'She's no comin! We've finished.'

'How's that then?' Monica says, lightin wan up tae.

'Cos she's a boring eld wuman!' Patricia shouts.

'Did yees finish bad?'

'Naw, we're still pals, just ran its course n aw that.'

'She's too eld fur yi anyway, son!'

'Gemma's lookin fur a quiet cunt wae a good job n a fancy motor. Goes tae the clubs n aw that. No a fuckin bam like me.'

'Aw well, her loss!' Monica says.

'Exactly, hen,' Patricia agrees wae a wink.

'Ahh yooz ir bias!'

The two ae them cuddle me, one fae each side, n A see Big Kenzie raisin his eyebrows n winkin. A gee him the finger. 'Wee Azzy the playaaa!' He's shoutin, dancin aboot.

'Jealousy doesnae become yi, Tam!'

'A'll bite that wee finger aff yi. GEES IT!' he shouts, divin on top ae us aw.

Dirt Devils, 'The Drill' comes on n the livin room goes mental. Everycunt is up on their feet n drinks ir gittin kicked everywhere.

Addison's sittin wasted wae his heed in his hands after five black cans ae Strongbow Super. Too much, too soon on rave day is a fuckin no-no. A knew these fuckin heed bangers wid be hammerin it aw day. They aw came doon too early n ir aw mega fucked noo before the actual thing's even started. Four ae us ir sittin on the three-seater couch. Eck's still sniffin Patsys aff the mantelpiece. 'Wit wan ae yees is geein ma pal Azzy a kiss then?' Big Kenzie shouts tae Monica n Patricia. A'm shakin ma heed. He's buzzin oot his nut on the ching, talkin romantic.

'Aw dunno . . . we'll need tae fight over him, won't we Monica?'

'Aw we will that, doll! Wee stunner like Azzy Williams!'

'THAT'S THE FUCKIN BUS HERE, EVERYCUNT!'

We aw bail oot the block ae flats n head fur the mini-bus. It's a wee rusty sixteen-seater beaut n booked tae take us over tae Braeheed, on the other side ae Glesga. It's aboot a forty-minute drive roughly. Danny n Kenzie ir takin a last toke ae a joint by the back doors. Everywan's shoutin n it's a fuckin riot. The bus driver looks ragin awready. We aw bounce on the bus n grab a seat. A git a text, it's Wee Toffey. *HOD THE BUS A GOT A TICKET!!!* A jump up n shout, 'WAIT! WEE TOFFEY'S COMIN! HE'S RUNNIN DOWN THE NOO!' There's cheers aw roon.

'Thar he blows! Drive on, driver!' Big Eck's shoutin in the driver's ear. We aw look oot the left side n right enough Wee Toffey is sprintin doon, hair aw gelled, in a white tap wae rainbow coloured writing, wavin a bottle ae Tonic over his heed. *He's gonnae smash that!* wan ae the lassies is sayin. He dives on the bus n the driver pulls away in a bad mood. Ma wee main man looks heavy excited. A move over n me, Toffey n Monica sit on two seats. The bus rolls aff n everywan cheers again. A kin see Big Kenzie n Eck buggin the driver's nut aboot a CD n he puts it on grudgingly. He's earnin his dough the night.

Big Kenzie is ravin n shoutin, 'UP A BIT, ELD YIN!' The bus's crackly eld speakers come tae life. Guru Josh Project, 'Infinity'. Everywan goes mental. The driver's shakin his heed. Tam's still on his feet n shoutin fae the aisle.

'ALL ABOARD, FUCKIN YTP! FANTAZIA HERE WE GO!'

We're in the queue, n yi kin hear the basslines somewhere ahead n we see the waterfront. There's thousands ae ravers floatin aboot aw dressed in a neon explosion, white boiler suits n masks n fancy dress. Aw the lassies huv on tiny wee tutus n no much else. It's a fuckin raver's fantasy. We're aw bouncin n dancin in the queue. Everywan's in a heavy good mood. Nae hostility, just love n peace. We're nearly there. There's aboot a hundred polis at the gate n guys n lassies ir being separated ahead tae be searched. A've git ten eckies in a wee bag, tied roon the button hole in ma boxers tae secure it. They're white sharks. Ten disco burgers, swedgers, sweeties n ecktoplasm tae take us tae planet Janet.

A guy waves yi forward n frisks us aw doon. We pass an amnesty bin, fur any last-minute hesitaters. We're ushered intae a straight line. There's aboot fifteen guys. Wee Kenzie n that ahead n Addison, Finnegan n Big Kenzie wae me. A polis in a blue cap walks oot wae a cocker spaniel n starts goin doon the line. A don't think a dug kin smell pills or at least A hope no. The wee sniffy spaniel makes his way past wae a wag ae the tail but nuhin else. The polis gets tae the end ae the line n we're waved past n the para subsides as we bounce in tae the actual event. Perty time.

The arena is a huge buildin ae shimmerin blue glass. The settin sun n the sky ae grey n orange is reflected in the front ae it. A'm lost, takin in the sights n the noise. That beautiful sea ae ravers, full colour spectrum on display. On the right there's tent arenas, the long bar wans n a few flashin n whirrin shows. There's different basslines mixin n creatin unofficial remixes in the Braeheed night. It's the overarchin bass that yi hear, pulsin through the air. The treble is adrift in the surroundins, faded oot by cunts shoutin, lassies screamin, shows burlin, bass bangin n yir racin, drunken thoughts tryin tae unscramble this wonder-land ae colour n sound n sex n drugs. Yi turn roon n lose yir pals fur a minute. Yi find yirsel alone amid the thousands, yir pals dain the same a few feet away but obscured n swept away in the tide ae people constantly swellin n swirlin aboot the venue.

It's a constant flow tae the main arena, the side tents, drinks tent, toilets, water and condom stand, O_2 bar and tae the tat stalls sellin glowsticks n merch. The mass circulates between aw these. It's an ocean crashin aboot the place. Yi just need tae kick yir legs n swim. Go wae the flow, keep yir heed above the water. Yi see a few familiar faces in the multitude but A'm confusin strangers fur long-lost friends. A just want tae git tae a portaloo fur a slash, git tae the drinks tent, git a couple ae bottles then bounce intae the main arena fur a swimmin lesson. The entrance is somewhere ahead. A'm pushin through, kickin against the current. A git grabbed fae the back. It's Wee Toffey. He's pushin me towards the common portaloo. It's a shed wae a urinal trough. There's aboot four other guys at it. We squeeze in tae the end.

'Mate! This place is absolutely fuckin mental!' A say tae the kid.

'Thank fuck A came! Wouldnae miss this fuckin madness fur anyhin!'

'It's gonnae be some night, youngster! You took any swedg-ers yit?'

'Aye, man! A took wan on the bus! Cannae pish worth a fuck!'

The two ae us unfasten the bags fae our boxer buttons n a stick mine in ma back pocket. A watch Toffey stick another wan in his mouth n lift his heed back. 'Ya daft wee cunt! A fuckin hate takin them like that!'

'AHHHH FUCK IT!'

We head back oot intae the open expanse ae bodies n pushin n shovin n bumpin n bangin. There's a beat kickin up fae the nearest tent. We wait five minutes in a queue fur tokens n head tae the drinks tent tae queue again. It's three fur a tenner. Two blue WKDs n a Coors n away we go. A pull two eckies oot ma pocket, fuck them on ma tongue n tan half ma WKD tae wash them back, double duntin. Twenty minutes n A wid be flyin. Wee Toffey is comin right up noo. He's git that mad pleasured look on his face, eyes rollin n chewin his jaw, cartoon mode activated. That initial mushroom-cloud bang yi feel as the MDMA take hold n take yi higher, yir breathin deepens n it's got yi. The lightness, manoeuvrability, the anticipation, the power ae suggestion, the bewitchin lassies geein yi glances that penetrate yir very soul. It's aw ae them takin yi tae another fuckin dimension. Yir wae thousands ae strangers but yi love them aw n yi talk tae everycunt n anycunt n they talk tae you anaw. The tunes floatin oot the dark doors ahead ir castin a spell on me. A'm locked in, magnetised.

The sky darkens n the last light melts away behind the glass fortress ae the arena. Ma breaths grow deeper n more pleasure-filled. The last draws ae a fag go doon smooth, smoother than usual, that right smooth way n yi know it's happnin. A'm comin up, pure sound-inspired orgasm, tunes soundin great n ma thoughts disconnect. The music, the trance, just takes yi away. These mad feelins ir the beginnin n the only way is up, blast-aff time. A'm lookin at the burds n feelin the tingles in ma chest n arms n the top ae ma heed, startin tae heat up, elevated pulse n those pleasure rushes ae chemical euphoria in ma veins. A glance at ma phone before A'm sucked intae the mouth ae the beast. Eight bells. Still eight hours tae go, a full shifty oot yir scone in the rave cave.

The two ae us ir flyin. Connected by the YTP, brotherhood, history and ecstasy. Another deep breath, more tingles and ripples. A'm away, adrift in the river, the estuary ahead. The mouth ae the beast. We walk in through a wee passageway ae tubes n wires, the innards ae the building, foam-covered pipes n insulation. Thirty seconds ae darkness n intae the light ae the main arena. The sight ae the lasers n a sea ae nine thousand Scottish ravers dancin wild, tribal n free in pure chemical n trance energy.

'FANTAAAZIA! GLASGOW! HERE WE FUCKING GO!'

Anthems for Doomed Youth

There's a sledgehammer knockin oot a metronome's beat inside ma skull. Muttered and discarded warnings aboot drugs haunt me n make me paranoid. A think ma brain is actually too big fur its casing. It may at any minute burst through. A know ma broken, beaten n bruised body is desperate fur water n salt, vitamins n rest. A wid go n tan a pint ae water n eat a poke ae crisps if A could raise ma body fae this bed, ma first grave.

Ma lips ir cracked, the first sign ae vitamin deficiency. Ten eckies n the litres ae drink, sixty fags n mare joints on tap n six meals missed. A've been oot in ma shirt back in the cold, up aw night exertin energy. Ma throat is hoarse fae shoutin. Ma skin stinks ae drink n everythin that went doon the hatch is noo workin its way back oot through ma pores. There's a chemical smell tae it, not the usual foul bacterial note ae missin a shower or two – it smells like pure narcotics. Ma chest hurts wae backed-up phlegm fae smokin like fuck n it feels like a grippin pain, usually on the left side, then A'll cough up a lump ae it. A feel like A'm takin a heart attack every time it happens. It brings on a wave ae dread aboot death n the damage A've done tae maself . Thankfully A'm still breathin, but touch n go, critical, 50/50 every time noo. There's nae bounce back. No anymore.

The day, death seems like a cool spot in the shade compared

tae facin life n lyin wide awake n hot, a sweatin shadow ae a former, younger, stronger self. There is nae sleep in this state ae limbo so A'm suspended in a livin nightmare, not livin nor dead. Still hallucinatin, imaginin A kin hear distant basslines n thinkin aboot eld burds long since gone n scenes ae wild pleasure the total antithesis ae how A'm feelin. A forget happiness n know only pain n regret.

Ma phone is ringin but A cannae answer it. We saw light, A came home n noo light hus remained. The bastardin burds ir singin in the trees tae taunt me in ma fragile, glass-like state. Do the birds still sing in hell? They do, they do. A'm beyond fragile, it's more like brittle. A feel on the fuckin edge, that rattly, shaky, spluttery way. Every breath A take n exhale is like a backfirin exhaust. A'm chokin fur a fag but if A smoke wan A think A'll huv a cardiac arrest. A'm terminal.

Saturday night wis indescribable but even that is overshadowed by the lingerin feelins ae utter defeat, pointlessness n despair. A'm a refugee fae ma own existence. A keep tryin tae force maself up n oot ae this bottomless pit. Some food n the warm stream n steam ae shower wull restore me tae some shade ae self n humanity. A come down is beyond roughness. Stomach cramps, cracked lips, a white sandpaper tongue, a blocked nose, chest pains and feelings ae total run-down deterioration. Yi feel sad, depressed n on the verge ae total misery, cripplin longin and melancholy. It's a confusin n paranoid pathos tappin intae hardwired emotional issues, fears and desperation ae aw forms. There's nae escapin the ecstasy blues.

We call it a 'come-down' n this is meant tae sum it up. This is a loose term which fails tae explain yir present state. It suggests a gentle drift back tae earth fae yir assumed high, like a helium-filled balloon finally lettin the lighter gas oot. This is more terminal velocity. A game ae chicken wae gravity, claimin yi back. Yi sink further doon than the place yi left fae. Normality, elation, euphoria, ecstasy, normality. If that wis the case, drugs wid be harmless. What goes up must come down? That doesn't cut it either. The place yi descend tae is much worse than where yi started. Yi sink low, low as death, a personal hell where the birds still sing tae torment yi in the burnin daylight n keep yi awake n sufferin tae the fuckin last. Sweatin but cold. Shattered but cannae sleep. Normality wid be welcome. Ironic, int it? The place yi wur so desperate tae escape wid noo be a near paradise. Normality, the elusive state ae peace, which we take fur granted and mourn only when furthest fae it. Self-inflicted, no sympathy. Fuck you. Let me die quietly and in peace. I am in the dark, smokin in the deep blue, flattened by the white sweep of day.

PART III
Hardened

McCluskey gathered intelligence about gangs in Strathclyde and found that there were 170 of them, with 3,500 members aged from about 11 to 23. She talked to trauma surgeons such as Christine Goodall, who revealed that two thirds of slashings were going unreported to the police. Victims were afraid of reprisals from the gangs – the notorious wall of silence.

The reality was shocking: a serious facial injury every six hours and 300 attempted murders a year.

Gavin Knight, *Telegraph*, discussing Karyn McCluskey, co-founder of the Violence Reduction Unit

Gardening Leave

The thick blue smoke ae a joint winds its way fae the glowin red cherry, hits ma motor's roof n splits n spreads. The Subaru is sittin on the corner n Danny's inside it wae him. He's meetin McIntire the night, this time wae the correct amount, on time. We're on the verge ae the Toi's scheme. Wit Danny cannae see is that wae every gram n ounce he's descendin deeper n becomin more indebted, a special pal. Danny wid feel trusted – a good mate tae Marcus McIntire. Soon McIntire wull be able tae ask him tae dae anyhin or take anyhin. Danny wull dae it in fear ae offence n simply cos he's got himself in a position that he cannae say naw. These kind ae relationships quickly become like the eld Faustian pact.

A'm starin in the rear-view mirror n Kenzie is keepin the edge oot the side windaes n the front. Danny's left a lock-back blade lyin on ma passenger seat in full view. A fuckin hate when people leave shit like that lyin in the motor. It's nuhin tae them but should a fuckin nosey polis stick their beak through the windae, it's me left holdin the bag. A never carried a blade, honest, Mr Sheriff. Six month stuck right up yir arse, a serious record n condemned tae this miserable world forever.

'Fuck sake, Kenzie! Yees always rip the pure pish oot this!'

145

'Mate, McIntire likes tae tell yi who he's smashed recently. The list kin take a while.'

Marcus bounces oot the motor n is carryin three big terracotta-coloured plastic pots, poorly covered by bin bags. A glance towards Kenzie n raise ma eyebrows. He's seen it anaw. When the plants git too big in a grow, yi need tae transfer them intae a bigger pot n try no tae shock them too much. Basic fuckin horticulture. They're outdoor-sized pots, aboot a foot n a half deep n the same squared at the top. If yi wurnae a keen gardener, yi wur up tae suhin dodgy. Somehow Marcus McIntire doesnae strike us as a *Beechgrove Garden* type.

'Aye, bet a few cunts wid love tae know where they're dain that.'

'Mate, who the fuck wid be stupid enough tae rip them aff?' A ask.

'Plenty cunts.'

Danny bounces oot anaw n comes joggin back over tae the motor. He's git his hands up under his jumper tryin tae hide witever he's just acquired. A see McIntire over his shoulder, comin oot wae another two heads. Danny opens the door n jumps in the passenger seat. A'm shakin ma heed at him.

'Azzy, A know A took ages. That's us anyway!'

'Naw, it's no that, ya dick!'

He gees me a vacant look. 'Don't fuckin leave that lyin in ma motor again!' A hand him his lock-back. 'You'll git me busted, ya jailbait bastard.'

'Right sorry, fuck sake, man!'

'Calm doon, ya para-wreck!' Wee Kenzie says fae the back.

'Wrap it, baw-jaws. You kin hod his fuckin knife fur him if yi want, cos A'm no gawn tae Polmont fur it.'

Kenzie's spotted suhin. 'Owa, look who our big pal is wae.'

The three ae us sit in the dark ae the motor n stare across at them. McIntire walks oot wae two familiar faces – McVeigh n Allen fae the Toi. We sit n watch as McIntire hands them the pots, a bag ae soil oot the boot n a can-fan. The two Toi wans wave cheerio n head back intae the flat. The Scooby comes tae life, purrs n disappears. Ma two pals ir starin at us as A finish ma joint n flick it oot the windae. A kin see their simple minds work through their thick skulls. 'Don't even fuckin think aboot it!'

'How no?' Danny replies wae a wee smile.

'Cos the McIntires wull fuckin kill yees.'

'They'll no know who it is. Fuck, in wan swoop we could rob them, set the Toi wans up n end up wae a full factory ae plants as a bonus!'

'Danny, they're just the wee dicks runnin the set-up. It's Marcus's fuckin stuff!'

'No way! They're comin oot!' Kenzie says.

Allen n McVeigh lock the door n boost doon the street wae their hoods up.

'See, Azzy, everyhin left in the hoose! Empty!' Danny says.

'Well fuckin hell mend yees if yi git caught. Yees know wit wull happen if yees dae!'

'How, wit's gonnae happen like?'

'Two ae yees ir gonnae git stabbed or yir legs broke!'

'Aye, aye. The McIntires irnae that mad noo. Loads ae young cunts ir comin up n they're struggling. Plus, they're fightin wae the Maynards the noo. Even the McLeans ir startin tae shift weights noo. The first cunts they'll blame ir wan ae them!' Danny says, pure gallus.

'When yees dain this great robbery then?'

'Right noo if yees want?' Danny says, laughin.

'Aye right! Yir no bringin aw that fuckin green intae this motor.'

'Azzy, you're turnin in tae wan pussy bastard!' Wee Kenzie says fae the back. Any other time A wid huv said suhin. A just laugh.

'Naw, yooz ir confusin yirsel wae gangsters! Yees ir a pair ae wee daft runners gittin too far ahead ae yirsels.'

'Sound then, you'll be gutted when me n Kenzie ir fuckin rollin in it. Green tae smoke fur months, hundreds ae quid. Shoppin sprees at the Fort. Wit's Azzy dain? Tappin a score aff his maw fur fags n skins. Pic-ture-me-rollin.'

Kenzie's noo convinced beyond aw reasonable doubt n is lookin at me. A'm forced tae laugh. The two ae them ir smilin at me n A'm still shakin ma heed. 'Fuckin hell, A cannae believe A'm actually thinkin aboot this shite! Yees ir fuckin crackers.'

'A say we just go right noo. Fuck the tools. Waltz straight up, bang in the door. Carry oot wit we kin load intae the motor n that's it, finito, easy money,' Danny says.

A roll the motor up tae the front ae the flat. There's a big hedge in front. Wee Kenzie n Danny bounce oot first. We're aw stoatin up, three dodgy bastards tryin tae look casual. We walk roon n reach the back door. The wee curtains ir drawn n yi cannae see anyhin inside the hoose. The rain is pishin doon n we're gittin soakin. 'Who's dain it then?' Wee Kenzie asks.

A take a step back and boot the thing aff its hinges. The door flies open n they two stand n look at us. A bounce in n hunt fur a light switch in the dark. It's a bare bulb hangin fae the ceiling, a dim sixty-watt. The kitchen is aw black mould. There's two-litre bottles lyin aboot, nutrient mix n a thermometer. We walk intae the livin room n A see Danny's eyes light up. Jackpot. There's four two by two metre tents, big black towers up tae the ceiling. Two deck chairs n soil n leaves everywhere. They zip the first tent doon. 'Fuckin yass!' Danny whispers n looks at us. We aw peer in usin a phone-light. There's four pots, four plants in full bud n lookin ready tae chop. 'Git scissors!' Danny spits, excited as fuck n laughin noo. Kenzie goes huntin aboot the dark gaff. 'Azzy, check they other tents! N keep the light aff!'

They're big cuboid shapes, nae place in somebody's livin room. It looks like some alien experiment. There's massive silver tubes shinin n protrudin fae the black towers. These tubes ir attached tae hummin Mitsubishi can-fans, aboot a foot long. The carbon filter in them is usually fur takin kitchen smells oot ae restaurant ventilation systems, but here it sooks in the healthy pong aff the green, a dead giveaway otherwise. A zip the tent door doon n look inside. They're aw foil backed n there's an 180-watt sodium bulb beatin doon like an artificial sun. The other three ir in darkness – the change in temperature, in four-week cycles, enough tae simulate the seasons n wait fur their flowerin heads tae appear, those wee dusty crystals on top. They're sharp-lookin and jagged, telltale female signs. Christmas tree shaped, headin tae a point wae the master bud. There's a good few ounce on each plant. Four plants in each tent. The way we're rippin it tae shreds in the dark, we wouldnae make half the potential profit. After dryin it, arrangin it and smokin it, the realistic return drops dramatically. It always seems more on paper.

'Leave that first wan. It's no ready. Empty the other three tents!'

'Aye, let's git this done n git tae fuck. Just strip them quick-style.'

We take a tent each. The buds grow n protrude fae the fat stems. Usually yi wid carefully trim back the leaf, chop the stem n remove the bud. The night we're just hackin wae scissors n pullin the branches straight aff. Fuck it, it kin be sorted oot later in safety away fae this dodgy gaff. A'm choppin the master bud, the heed ae the plant. Decapitation. It's aw interwoven wae the supportin stems n branch network, pure chunky, healthy n green n orange. Hopefully they're flushed, fed just clean Scottish water after a nutrient chemical diet fur weeks, n ready fur the owners tae chop n sell. After a couple ae minutes A've git at least four or five ounce in the bag.

'How yees dain?'

'Nearly there, mate.'

After another few minutes we're done. The plants ir stripped tae their skeletons. We zip the tents back up n grab the bin bags, tyin big chunky knots in the black plastic. A head tae the back door wae Cheech n Chong. This is the final part ae the plan. Git the shit in the motor n git tae fuck. The adrenaline is fadin fast, ma nerves goin up in smoke, paranoia creepin in again as always, that fuckin *sssnake* in the dark. We bounce oot in the dark n aw jump in the motor in silence. We stick the green under the seats n pray tae fuck we don't git pulled aff the polis wae three binbags ae stinky stuff in the motor. 'Some buzz, troops,' Danny says fae the front seat. Young Team in yir hoose, eatin aw yir biscuits.

Arabian Nights

The mist that's doon makes the woods look spooky, the eld church n cemetery gothic. A've git ma heed buried intae ma tracky n ma Berghaus jakit zipped up tae the top. Yi used tae stoat aboot fur miles every night on these streets, woods n fields. We used tae walk doon the street n back up, walk aboot doggin it n doss around at the weekends steamin. Noo, yir lucky tae see the outside ae yir motor. A walk oot the shop wae ma maw's message ae eggs, twenty Regal n a *Daily Record*. A'm half dreamin when A hear shoutin. It's a guy n a lassie arguin. A kin barely make them oot through the mist but A kin hear them. A cross the road tae see wit's happnin, eld Azzy boay back on patrol in the YTP.

'A'm no goin to any casino! Fuck yir cousin's birthday!'

'Get in the fuckin motor, Patricia!'

'Naw, Jamie, yi can fuck off!'

A see the back ae a gunmetal BMW n where the noise is comin fae. Looks like Patricia is seein ma eld pal JP fae the Toi after aw.

'Jamie, A'm no goin, get to fuck!'

'Yer no makin me look like a dick!' He starts pullin hur back intae the motor. A walk up n they huvnae noticed me. Patricia is stumblin in heels n hus a red dress on. JP's git a grey suit on wae light brown shoes. Never a good match. Bit hypocritical wae a fuckin tracksuit, a pair ae Air Max n a Mera Peak on, but fuck it.

'JAMIE, GET TO FUCK!'

They've still no seen me. A stroll right up tae a foot before them n they both turn round n watch me sit ma eggs n paper doon on the deck. Before he gets the chance tae say otherwise, A draw back n whack him a belter ae a right. He's dazed n fuckin stunned tae huv been hit unexpectedly wae a hammer blow, eld thunder n lightnin paws. He stumbles n falls against the 320d. A start whackin fuck oot him, gittin blood aw over his nice suit. Patricia stands back, shocked herself. 'Young Team, ya fuckin bam!' A'm shoutin as we wrestle by the door.

'Git tae fuck!' he shouts, tryin tae cover his face. He jumps back in his motor n sinks it. The BMW's diesel engine roars n flies away back intae the mist. A glance towards hur. She's shaken but smilin a wee bit. 'Yi awright?' A ask her.

'A'm fine, Azzy. Cheers but, he was being a fuckin dick.'

'Pleasure wis aw mine.'

'Aw, what a wee gentleman! Yi in a rush?'

A grab ma twoz ae a nipped joint fae behind ma ear n light it wae a Clipper. A take a fat puff. 'Never.'

'Walk me up the road then.'

Patricia slips hur arm, in a black blazer, under the blue sleeve ae ma Berghaus n we start the walk. She's stumblin a bit in her heels but takes a puff ae the joint on the way. We're walkin up intae the cold n dark fog. 'No seen you for ages, Azzy. Did yi enjoy Fantazia? Yi always lose yir pals in there, don't yi?'

'Aye, A just jumped aboot wae Wee Toffey the full night. Ended up oot ma barnet!'

The roughness is forgotten noo in the shadow ae the next event.

'Same, was some laugh. Yi goin to Fantasylands next month?'

Everywan's awready talkin aboot the next wan, Fantasylands, a bigger event up at Ingliston in Edinburgh. This wan is the real deal – twelve thousand ravers instead ae nine, n twelve hours instead ae nine. Big Kenzie n the elder wans said the first two wur mental. Different kettle ae fish fae the Braeheed Arena. Ingliston is where they used tae hold the Rezerection raves in the early days, the stuff ae myth n legend.

'Aye fuck, you?'

'Defos!'

'Good shit. Wit yi dain the night then? Nae casino wae the high roller!' A say, laughin.

'Eh, naw! It was with aw his big cousin's pals. They're aboot thirty, bunch ae fuckin creeps. Pure stare like fuck at yi!'

'Wit's that cunt like? Thinks he's fuckin James Bond in that suit n aw that!'

'He think's he's somethin now, Azzy! Cos he drives a flashy motor n sells gear. A few folk are gettin too big for their boots these days, son.'

'Oh aye? Like who?'

Danny n Kenzie spring tae mind. Nuhin fae McIntire on the stolen green – we wur aff scot-free, this time. We might huv got away wae it aye, but it's another thing at the back ae yir mind tae be para aboot. Sometimes revenge would come days, weeks n months later when yi think everyhin's furgot aboot n yi git snipered walkin doon fur a haircut or at a party. Yir heed always over yir shoulder, lookin fur aw the toes yi hud stepped oan over the years. The paranoia is real. Yi end up wae the fear, man. Tellin yi.

'Gemma . . .' she says, wae a cheeky look.

'She's actually awright, by the way.'

'Aye, obviously you're goin to say that! You pure liked hur!'

'So wit? It wis just casual n that.'

'Awk, yi know what A mean, Azzy. You're just playin dumb cos you've still git feelins for hur! It's cute.'

'Aye right, man!'

'Tryin to say, if she phoned you n said, *Azzy, A want yi, son,* yi would tell hur to fuck off?'

'A'm no denyin A did like hur, but it's done wae. A'm glad she's happy n aw that.'

'Defo over hur then?'

'Aye.'

'Prove it then!' she says as she turns n pulls me intae hur. We're walkin up the back lane. There's a big conifer leanin over an eld broken fence n we're underneath it. She's aboot an inch away fae ma face, givin me the look.

'Wit you wantin?' A say, laughin n takin the last puff ae ma Jeffrey.

'Yi know what A want! A've been tryin fur years to get yi on yir own.'

'No that hard when yir shackin up wae fuckin JP. Toi wan n aw that. Phhft! Scrubbed!'

'Aye well, touché, mister. You've fancied Monica Mason fur about ten years. Chasing hur like a wee puppy. When she wasn't cool enough, yi moved on tae Gemma.'

She hus me bang tae rites there. Of course, A huvnae forgotten aboot Monica. Gemma wis different, a passin thing. Patricia, another species entirely. More beautiful n deadly. 'That you got me figured oot aye?'

'Azzy, had you figured out the first time A seen yi, son.'

'Aye so yi did.'

'So . . . yi goin to take me home or keep me waitin any longer?'

The mist hus turned tae a thick fog n darkness hus drawn in noo – wae the orange ae the lamps it's that usual purple haze. It's gone ten. A've been here hours, in Patricia's lair, pure boudoir material. A glance towards ma maw's paper n eggs, sittin on Patricia's bedside table, heavy patched. She glides back fae the bathroom n spills across the bed. They're satin sheets n there's aboot a million pillows n cushions. A'm somewhere in the middle among the bizarre collection ae fabrics ae varied colours, materials n sizes. Ma bed is a single wae a polycotton sheet n duvet and wae Rangers tartan curtains hanging. This is a double wae a big, comfy but silent mattress. The sheet is silken n aw fancy. A feel like Aladdin or fuckin Lawrence ae Arabia.

Patricia's cuddlin in n moanin pleasurably as she rolls aboot under the covers, still in lingerie. After five minutes she settles without a word n crashes oot like a true hedonist. Lassies like hur ir like a hit or a line – yi huv that first rush ae pleasure n after that yir hooked n yi start doon the road towards a bad place. No matter the consequence, yi wid be back cos she's blonde n toned n hur dark eyes n laugh knew the same as you did, that yir fucked.

'Patricia?'

'Mmmm.'

'A needty git doon the road.'

'Mmmm . . . cool, see ya.'

She doesnae see me oot. A'm oot in the haze noo. It's pitch black, nearly eleven. A zip ma jakit against the cold. A'm thinkin aboot hur black stockin tops n hur body in that low light, the shadows ae hur contours. A'm sparkin a fag when A hear footsteps.

'Awright, Azzy.' A turn slowly, stickin ma eggs in ma big pocket. It isnae a friendly greetin. A'm faced wae five cunts. Allen, Matty, McVeigh, Si n of course, the man himself, JP. It's him who walks up first. He's smilin n the rest ae them know A'm caught. A sigh as A take a draw ae ma fag. Jamie's face is aw bruised n cut fae earlier. It's ma turn again. 'You're a fuckin dead man,' JP says.

'Aye, how's that?' A say back.

'Cos it wis yooz that taxed our fuckin plants!' McVeigh says.

'Wit plants?' A say wae a smile.

'Yi fuckin know wit plants, ya smug-faced wee cunt. We want they plants back, or the dough. It wis fur Marcus.'

'Aye, well, let him shag your fuckin maw then, Matty. She's priceless fur an auld dear.'

'You'll no be laughin the morra.'

'Aye A wull, cos it's you boys that ir gonnae git it fur the plants. No McIntire's responsibility tae chase cunts cos your set-up git robbed. We'll sit n git a healthy smoke n watch yees git fucked fur it.'

They seem tae stall in their accusation cos they know it's the truth. Marcus McIntire isnae gonnae do their dirty work fur them. It's the other way aboot. Anyhin else is fantasy.

'FUCKIN INTAE HIM, BOYS!'

The night A'm feelin lucky. A launch the paper at them n start sprintin, dain backs wae them bailin after us. A cannae take a kickin the night. It's been too good. A'm breathin hard in the fog. Ma trainers ir slippin in the wet mud of flowerbeds n front rockeries. A'm slidin on stones, pebbles n driveways. The five ae them ir chasin after me, sprintin hard n fast. A deck it n bounce right back tae ma feet wae a cut knee. There's nae time tae pull oot phones n try n git back up fae the troops. A'm on ma own.

A'm back on the road, sprintin doon towards ma hoose. Ma breaths ir fucked, short n painful. Every time A inhale it's a fatal stabbin in ma sides. Aw ma muscles ir geein up, burnin n screamin fur oxygen that isnae comin. A'm tryin tae take as much in as possible. A kin feel ma face flamin red n A'm sweatin under ma Berghaus jakit's lining as A run. A cannae keep goin much longer. A've still got tae slope them before ma bit. A'm on the pavement poundin ma trainers aff the tarmac. Ma heels ir killin me n even ma toes ir hurtin fae the asphalt slaps. A'm nearly there. There's an electric substation over the next garden wae a tall spikey fence. It's too tall n A'm caught. First roon the corner is Allen. A start runnin at him. He stands bold but A kin tell he's shat it. A grab his grey Berghaus n rattle the nut on him n lay the cunt oot. A try tae run on. It's the eld classic. A feel ma legs gittin sweeped away fae me. A'm recoverin, determined no tae go doon n take the onslaught ae boots n stamps. Wan ae the cunts volleys ma ankle. A try tae put the foot oot n it's no there. Mayday, we're goin down.

A fall on ma side n whack ma face aff the kerb. Within a second it starts. A'm gittin volleyed n kicked fuck oot ae. Ma arms n fists ir drawn intae ma chest n up, protectin ma face n the back ae ma heed fae the ensuin blows. It's been a while since A've seen this kinda kickin. It never changes, dull thuds n adrenaline, fear, confusion. Pain wull follow. 'That's fur earlier, ya prick!' JP says as he draws a final boot aff me. A'm left lyin at the entrance tae a garden on ma back. A spark a fag n taste nicotine combined

157

wae the iron ae ma blood. A kin feel a few lumps n bumps but on the whole A think A'm awright n nae broken teeth. Draggin maself oot the dirt, A git tae ma knees n pull maself tae ma feet, holdin the fence. A smoke oot the side ae ma lips as A limp doon towards ma hoose in the dark. Wit goes around, n aw that.

Gentle Sins

Monica text us earlier the day n asked us doon tae her bit. Wumen rarely do anyhin by accident. If A hud tae guess, it would be tae ask us aboot Patricia. We've been in here aw day. The door's been gawn constant wae weans oot guisin fur Halloween. The wee cunts ir leavin bagless but, cos hur maw n da ir oot fur the night. If anyhin, it adds possibility tae our meetin – empty gaff n aw that. There's still an atmosphere between us n that eld energy addin tae it, so yi huv tae wonder. Hur face is the same but more gorgeous. It's the subtle details that draw yi in. The light eyeshadow n mascara makin hur green eyes look darker. Yi miss aw these things as a wee guy. Yir too busy lookin at other areas tae notice the effort in hur appearance, the constraint n hur natural beauty. The tiny flick ae the eye pencil at the side, like an Egyptian queen.

'Sah, yi been seein anybody?'

'Ahh, wouldn't you like to know. Could ask you the same thing.'

Here we go. 'Take it you've heard then?'

'Aye, A heard. Don't think she could wait to tell me. So how did that happen?'

'Just bumped intae hur.'

'N fell into bed with hur?'

'No quite, Monica.'

'You know she's been chasin you for years?'

'Naw, no really.'

'Guys can never tell. You always chase the ones who aren't interested.'

'A chased you for a while,' A say wae a half-smile.

'No hard enough, obviously!'

'So . . . are yi seein anybody?'

'I've been out a couple of times with a guy from college.'

'How's that goin?'

She rolls hur eyes n lights a fag, directin the smoke vaguely towards the windae. 'No sure, really. Still feel we're kind of different to all the college types.'

'Wit yi mean? That they're gimps n we're still neds?'

Takin a puff n laughin, she nods. 'Kinda. A don't think we're still neds. Even you've got jeans on the day!'

'Aye, well, ma trackies n Berghaus ir gittin a bit done.'

'Naw, son. You're getting older, that's what it is.'

'Maybe.'

'I've no seen you in a tracky fur ages. Yi suit jeans n that.'

'Cheers. Yi no enjoyin the college then?'

'A love it, Alan, but just feel different. Aw the lassies are pure indie. I'm getting there! I can even hear myself talkin differently.'

'Aye, A noticed.'

'Do I sound stupid? I'm dead conscious of it.'

'Naw, no at aw.'

'It's just there, in my classes n that, the lassies all speak properly. No slang n that.'

'N yi feel yi stick oot if yi talk like wan ae us?'

'A wee bit, aye. Suppose it's just changin yir register really.'

'That's it, int it? Yi wouldnae go fur an interview talkin pure lit aht, man, know wit A mean? You would talk properly, like this, old sport.'

We both laugh. It does feel n sound funny when yir no used tae dain it. The two ae us huv a wee bit ae brains in our heads, we're no stupit. If we huv tae speak pure properly but, it's a bit ae an effort n doesnae feel right. Monica hus obviously been practisin. A've dropped the pure neddy patter fae ma younger days. A kin hear ma voice n words changin the elder A git. It isnae yir accent that changes, it's more yir choice ae words n no swearin aw the time. That's no acceptable tae folk in decent society. Yi won't get far if every second word is a curse. Ma granny hated it. She said real men didnae swear in front ae lassies. A tried no tae aw the time, but it wis a hard habit tae break. People judge yi by yir voice. When yir talkin like this people think you've nae intelligence. They think you've been dragged up n come fae a bad home. It's aw aboot low-status lingo, know wit A mean?

'Azzy n Patricia! Wheet-wheew!'

'Aw shut up, Monica. Did yi come as a witch, sayin it's Halloween?'

'Maybe!' she says n winks. 'Just being honest. It's funny! Can't imagine you two at all.'

That's the wan problem in chasin bad wans. The good wans always find oot n inevitably think less ae yi. Yi become a bog-standard dickhead, shaggin the tidy burds n sacrificin yir quality n character. Who yir partner is speaks volumes aboot yi. They're a reflection ae yir innermost desires n how much yir willin tae sacrifice n settle fur. The wans who turn yir heed quickest ir often the wans who cause yi tae miss the really beautiful wans. No aw that glitters is gold, efter aw. The real treasure is lassies like Monica. The bad bitches n popular lassies never ir. The real gold is the different lassie, the shy wan, the odd wan wae quirks n hidden depths. Yi feel a spark when yir wae them n they make yi feel – things – yi never even knew existed.

'Right, so tell me this then, sayin we're being *honest*. Wit ir you dain goin wae some mad gimp fae college? Probably some pure perfume boy, nae doubt!'

'Cos Dominic is different—'

'*Dominic?* Riiight! Up eh road!'

'Let me finish, Alan! If I needty choose between a guy like him n a guy that's a pure ned—'

'Aye you'll go wae the money!'

'It's absolutely nothin to do with money!'

'Wit is it tae dae wae then?'

'I can't spend the rest of my life runnin about with all the dafties of the day. I need to make choices n even if that's maybe not who I would choose first, I'll settle cos he'll treat me right. He won't break my heart by gettin the jail or gettin himself slashed or stabbed. Plus, he'll dress nice n take me out. We can actually *do stuff* n *go places*. That's not as mercenary as it sounds. A girl gets tired runnin after bad boys – much as it is fun for a while.'

We share a second 'one of those looks' ae the evening. A'm that bad boy. These feminine subtleties irnae lost on me. A don't yit meet hur reasonable expectations. We both know that. She hud given me a million chances tae stop n choose hur awready but A'm no that clever.

'You know I always liked you, Azzy.'

You could have had me if you wanted me, her eyes say,

flickerin wae a million possibilities. She looks doon n back up. This is wit you could huv hud, son. That kinda blow hits hard, cuts yi deep aboot life choices. The Young Team n aw the carry-on is more important than me, she says wae those dark green eyes. There's nuhin more A kin say.

Fantasylands

Saturday, 15 November 2008. Godskitchen main arena, Fantasy-lands at the Royal Highland Show Centre, Ingliston. There's two halls, the Highland and the Lowland, n a massive outdoor arena wae tents holdin the smaller stages. 6 p.m.–6 a.m. We've been here fae half-six. It's just gone midnight. A'm back in the water, crashin waves ae colour, sound, light. A took six rocket swedgers n A'm fleein, double duntin aw the way. A've still git another four tae take. Ma come up wis fuckin mad but A've lev-elled oot enough tae talk tae yees n guide yees through this dreamland.

There's been aw sorts ae big fuckin DJs here the night. Yoji, Woody van Eyden, Stoneface n Terminal n Lange. 'Godskitchen' is the main arena, pure trance fest. Ferry Corsten is headlinin later on. There's aw different groups here tae runnin arenas. 'Back to the Future' wae the boay, the man, the legend, Mallorca the Lee, Bass Generator, Mark EG, Marc Smith n Kutski. The 'HTID' area's git Breeze n Styles n Hixxy. The last is 'Polysexual', wae Phil York n Andy Whitby. Fuckin some mix ae classic cunts n newer wans. These attract the eld Rez crew – there's elder cunts divin aboot in their forties, hardcore cunts that never threw in the towel. It's different fae Braeheed up here. Yir on the way intae Edinburgh, headin east up the M8. It's at the airport by Ratho Station. Yi kin see the control tower on yir way in, a big hourglass-shaped fuckin thing. Yi wid be able tae hear the planes takin aff n landin if it wisnae for the hundreds ae thousands ae amps runnin through the systems, shakin the place tae bits wae heavy bangin tunes.

The YTP troops ir here givin it some. Patricia is floatin aboot somewhere anaw. A lost everycunt ages ago. Look away fur a second n the surgin n swellin crowd swallows them up n casts them adrift somewhere else. A'm floatin aboot no givin a fuck who A meet, ridin the wave. Everycunt is yir pal in here. Maybe it's cos we're aw fuckin oot our nuts on pills that we're feelin the love. The ecktoplasmic euphoria n fellowship wae our common man. Harmony wae aw humanity. A love the strangers next tae me n they love me back. Peace n love tae aw mankind. Utopian society.

A've git a white paintin overall tied at the waist n a light blue tracky top on. It's November n fuckin freezin ootside. The contrast in temperature is unbelievable. Yi walk intae the main arena n it's like a wall ae heat. You've git aboot eight thousand sweatin, dancin n ecstasy-heated bodies in the wan room. Yir peelin yir layers aff doon tae yir bare back. There's big curtains at the back ae the hall. Yi walk through them n yi see the event in its entirety. The name wisnae sellin it short. No a sea, but a fuckin ocean ae people aw bobbin n weavin, knitted together by sound, ecstasy n passion fur the tunes. It sways to n fro tae its ain motion n seems tae take on a form ae unity, everycunt connected in a rhythmic state. The crowd is a single entity, a cult, n our deity behind the decks. There's three big screens at the front wae alternatin images, like a wean's kaleidoscope. The big screen in the middle hus the DJ's name on it in big white letters, n the line-up list flashes occasionally tae let yi know wit's on later. Everycunt is dressed in mad shit, masks, tutus n furry boots, hotpants, white boiler suits, breathin masks, wigs n multi-coloured motherfuckin dreamcoats. Lassies huv git big eyelashes on aboot three inches fae their face. They remind me ae spiders n freak us oot fur a second but A'm Johnny Bravo, fuckin surfin that wave n the ecstasy inside me is calmin ma soul, huh! It's mucky n muddy wae a thousand trainers tramplin n shoes stampin, bouncin tae the fuckin beat.

It's a sensual experience aw this. Yir walkin wan minute n a lassie grabs yi n starts kissin yi. Yi kin feel the net vest she's git on when yi put yir hands on hur hips. Yi kin taste the Blue WKD she's been drinkin n yi kin feel yir own sweat runnin doon yir neck but yi don't care. Basic instincts ir firin on aw cylinders. Yir reachin fur the ceilin cos it's an anthem then the annihilating rhythm drops n yir bouncin. It's a shift but nae pain, nae gain. The lasers above yi look alien n otherworldly, a green tartan in the sky. Kin yi see them? It's beautiful. The tunes ir trance, then drifting. 'Drifting Away', Lange feat. Skye. Yi feel warm, irritable but orgasmic. Every touch n sensation heightened. Yi choke fur a smoke but yi barely taste it goin doon n it's smoother than smooth, too smooth maybe. Yir body is wet wae that eckto sweat n yir just dancin. Yi git loadsa wee thoughts n yi think *Did A just think that?!* Yir minds goin too fast fur yi tae keep up. Confusion in the membrane. Yi forget where yi ir, who yir wae n who the fuck yi ir. A'm Azzy W – dancin machine, WKD n Coors tanner, glowstick raver, eckto muncher, renegade master.

A keep thinkin A'm in Braeheed but n A'm lookin aboot fur the seats n they're no there, then A remember. Aw A kin dae is dance. A'm a fuckin ravin machine n ma petrol is Coors n Blue WKD. They hand oot cups ae water somewhere n yi tan them tae just stay alive. A'm floatin through the crowd. If yir headin oot, yir no wan ae the cult. Yir a trespasser in a foreign land. The only acceptable way tae go is forwards n praise the idol wae an offerin, a sacrifice ae sweat n youth, oh sweet n forgotten youth. A'm pushin against the current, goin against the grain. The rain in Spain falls mainly on the plain. Pure random thoughts n mince n tatties in the brain.

Phasers tae stun, troops, we're goin in. A take the last four pills oot ma pocket n gub them aw in the wanner. In aboot twenty minutes, A'm gonnae feel it. After the big come up, the ascension, takin mare pills just prolongs the dunt. Yi never peak again, never feel that rush. Yi flow along on a high, but never that nought tae a hunner sensation ae leavin the normal n headin fur the stratosphere. Hydrate n taper aff, ya sexy ride yi. Replace salts fae sweat. Minimise alcohol. Hydrate n survive. Salt. Water. Minerals. Hydrate, but no too much. A pint an hour, when sweatin profusely. That is the government advice. A know A'm gonnae feel these four. If yi took a number at wan time, yi git hit wae the hammer. Sometimes it's overwhelmin, too much. Pleasure passin, vergin on sickness, dizziness, sinkin feelings n the bad times slippin in . . .

A'm maself among thousands noo n A don't feel so good. Those four pills huv fucked me up. A've git a sick feelin in ma stomach n ma heed is light n dizzy. A bend over n spew. A'm only bringin up water n swally n foul tastin stomach acid n bile. Ma throat is burnin n A'm washin it doon wae a Blue WKD n lightin a fag. A feel ma heed droppin. A'm exhausted, shattered n broken – a casualty of our war against the system. A steward is pickin me up n usherin me towards the buildin. A cannae fight him n A don't argue. A catch a glimpse ae the toilets. Queues ae folk standin waitin in the cold. They irnae smilin anymore. A see faces A huvnae seen before. They're oot it, eyes rollin in their heeds, soakin n freezin. Lassies huddled intae guys who ir laughin. Cunts growlin at us n makin us para. Fuckin Young Team, ya bams, A think wae nae conviction. A'm cuddlin intae this fuckin steward in a hi-vis jakit. He's ma saviour leadin me through the masses n A'm swirlin in the whirlpool. G4S, ma Redeemer is here.

A've went too far. A'm gone, fleein right oot ma dial. Pure spinnies n sick comin up again. Ma face n skin feels weird tae these alien eckto spider hands. A'm thinkin aboot Patricia in here somewhere n Monica, but she's no here. A'm sure she's no here. A wish wan ae them wis here tae look after me n ma baws ir tinglin. Even in this nick, A'm gittin rushes ae sexual pleasure fae deep within n a long, fuckin yearn n burn tae feel the mad eckto love wae wan ae them, or both – why no. Anyhin is possible fur the drug generation. The love generation, world – hold on. A'm led inside n told tae put ma fag oot. It's been burnin away between ma fingers n ma hands feel funny. Ma eyes ir rollin in ma ain heed n A'm staggerin. The feelin is too much. It's no pleasure anymore. Pleasure wis a few mile back. This is suhin else, some darker place. THE DRUGS DON'T WORK, YA FUCKIN FANNY. Trippin oot ma fuckin bush, man. They rockets ir dipped in acid, so rumour hus it.

A'm definitely no rollin anymore n A'm drownin in these sensations. The steward takes ma bottle n chucks it in the bin. A'm no in the rave anymore. Game's a bogey, man, gees ma baw. There's a wee room wae chairs n inflatable beds. It's a wee meetin ae the totally fucked cunts, a conference ae sorts. There's lassies sittin wae spew buckets. Boys sittin wae their tongues hangin oot n eyes naewhere tae be seen. It's the fuckin gouch couch. A'm puttin ma hands in the air n tryin tae dance, cunts ir laughin if they kin laugh n just keepin being, keepin conscious n tryin no tae lose it cos hearts ir racin in here.

'WELCOME TAE THE GOUCH COUCH!' A'm shoutin like a fuckin idiot. The hi-vis sentinel hands me over tae the health n welfare cunts in red fleeces. They feel like sheepy sheep, A think as A'm sat doon next tae a lassie who's just as fleein as me. A feel like sleepin but A'm being woken by an angel in red. She's wavin a single finger tellin me tae stay awake. A nod like a wee lost puppy. A'm still sweatin n soakin. There's a blanket put roon ma shoulders n A'm being handed a packet ae KP nuts n a can ae Coke. 'Eat them n sip at your can. No sleepin, son.' A nod n start stuffin the nuts in ma gub. Eatin's cheatin, doll. They're dead salty n A've nae saliva tae digest the things n ma mooth's fulla dry nut crumb. The lassie tries tae smile at me but hur face is fucked n twisted wae pills. This isnae beauty, man. Cunts ir sparkled, faces mutated n unhuman wae drugs. This is the few that went wrong, took too many. The lassie's hair is soakin wet n she's git on the same blanket as me. Our humanity seeks support n comfort, aw beauty n colour forgotten. We don't know each other but we're united in our common sufferin. We, the refugee children of the chemical revolution.

'Yi awright?' she asks us.

'Course A'm ir! A'm Azzy fuckin Williams!' A slur.

She's laughin n shakin hur heed. 'A'm Emma.'

'Happnin, Emma.'

'Wit happened tae you?'

'A've took ten sweeties. The last four A've gubbed in the wanner. Tae be honest A'm no sure how A got in here.'

'Me neither. A lost aw ma pals n started being sick, out ma dial.'

'Fuck sake. Where yi fae?'

'Coatbrig, you?'

'Up that way anaw!'

'Did yees git a bus?'

'Aye, there wis fifteen ae us. Lost everycunt hours ago.'

A look around n take in this wee room before us. It's still blurry under the harsh halogen lamps. It's a wee anteroom. There's pipes n tubes runnin aw over the place. It's some kind ae storage room. The night it's been converted intae a gouch couch. It's a place ae sanctuary fur cunts like me who huv taken a bad wan on drugs. There's paramedics in the corner, green uniforms n a big red bag n stretcher. The rest ir the volunteers in red fleeces. The casualties ir varied. There's a guy sittin wae his burd. He's oot it, sittin lickin his lips, but she's far gone. Hur heed is in hur hands n she's being sick in a basin. The two ae them ir boggin. In fact, we aw ir. Almost up tae the knees, everyone is covered in pure rave muck. Ma eld Lacoste trainers ir fucked, pure mockit. The lassies ir still sittin in their tutus n multicoloured dresses n taps, some wae wee shorts or hotpants on. Their legs ir filthy up tae the shins. The looks on these young cunts faces ir horrible. A try no tae look at them cos they're geein me the fear. The early charm ae seein cunts wae big pupils n smiles hus long faded. We're aw stuck wae these feelings until our systems work the substances oot. It's a long process when yir feelin like this. Yi feel like yi could die n the thoughts in yir brain disconnect fae that previous sacred life yi hud. If yi went tonight, yi wid go thinkin a lot ae nonsense, sweatin n wishin fur things lost – that forgotten paradise ae the normal. The everyday mundane, that beautiful fuckin boredom n family shite.

Me n ma new pal Emma ir sittin sharin the packet ae nuts n sippin water. Faces twisted n unhuman wae drugs. A think fur a moment if A've said that awready or just thought it but A cannae be sure. This hour has finally slowed. It's half three. There's two n a half hour left. A know Ferry Corsten wull be on soon but A still cannae remember if A'm at the Braeheed Arena or Ingliston. A honestly dunno where the fuck A'm ir. Aw time n space drift away fae me n A'm Y T FUCKIN P. The gang, the battle. They're aw here somewhere but A'm marooned on this desert island. Robinson Crusoe. Gennaro Gattuso. Rangers Football Club. Take me home, somecunt. Back tae the island. Country Roads. Jungle Run. Fun House. Move it, fitbaw heed. Hey fuckin Arnold. Haw! Lavi heed, you're gettin it!

The ecstasy is calmin doon. The wallop ae those four pills knocked me fur six. Yi feel close tae death when yir like this. Feelins ae paranoia n fear n pure confusion n repetition. Yir heart is constantly beatin hard n fast. Yi start hearin it, like a bongo drum in your hollow chest. Yi feel physically empty inside. Just a vacant shell wae a void where yir internal organs should be. Yi try not tae think how they work at moments like this or even the fact that you've got any n ir basically a skin machine. Yi scare yirsel wae thoughts like that. Yir brain is racin, thoughts sparkin like electricity meetin water. Even thinkin that yi huv a brain in yir skull is a mad thought the noo. Class As ir strange n send yir thoughts on a weird fuckin journey through yir consciousness. Ma wee gouch couch pal Emma glances over tae me n kisses ma cheek, bringin me back tae humanity, sexuality n feelings ae love, family n security, a future n a life. Life, beautiful life. Choose life? That kiss saves me. Choose love. A try tae smile at hur but A'm still fleein n A just put ma arm roon hur n stare at ma boggin trainers n the floor.

Time passes but A've lost the concept ae its construction. Minutes ir hours n hours ir minutes n seconds ir days n days ir aw the ages of men. A hear everywan screamin. We both know wit's happnin. Ferry Corsten is startin in the main arena. This wee room led intae it. A wee smile crosses Emma's face n she cuddles intae me. We're both trance lovers n fanatics tae our ravin religion n we're missin it cos ae chasin this chemical happiness. It's aw synthetic, no even real.

'Where yi fae?'

'Coatbrig.'

'Awright, Emma. Half an hour in the main arena n A'll drop yi aff in the mighty brig. Time tae boost this fuckin roost.'

A smile crosses the wee blonde's face. 'Right then, Azzy.'

A stand tae ma feet as if A'm on a surfboard cos the room's spinnin n the rockets ir dipped in acid, so rumour hus it. A extend a hand n pull hur up. A de-toga, swingin the red blanket over ma heed. A stand before the senate tae plead ma case. This will be a gouch couch ae the people, by the people – fur the people. Emma chucks hers over hur shoulder. We walk oot thegither n back intae the jungle fur wan last game ae Jumanji. A'm holdin hur hand n we're walkin towards the big hall. Our pupils don't need tae dilate. It's pitch black, Sunday morning. We know where we're going. Through the defeated hordes headin towards the gates n a thousand buses n taxis, we're pushin onwards, loyal and true tae our cause. The cult hus us noo n they welcome us home. Intae the main arena in the Highland hall. Our god, at the front, wae his hands raised. We follow the lead. Take our place in the middle tae worship wan last time. Ferry Corsten, 'Punk'. The lights ir blue n purple, lasers green. Emma holds me tight n pulls me closer towards her lips n A think, just fur a moment, that it could be love.

PART IV
Corroded

85M BILL FOR CRIME IN THE BUCKFAST TRIANGLE

The local authority which is home to the 'Buckfast Triangle' spent a massive £85 million tackling alcohol-related crime last year.

Shocking new statistics found that North Lanarkshire recorded almost 6,000 offences involving drink last year, around one every two hours, costing almost £250,000 a day.

The area was found to be home to several of the worst eight areas for drink-related deaths, and incorporates the so-called 'Buckfast Triangle' of Coatbridge, Airdrie and Bellshill, where there are markedly high sales of the strong, caffeine-high tonic wine.

Dean Herbert, Scottish Daily Express

Chemical Unhappiness

2009

It aw starts as usual. A grab the bucket kit oot ma wardrobe n stick the socket in it, wan fur turnin hexagonal nuts wae a wrench. It's git a thin layer ae mesh inside, a pipe screen, burnt black tae remove the gold coating n stop us gittin zinc flu. A pack the socket wae grass, White Widow, potent smelly shit. The lighter's flame gits sucked doon the socket as A pull the bottle up, oot the water, n twist it tae cream it up properly. The green crackles on the way up n it's a pure milk-bottle creamer. The arse ae the bottle emerges oot the water filled wae that ominous green smoke. The Irn-Bru label is peelin aff in the dirty oil-filled water. A toss the hot socket intae the ashtray n hold the bottle still tae no spill any smoke oot the top. A cup ma hand roon its hot neck n sook the thing in a wanner. There's a wee bubble fae the water n that's it, nae goin back. The thick smoke goes intae ma lungs n A breathe it oot. A feel the usual punch tae the lung n the strong bucket kick. Usually this fades in a second n a wee cough up n yir away, melted oot yir fuckin nut, but that's no how A feel, troops. No at aw.

A feel this sinkin feelin. Ma knees seem tae melt intae the floor A rest on. A feel like A'm fallin n fallin again, that sensation like goin doon in a lift but intae the floor, like it's made ae sponge instead ae solid. It's ma knees geein way n A'm fallin doon n

175

doon. Ma breath's stolen fae me n ma hands n feet go aw numb. A feel like A've been thrown in a bath ae cold water n desperately gasp fur air that isnae comin. It's just repeated over n over n over n A feel like A'm gonnae pass oot. After twenty minutes ae this sheer terror A calm doon enough tae crawl intae the bathroom n pour cold water on ma heed. Ma heart is fuckin poundin n A'm scared shitless. A'm thinkin A've just huv a brush wae death, a heart attack or suhin. Ma hands ir still numb n ma legs ir fuckin jelly. A try tae smoke a fag but even that seems tae bring the horrible feelin back n A stub it oot n lie motionless, starin at the ceiling, shell-shocked.

A dae wit any worried cunt dis. A fire up the eld laptop n stick on the Google. A'm typin ma symptoms: shortness ae breath, numb hands and feet, chest pains. Panic n anxiety. Fur the first few minutes A'm in denial. The usual pish comes up aboot heart attacks n angina n cancer, practically confirmed. The wee creepin n crawlin sensation A've been feelin has finally caught up wae us. A'm thinkin aboot cardiac arrests, tachycardia, palpitations n loads ae other words which A'm no sure ae the meanin ae. A heard them on *Casualty* years back n they've resurfaced tae fan the flames ae this mad anxiety. Panic attacks: nausea, sweating, trembling, palpitations. Four ticks. Jesus, fuckin panic attacks? A don't feel panicky. In fact, A don't feel worried aboot anyhin, bold as brass YTP wan. A keep tellin maself this as A try n smoke a fag again. A'm determined no tae be beaten but this feelin comes fae deep doon inside us n A think it's goin tae happen again. Even thinkin aboot it makes the feelin come back. Noo A'm in a constant see-saw ae the fear ae panic, the panic n the panickin fear n back tae fear ae panic then panic n panickin fear n panic n fear n panic, then back tae the fear ae panic n repeat, repeat, repeat. A dunno wit A take drugs fur. A'm no sure why A started but A'm sure ae where it's got me.

A'm fiercely cravin green but A'm frightened tae smoke it. A've rolled a joint n A'm starin at it. A've smoked dope fur five year noo, practically every day. A'm addicted tae it, the stronger it got the worse it got. Smokin solid hash wisnae as intense, cos the THC wis weaker. The green is super-strength noo, potent as fuck. That change wis when the bad stuff started creepin in. Yi felt it almost immediately. Cunts gittin weird, n after smokin some strains ae it, yi felt oot-ae-sorts n a bit odd. Mostly, yi just hit the munchies, scranned n went tae bed n dismissed it, but suhin wis happnin below. It wis fuckin us aw up. Cunts gittin edgy n more addicted n actin strange n no themselves. Yi hear the rumours ae cannabis psychosis n yi dismiss aw that as shite but it hus actually happened tae cunts in this very town, pure Ward 24 material. As strength goes up, dose should automatically go doon, but wae grass, it wis the opposite. The stronger it got, the more we smoked – oot every weeknight tokin like fuck, smokin mega joints n sookin buckets. Cunts wur always appearin wae rarer stuff, more exotic n super-skunk shite, a million miles fae the eld bits ae shiny hash we used tae smoke n the stuff Kenzie n Danny ir still puntin tae aw the young cunts – the soapbar, council dope. Aw the elder cunts moved ontae green a few year ago n the eld days ae spreadin-in n smokin hash tae yi passed oot ir gone.

Five year felt nae time at all, but it wis obviously long enough tae dae damage. A'm pure frettin aboot this wee unknown episode. A'm readin on n there's aboot a million pages dedicated tae it. Panic attacks irnae an emotional state ae being, necessarily. They're a physical and psychological response tae external simulae, emotional issues or trauma or drug-induced, that activate the ancient fight or fight adrenal response ae yir sympathetic nervous system. Once you've got them, it's a curse. Yir scared yir gonnae take wan, so yi take wan n yir stuck in a vicious circle ae fear, embarrassment n avoidance. Cos if yi feel trapped or uncomfortable, that sinkin feelin starts n yir away. Nobody knows yir sufferin, knees weak n dizzy, inside yir screamin fur help. Yi want an ambulance or somebody tae constantly reassure yi, but that only makes yi worse. Yir breaths git faster, too shallow or too deep. Yir thinkin aboot yir heartbeat n yir breathin. Things yi should dae naturally ir on yir mind. Yir countin breaths n beats. Too many or too little? Too big, too wee? BANG. Panic attack. Drivin the motor? Chest feels funny. Panic attack. Forget n think yir normal fur a second, coffee n a fag. Panic attack. Rough in the mornin after a night on the drink wae yir pals. Panic attack. Feelin too hot. Panic attack. Yir strugglin tae breathe n even yir knees feel like they're gonnae gee way beneath yi. Chest pains. Paranoia. Heart attack? Trains, lifts, driving, loud noises, heat, sickness, stimulants, uppers, downers n hallucinogens. Aw they things make me panic noo. A'm takin them constantly this last two month. A'm malfunctionin, broken n A need fixed. Somebody fuckin help us.

A'm in the doctors, tryin no tae look at aw the posters aboot rape crisis, HIV/AIDS n prostate cancer cos they're makin me feel para. Ma eyes meet the filthy carpet tiles n the posters seem like a welcome change. A hate this fuckin place. Yi feel stricken wae a hunner fresh ailments n germs when yi walk in. It feels boggin n smells musty wae a subtle note ae cheap disinfectant. The waitin room is filled wae plastic chairs, mad eld things, orange n blue n faded. Weans' toys scattered aboot a big plastic box. Wid A fuck let ma wean touch them. Think the cleaners clean them? Doubt it. Come in here wae a cold n leave wae MRSA. NHS cutbacks, int it? A don't want tae accept panic attacks as an explanation. The healthy mind struggles tae admit it's unhealthy. It's no like breakin yir leg. Cos there's nae shame in that. There's nae stookie tae sign wae a cock n baws fur yir mind – so we limp on, cos ae stigma n fear n embarrassment n tryin tae act as if nuhin's wrong. Then we drink tae self-medicate n kill ourselves n everybody wonders why.

The doctor offers a sympathetic smile. He gees me a wee printed sheet n shows me the door. Try this before yi speak tae a professional, long waitin lists n aw that. The doctor seems disinterested in everyhin A say. He just nods away n glances discreetly at his watch. It's nearly lunchtime A suppose. He's a fuckin bored prick thinkin aboot sandwiches. A thought A wis gonnae die last night n A've died a couple ae times every day, since ma first wan. A don't know how tae convey ma fear n loathin tae him. A'm depressed, paranoid, panicky, chokin, frustrated n scared. He tells me no tae worry n gees us a fuckin handout tae look at wae breathin exercises. A'm ragin aboot it n it's makin me worse. A kin feel anger buildin inside me but A feel like greetin. It's a nightmare that A'm livin. Ma coping mechanisms tae life n stress ir drink n drugs. Ironically, they've got us in this fuckin mess. So where dae A turn? The natural reaction wis ma local friendly GP, n it wis the right move, but wit noo? Where dae A go? Who dae A turn tae? A know A should speak tae ma maw or anybody who'll listen n let somebody intae this nightmare but A dunno how tae verbalise it. The doctor says ma heart is fine. Don't worry, Alan, you're young and healthy! It's just mild anxiety n panic attacks. It feels overwhelmin. A'm a young Scottish male n A'm supposed tae be hard as nails. A'm a fuckin ticket n a YTP wan n A've git enemies n a hard shell but A'm broken underneath n A need help.

When is the last time yi heard yir own heart beat? And did yi think aboot it stoppin? Natural processes becomin the subject ae an infernal scrutiny. It's a fear ae fear, ae death, falling, heights, decay n illness. A'm a worn n weary eld man within weeks ae this. Ma sufferin is deepenin wae every day that passes cos A'm addicted tae the very venom that's cripplin me. A kin barely move some days. Depressed n alone in bed, strugglin tae even wash, scared ae the shower. Fear ae the sensation ae panic has dragged me doon. A'm still rollin and puttin joints tae ma lips, determined no tae let these feelings stop me, no addicted but committed. Even a draw noo sends me intae the fear, that tailspin towards panic and those feelings that A dread every wakin minute. It's no panic, but fear. Mortal terror and horror rather than fear. A'm alone in the dark and thinkin. It started wae those grass buckets a couple ae months back. Their sharp and toxic hit tae the brain and lungs. Too much fur too long. The smoke windin oot and that sinkin feelin draggin me doon tae the floor in a heap. A tried again n knocked the bucket over and wis covered in the stinkin water, heart racin, heed light and in sheer terror. Have yi seen *Pineapple Express* or any other suitable drug-comedy? They words ir oxymoronic tae me noo. This is the fuckin reality.

At least ten times in the last week A've been critical, terminal. Ten heart attacks in a week, mouth cancer or maybe just a gum ulcer, hepatitis C fae sharin hundreds ae Charlie-snorters at parties, n HIV fae junky needles Λ might huv stepped on when A wis younger. Ten shakin fits and airless breaths. Ten grabs on invisible handrails. A'm chokin, coughin, attemptin any normal sensation tae relieve these feelings. Sleep is ma only sanctuary fae the sinkin sensation. A'm fallin intae freezin water every time. Mental distress, chemical reaction, physical sensation. A sinkin feelin that steals ma breath fae me. A'm chokin on air. Ma chest feels hollow n empty n the armchair A'm sittin on becomes a rollercoaster cockpit. The attacks pass after aboot ten minutes but A'm left less me after every one. There is nae happiness in ma life anymore. It is just fear n depression loomin large above me, like ma own personal band ae low pressure. *Why does it always rain on me?* It's fuckin pishin doon on me, thunderin n strikin me wae lightnin every time A take an attack. A'm exhausted but lyin doon sends me intae a fit ae shallow breaths. The internet says A'm expellin too much carbon dioxide wae rapid, panicky breaths. This causes the numb hands n feet n dizziness, n it's why folk in films breathe intae paper bags – tae take the CO_2 back in n rebalance. Nae reference tae the sinkin feelin, but adrenaline is a powerful chemical n kin cause almost any sensation tae the panicked brain. Feelings ae fear and terror. Check. Panic disorder. That's wit A've got. Continual panic attacks n losing control anxiety. But is it a condition – or a symptom? A suppose that depends on one fundamental question – are yi happy? N if no, then why no? Once A kin answer that, honestly, then A'm ready tae begin.

Options: medication, therapy or, the popular choice, try tae tough it oot alone. A know should A turn up doon at the doctors again and beg fur a prescription ae diazepam – they wid gee me it in an instant. That's wit yi get, tranquillisers tae settle yi. Then antidepressants tae git yir adrenal system workin right again or anti-anxiety drugs fur the long term. A know some people genuinely need them but A believe A kin heal n recover wae the right meditation n drug-abstinence, lifestyle improvements, healthy diet n exercise. Medication is a quick fix. A want tae exhaust aw other avenues before A take anyhin else. A know wit A need tae dae. A've tried before tae git aff aw drugs, but this time it's critical. It's the long week ae gittin aff it. The sweating, anger, the chokin, the sleepless nights n aggression. Maybe the breathin exercises wid help if A committed tae dain them. Breathin seems such a daft thing tae combat these powerful sensations within us, but breathin is the key tae control the physical symptoms, n panic is a demon ae the physical. The mental anxiety requires healin but if yi kin master the physical then yir halfway tae redemption.

A'm goin fur it this time. The usual method. A'm emptyin ma trays, chuckin every bit ae tobacco-filled green oot ae eld sweetie tins n video boxes. A'm huntin fur wee fly packets ae skins n bits fur joints that huv been stashed fur a rainy day. These could destroy a man, chokin oot his nut, who comes across a bit-fur-two tucked in a sock drawer in a frantic raid late at night. It takes mega resolve tae chuck it in the bin where it belongs. A need tae clear oot aw the fuckin paraphernalia associated wae it tae gee it a proper go. Everythin hus got tae go. After A've done that n burnt it aw in the garden so there's nae goin back, the ritual begins.

A've git ten fags n a lighter. A'm gonnae try suhin different this time. In previous attempts, A replaced dope wae fags n just smoked fuck oot them. After twenty or thirty they tasted disgustin n made yi crave fur the sweetness ae a joint. This time, A'm gonnae cut them doon anaw. Ten a day max. Nae caffeine, cos that intensifies the cravin n anxiety: nae coffee, cola, tea or alcohol. Nuhin. Just me n ten fags a day. A'm gonnae eat normally, hungry or no. A'm gonnae rise oot ma bed early, depressed or no, throw maself in a shower n stay up aw day without sleepin.

Then, come night, A wid be able tae git a sleep. After the long week, it wid be over. It's a ceremonial ritual aw this. The real battle tae beat any drug, or anyhin yir addicted tae, is willpower. Old as the stones determination n iron focus on yir aim. Yi deserved tae be happy n free fae aw this shite n this struggle wid git yi that. Aw these things would gee yi a fightin chance. Fur it tae matter n be long term as opposed tae a couple ae months, choke, forget n fold. *Don't worry, mate, no aw drugs are even addictive.* Yir fightin the very nature of addiction within yirsel.

The Dark Leaves of Mint

The last days ae winter drag in n the snow stays until the end ae February. It becomes suhin oppressive after Christmas passes n the tree n the decorations ir aw packed away. The whole place hus the look ae a Christmas card which hus dirtied and faded over time n hus become stained at the edges. Grudgin yellow gritters trundle the streets night after night, their orange lights blinkin against cold sunsets and that quick darkness which prevails by aboot four in the afternoon. They've built these grey and brown ice mountains. Brown drifts still stand in mounds at the side ae roads everywhere. Depressin grey streets durin the day turn tae shiny purple n orange wans at night. A've been stuck in the hoose mostly cos the bad weather. A'm tryin tae stay back fae cunts who ir takin drugs, that temptation n need tae go backwards n smoke green or gub a few blues tae manage the bad feelings n the boredom.

A knew A wis addicted tae aw that shite but it's only when yi try tae stop that the monster reveals itself. Then yi realise it's no gonnae let yi go without a fight. Aw drugs ir addictive, cos they're a behaviour pattern, a social activity, a copin mechanism n a full time occupation in their procurement n takin. They fill aw yir wakin headspace n even among the jovial depictions ae smokin weed, it's a fuckin hard wan tae git aff cos it changes the way yi think n feel. It becomes – the normal. It helps yi sleep, dictates yir hunger n libido n everyhin aboot yi. A smoke joints like fags, night n day, sun up tae sundown. A used tae talk aw that pish aboot medicinal benefits n freedom ae choice fur users, but that wis before. There's nae harmless pastime drugs, nae safe substance abuse. Green n benzodiazepines ir our generation's heroin. A know that noo. A've found oot the hard way.

Comin aff drugs isnae an instantaneous process. Yir short, sharp experience ae withdrawal fades in aboot a week but then the real challenge emerges when yi try tae stay aff long-term. A hud stopped takin them before but A felt different this time. This time hus tae be different. Yi dragged yir full family through the mire every time, cos their hopes, that you've finally seen sense, ir carried wae yi alongside the monkey on yir back. They can see it in yir face that yi irnae takin anyhin. Yir skin changes n yir speech n yir attitude tae them n life itself. Every time A wis aff them ma maw wid be happy as fuck n relieved thinkin maybe, just maybe, this is the time. Then there wid be that moment, where the thin margin wid fail. Yi gee in tae temptation n smoke again or take another blue pill or sniff another line. It doesnae matter which, cos true abstinence makes no distinction. Yir thin margin between you n the last time yi used drugs implodes n collapses inwards. Yir back countin seconds n minutes, rather than weeks or months. If that happens it's fucked. Yi delude yirsel n take them again intermittently n manage it fur a while. Then, yir straight back on the road tae permanent and total addiction where yi take drugs every day n live yir life under their tyranny. The thin margin is aw yi huv. It's wit yi cling tae when the walls come in around yi n that saves yi when memories ae simpler times usin drugs wae pals come back – or yi get offered suhin by a *mate* on a bad day n just fur a moment want a guilt-free taste ae oblivion. It doesnae come by the glass. That sacrifice ae the thin margin brings back a tidal wave n sweeps yi right back intae the shite.

There's me, Toffey, Gunny n Briggy in Addison's motor. The smell ae the green in the car is pungent n overpowerin. A used tae crave the sickly sweet essence in ma mouth, nose n lungs. It's poisonous tae me noo n A tell cunts tae smoke oot the windae. A know wit lies at the end ae that smoke. It's the death ae ma thin margin, that contested ground ae hours, days n weeks that Azzy boy hus fought n died fur. A month aff it is unimaginable tae a cunt who's been takin drugs every day fur years. A month is a lifetime. It's a brave struggle comin aff suhin when everybody around yi is still dain it. Decent elder cunts give yi due recognition, cos they hud tried n failed in past lives. That darkness ae addiction hus a hold ae them n they know the colour ae yir sufferin.

'Wit yi no smokin fur, Azzy?' Wee Gunny says.

'A'm aff it, mate.'

'Dae you no take nuhin noo?' Briggy asks us. Even fur this harmless wee cunt, his question is thick wae implication, accusation that maybe Azzy thinks he's better than the troops noo. Somehow morally superior tae him, his family n the lads cos A'm makin an effort. It isnae spite, just ignorance. Wee Briggy knows nuhin else but substance abuse.

'Naw, mate. A'm aff everyhin apart fae drink n fags.'

Wee Gunny coughs n whispers *poof*. There's a wee stoned snigger fae the rest. These cunts irnae ma pals. They're strangers, enemy. Aw they care aboot is drugs n that misery that loves company. Azzy Boy's thin margin is worth them aw. Lest yi forget those fallen moments n airless breaths. Those long, slow, wasted days and black nights ae fear n panic. The money n that most important currency yi hud fritted away tae it. Yir cravin mind longs fur that taste ae oblivion, an end tae the monotony ae long, drugless days. Cunts will never really understand yir choices n will always huv a go. So A craft ma response. Some eloquent words tae represent the moment and the struggle. This is the fight fur that beautiful and sacred margin. Where yir family, future, hopes n dreams comes doon tae that second where yi say naw n bravely step intae no man's land, amid a barrage ae sufferin, boredom n mockery n say no more. No thanks. A'm aff it.

'Fuck yees.'

And it is beautiful.

Ma phone buzzes in ma pocket. It's *Danny Hoose*. A've barely heard fae the cunt while he's been runnin aboot sellin shit. Cunts took different paths n sooner or later, yi huv tae let them walk theirs n you need tae walk yours.

'Alan, it's Maria.'

A hear hur sniffin but n A know it's no good news.

'Wit's happened?'

'Aw, son . . . have yi seen Danny?'

'Naw A huvnae, Maria.'

'Oh dear.'

'How? Wit's happened?'

'Agnes is away.'

'Away where?' A say without thinkin.

'Away, away, Alan. I'm sorry, son. A know you thought highly of hur.'

'Awright. Shit, A'm sorry. Danny awright?' This is a daft question. A know he'll be in fuckin pieces. Agnes hud looked after him constantly when he wis a wean n his maw n da wur workin. She's been a gran tae us both. Suhin deep doon inside ae me anaw is broken hearin they words. Agnes is the last ae that generation. Ma gran hud died years ago n it hud cut me deep then.

'He ran oot the door soon as we heard. Not seen or heard from him since, Alan. Will you phone me right away if you see him, son. Big Brian is in bits.'

'Aye, A'll go n look fur him, Maria.'

The tunes ir still bangin but A'm a wee boy again, lost in a garden, messy n full but alive. Dark green mint hus become a renegade n hus started tae pillage n spread oot ae its boundaries ae passin fancy n rare usefulness. Purple-headed chives grow between cracked slabs, their own unofficial plots. There's a wee boundary fence hidden by wide green rhubarb leaves, which slugs huv eaten holes in. They used tae git caught in wee yoghurt pots filled wae beer, but they hudnae been lain fur years noo. The garden seemed tae grow without remorse. Its carers huv fallen away intae indifference n decay, but it lives on. Its green hands weave in the night. The neatly kept edgings, pruned bushes and turned flowerbeds ir replaced wae a temperate jungle. A imagine it wild n untamed but still wae aw the intended plants rather than the weeds which huv most likely begun their coup d'etat, insurrection n revolution. The eld shed fashions a coat ae fresh brown creosote in ma mind. The broken slabs huv aw mended themselves n the eld flakin bench is made ae smooth planed timber again, its varnish shining in that never-endin sunlight. Aw the rot n decomposition is replaced wae a per-fected vision. Things which never started like that ir cleaned n fixed up. The eld shed is filled wae aw the correct tools, in the right places, n the rubbish n damp which accumulated is undone. It is the garden ae our childhood, a final n untainted place buried away deep inside us.

In a sentence, it retreats tae reality. It becomes filled wae jaggies. Aw the wood is rotten n broken away wae years ae corrosive time n damp seepin intae the delicate grains. Aw that's left is an unholy alliance between the weeds n the fuckin mint.

A'm dragged away fae those summers in Agnes's garden, back tae the cold winter's night. Orange sodium n purple haze flood intae the turquoise canvas ae ma dream. The tunes n the patter ir incessant n don't mix wae ma mood. They're aw laughin away n chattin shite. Ma chest goes that fluttery way n A feel a panic attack creepin up n punchin me in the gut. A'm spinnin, but this time A'm aff everyhin n A fight it wae steely resolve n those fuckin breathin exercises. Deep diaphragm breaths in through the nose fur five, hold fur five, n back oot the mooth fur five, repeat and stand by, stand by. Combat breathin, they call it. That is ma fragile peace. Every time it's a fuckin battle within me, ma camouflage ae normality, a hard shell under which tae suffer. A'm alone n even though A'm aff it aw, A'm no fully rid ae the fear ae fear. It's a curse that finds new ways tae git at yi. Everythin's on tap ae me. The weight ae the world, sittin on the middle section ae ma chest makin us breathe shallow n feel like A'm sinkin. Gas imbalance. Ma heart starts racin, A'm sweatin n A feel like grippin on tae the door handles, adrenal response n sympathetic nervous system. A huvnae smoked dope fur a month but that doesnae matter noo because it hus a grip ae ma larynx n lungs. No wavin but drownin again, suffocatin.

Just before A disappear beneath that black sea ae fear, the garden comes back tae ma mind. Every wee detail ae this space soothes me n A return there. The eld smells keep me from goin intae full-blown panic mode n losin it. A think aboot the menacin mint, the bitter n recognisable scent ae those sharp, dark green leaves n the sweet onion ae the chives. Their fat purple heads, like golf baws. The smells ae flowers A never learned the names ae. There's a distant sniff ae creosote fae the shed, the eld wood n dust inside. A wander doon the back tae the forgotten greenhoose n smell the paraffin lamp, rich soil bags, tomatoes. There's garden magazines scattered on an eld wooden work-bench, seed packets, bamboo shoots, green twine n rusty black scissors tae cut it. A breathe deep through ma diaphragm n try tae relax n hang on. It passes, but only after A wrestle wae it. We remain n survive another death n breathe. In fur five, hold fur five, oot fur five, stand by, stand by.

'Wit's wrang, mate? Yir awfy quiet!'

'Ignore us, man. Just thinkin aboot shit.'

'Don't think too hard, el son.'

'Aye yir maybe right, kid.'

'Anycunt wid think you're gawn saft, Azzy!' Wee Gunny says behind a joint.

'Fuckin rap it, Gunny. Drap me aff, Paul.'

'At your bit?'

'Naw, doon the scheme.'

'Where yi gawn like?'

'Never you fuckin mind. Just drap me aff.'

Toffey gees me a funny look when A'm gittin oot n shakes ma paw. He's a decent wee cunt, a different character fae the rest. A feel like shite, panicky n depressed cos ae the bad news. Maria's phone call is on ma mind. A know where he'll be.

The eld hoose is in darkness, wae the venetian blinds n cur-tains drawn. A doubt they'd be opened again while the hoose is still Agnes's. Ma mind holds such a vision ae the place. Aw the varnished shelves wae whimsies on, no as polished as they hud once been. The layer ae dust a whisper ae things tae come, ashes tae ashes. The eld patterned carpets, a relic which assured

190

tradition n promised warmth. There wis a new gas fire underneath an eld mantelpiece, wae a gold carriage clock which hud stopped ticking. Family pictures formed the border roon the edges ae the room. There's eld faded navy leather couches. Strangely, it's the images ae Agnes Stevenson's livin room, scullery, landin n garden which stick wae us, an undiminished space ae childhood. A kin remember us aff fur the Easter holidays sittin watchin *Ben Hur* fur aboot three hour wae Agnes. She wid always huv a wee Creme Egg fur us both or a couple ae pound fur the van. Ma hand goes tae the latch in the thick darkness.

A hear a gentle sobbin as A reach over the gate n slide the lock's bolt oot ae place. Danny is sittin in a heap at the back door, flakin red. A kin see a bottle ae Tonic at his side n him fumblin wae a packet ae skins in the cold. He looks up tae see me n tries tae dry his tears. A don't say nuhin, but go n sit on the raised landin next tae him where we used tae fit our legs through the metal bars ae the railing. He passes us the Buckfast, silent apart fae sobs. The thick essence ae the brown wine seems tae soothe yir very soul, the warmth rushin intae ma cheeks. We pass it back n forth n A light two fags at the same time n gee him wan. The two ae us, grown noo, sit lookin at the far streetlights. Those infinite rows ae orange lamps flicker like they always huv. The wine keeps us warm as we sit broodin, a last time, on forgotten n lost youth.

A Bridge Too Far

The charity shops ir still here but they're quiet. Aw the shops ir. They seem tae change hands constantly, an endless cycle ae shitey start-ups n wan-aff fast food takeaways n off-licences. The only businesses that ir boomin ir the chemists wae their methadone scripts, seven ae them within three streets. Aw the big shops hud long since moved away intae Glasgow n the Fort. There's nuhin left here. The TO LET signs take the look aff the faded n dark Christmas decorations. Yir faced wae graffiti n grey shutters n dark windaes wae eternal renovations which ir never comin. Noo the big businesses huv left, aw the folk that remain ir the wans that ir trapped here, the usual street dwellers, idlers, waifs n strays. Yi huv cunts on the bru that just spend their days traipsin the streets n goin intae Farmfoods n Iceland fur their daily bacon n messages. Yi huv the poor souls anaw, disabled folk n eld pensioners oot just lookin fur a moment's company wae the usual bored shop assistants. Junkies, alkies n neds – us, tae the ootside eye. Aw the normal folk hud been driven oot ae the town centre, fadin one by one. The rest ir stuck here, forever wheelin roon this nightmarish carousel ae degradation that used tae be a proud n thrivin market town. Any dreams ae that huv vanished.

There's a cold sun up but the air is different n smells ae spring, release n resurrection. A'm a month aff the drugs, walkin wae ma heed held high n feelin like a new man, the best A've felt in a long time. Clear heed, clear thoughts. Wake up in the mornin n eat a breakfast, shower n the day is ma own. Nae lyin in a stupor in bed smokin soon as A wake up, then that endless cycle ae chasin more stuff while tryin tae pay tick upon tick. That's aw gone n it feels like another life n A spoke a different language then, a language ae drugs n addiction that aw addicts ir fluent in.

Instead, A've been goin tae the gym, oot walkin n joggin in the woods, spendin time wae ma maw n cuttin the grass. Dain normal shit that wis practically unthinkable before when yi spent every day usin drugs. The dark clouds ae depression n addiction seemed tae break n roll over. A still feel mad wee panicky episodes if A forget n take any caffeine or smoke too many fags, but apart fae that, A'm on ma way back fae the edge ae ma personal abyss. A kin look people in the eye again n A feel better. Besides the feelin good, there's plenty work still tae dae. Gettin aff is wan thing, but stayin aff is another. The social ramifications ae sittin wae mates who take drugs daily is always goin tae be hard. Cos after a while this new-found faith n freedom wid be forgotten in loneliness n yi wid yearn fur the eld days wae yir brothers n drugs as yir daily purpose. That's the test ae any recoverin addict. Yi huv tae summon that inner strength tae keep it gawn, long-term. Moments like these, when normality is hard fought n won, it feels so fuckin precious A cannae convey. So amazin tae just be maself again n dae normal stuff n A swear A'll never take that fur granted. A feel saved, reborn.

We're just wanderin aboot at our ain pace. We've git aboot fifty quid between us n we're in n oot the pubs n goin fur a bottle. There's nae fury tae our session the day. Danny seems tae be holdin up. A catch a wee sad glance when he thinks A'm no lookin n the extra wee gulps ae pints n neat shots show a man sufferin. A hud walked roon tae git him this mornin. His maw n da's hoose wis dark n hud the ineffable residue ae death over it like a shroud. The happiness ae homes seems tae drain oot them when somebody is missin. Normality seems tae stall n the everyday colours ae life become cold pastels like a hospital wall or hospice reception.

His patter aboot being a mad dealer hus calmed the day. Much as A want tae be a good mate, the fact remains that sometimes yi huv tae put distance between those who wid git yi in too deep or take yi tae places yi don't want tae go. The place Danny is headin is significantly worse than where A'm prepared tae follow. As the day wears on, A hear the extent ae his dealings. 'Much yi been shiftin then?' A ask.

'A'm up tae a bar ae green, a few hunner blues n an ounce ae gear anaw.'

'Fuck sake, Danny. That's a few grand tae chase in. Far cry fae the eld soap bar n a few swedgers.'

'A know,' he replies, quiet.

'Yi still dealin wae McIntire?'

'Aye, mate. A'm thinkin aboot wrappin it.'

'Aye?' A say without conviction. A hud heard it aw before. People like Danny, who huv become used tae the money, always spout shite like this. It usually means they're pissed aff or huvin a few bad weeks or got a sore face. Maybe his personal loss is geein him a sense ae perspective aboot it aw. It sounds heartless tae dismiss anybody's desire tae change, but they just say it tae make themselves feel better in the meantime n expect you tae play yir part in listenin n entertainin it.

'Good stuff, mate.'

We're walkin again n things don't seem so bad. We irnae

drunk, just enough tae keep us movin on a day like this. Me n Danny hud talked aboot the eld times, the way things used tae be, when we wur young. It hus always been us two n no matter wit happens, we'll be mates fur life. We hud talked aboot the early days, like roon Agnes's back garden or at primary school n sittin playin the Sega Mega Drive n then the N64 aw summer. Or when they put aw the James Bonds on telly when *GoldenEye* came oot wae Pierce Brosnan rather than Timothy Dalton. A kin still see the Martini advert that sponsored them, mad swirlin colours. That wis 1996 – thirteen year ago. We wur just wee guys then. Losin eld Agnes hus brought back a flood ae memories, smells n colours fae the past. Our childhood wis a happy wan, simple but rich wae the important things.

Ma thoughts ir broken by shoutin up the street. A'm shootin a stream ae warm boozy breath intae the cold March air n lightin a smoke. Danny seems tae be in a world ae his own anaw. We both return fae our separate daydreams n see Si n Matty O'Connor marchin doon the street towards us. They're awready shoutin the odds aboot suhin.

'Look, it's fuckin Dumb n Dumber! Wit yi wantin, ya fuckin bams?' Danny shouts.

'Yees think we've forgotten aboot yees stealin our fuckin crop? Nae fuckin chance yees ir gittin away wae it!'

'Still no sure that wis us, cuz!' A say wae a laugh.

'You'll git smashed again, Azzy, ya wee dick!' Matty's shoutin.

'Yer fuckin maw, ya pair ae gypsy bastards!'

'Heard McIntire wis fuckin ragin. Yees paid the derry yit oot yir ain pockets, boys?' Danny says, smiling. Matty goes intae his jakit pocket n whips oot a dumb-bell bar. The things ir some weight – a good whack wae wan ae them wid fuckin kill yi. Danny pulls us back when the cunt swings it, turns, and toe-pokes him straight in the fuckin baws. Matty folds, white as a sheet, n he's on his knees. A volley him right in the dish n he's oot the gem. Si's tryin tae pull him tae his feet but he's fucked. 'Wit yi gonnae dae noo? EH? YT FUCKIN P, YA DAFTY!' Danny shouts. Si's shat himself. He's still shoutin at his brur tae git back up but Matty's bent in pain on the deck n whiteyd. It's over n done, but Danny bounces forward wae his hand in his ain pocket. It comes oot wae his lock-back, awready flicked oot.

'NAW, DANNY!' A shout, but it's too late. Danny whips it across Si's cheek rapid. His lower cheek splits in two but does-nae bleed straight away. The cunt doesnae realise he's been slashed until he feels his cheek. It's like a leather couch spillin stuffin, a bad wan. A shut ma eyes n turn, walkin away fae it. Danny sprints away the opposite direction. Si's screamin n his brother is roarin aboot who's gittin stabbed. A keep walkin, heed doon n hood up.

Any Port in a Storm

A'm woken up in a cold sweat by Toffey standin above us. Ma heart's thuddin as A see tracky bottoms n a wave ae panic sweeps over us. It's Friday 13 March. Unlucky fur some. The wee cunt sits across fae us on ma chair. He's no said fuck aw yit, just plonked himself doon n tossed a pile ae clean ironin ontae the floor tae use as a footstool. He's lightin two fags in his gub n passin me wan over. 'Happnin, son?' A say, takin a drink ae stale tap water fae a pint glass next tae ma bed.

'Fuck aw, Azzy, big man.'

'Wit yi dain?'

'Nuhin, mate. Everycunt's lyin low. It's aw over the computer aboot Danny n Si.'

'It wis fuckin bad, mate.'

'Aye A know, everycunt says Danny wis fuckin oot ae order. Aw the troops ir talkin aboot it, man. Aw the Toi n even the Fleeto wans ir after him, sayin he's gonnae git plugged fur it.'

'He's no gonnae git touched, wee yin. The Fleeto ir fuckin miniature heroes. Wit aboot me?'

'Dunno, mate.'

'A'm second prize. Danny's made fuckin sure ae that. Matty wis tryin tae fuckin do me in wae a dumb-bell bar.'

'Yi heard fae Danny?'

197

'Huv A fuck, son.'

'He's a fanny fur dain it.'

'Course he is. He's got wan ae us or himself done noo in retaliation.'

'Yi hink so?'

'Aye. They'll up the fuckin ante noo.'

'Wit dis that mean?'

'It means we'll needty watch oot fur each other. Make sure nae cunt gits sneakied when they're by themselves.'

'If they come lookin we'll just fuckin doo them.'

'Mate, it needs tae stop somewhere. It's gittin oot ae fuckin control.'

Toffey doesnae understand yit. At sixteen, yir still a Young Team wan through n through. Daft as a brush n mad fur it. He husnae started tae endure the bad that's inevitably comin. He's still young, sittin in a tracky n a wee guy in the face.

'Well A've git suhin tae tell yi.'

'Spit it oot then!'

'That Patricia's bad news, mate. She's still been fuckin aboot wae that Jamie Peters.'

'Wit makes yi think that, youngster?'

'Cos A saw hur wae him the other night.'

'Aye right.'

'Fuckin swear doon.'

'Where?'

'In his BMW, the flashy cunt.'

'When?'

'Fuckin Wednesday there, Azzy. She's seein yi both, man. Git hur tae fuck.'

The door swings open n we both jump. Patricia's standin n A kin tell by hur face she's just heard Toffey's revelation. Ma maw wis always bad fur lettin cunts just walk up the stair. She looks like she's gonnae go fuckin tonto.

'*You're a fuckin lyin wee cunt!*'

'Awright, Patricia. Just calm doon, fuck sake.'

'Naw A won't calm down! If you're gonna sit n listen to that yi can fuck off.'

'Who the fuck yi talkin tae?' Toffey says wae a growl, bold as brass.

'You, ya wee fanny! Azzy, yi know for a fact I'm not seein Jamie anymore.'

'Wit wid Toffey lie fur?'

'Maybe cos he wants yi to be wan of the Young Team! When yi clearly don't give a fuck anymore n yir tryin to move on.'

Toffey is shakin his heed n pullin faces. Patricia is standin wae hur arms crossed in the doorway, ragin, wae a dash ae red across hur cheeks.

'Well fuckin wan ae yees is lyin! N A cannae see why Toffey wid!'

Patricia comes over n sits wae me on ma bed. 'Don't listen to him, Azzy! He's just tryin to get yi involved in shite! Danny's got yi in enough trouble without believin wee-guy stories.'

'Aye well, funny, Monica told us much the same hing.'

Hur face changes tae a deeper shade ae pissed aff. 'Monica? As in the lassie who still clearly fancies you but is more interested in hur wee college boyfriend! N put it this way, A've not said anythin to you about you being in hur bit a few times. That's up to you. You're allowed pals.'

Wee Toffey is still shakin his heed n lightin another fag.

'*Are you still here, wee guy?*'

'Shut it, ya mad bint!'

'Azzy, you seriously going to let him talk to me like that?'

'That's enough, son. Fuckin both yees calm doon, awright?'

'Azzy big man, don't believe a fuckin word she says! She's a lyin bitch n she's takin it aw ways behind yir back! Don't believe the act, she's at it!'

'Fuck you, ya wee fuckin dick! Away n play wae yir fuckin pals down the park n leave the adults to it!'

'A'll adult yi! Ya fuckin scudbook!'

Patricia slaps the face aff him n ma wee pal looks like he's gonnae blow. 'AZZY, A'LL FUCKIN DO HUR! Gee the fuckin word, mate! We'll say she fell over hur handbag! Fuckin cow, A'll smash you!'

A try no tae laugh, n calm the scene doon. Wee Toffey's loyalty is unfalterin n A'm inclined tae believe him before hur any day ae the fuckin week. 'Yi better go, son. A'll speak tae yi after.'

'Aye well, wear a johnny, mate. She's probably fuckin riddled wae aw sorts. Ya manky no-good fuckin midden!'

Toffey marches away doon the stairs, ragin. A'm lightin another smoke after the fuckin drama. Patricia lights wan angrily anaw n comes right up tae ma face. 'Azzy, A phoned Jamie to come n get his stuff out my bit. He gave me the usual sob story n A told him to fuck off.'

'So that's how yi wur wae him?'

'Aye. A'm done with him, honestly. A'm aw yours.'

'There wis nae need fur that wae Wee Toffey. He wis only lookin oot fur me. He's wan ae ma best wee mates oot the younger wans.'

'Azzy, yi need to stop hangin aboot wae all these stupid wee guys. They're gettin you into some bother! Everybody's lookin fur Danny cos Si. Do yi actually realise that? When yi gonna fuckin grow up?' She runs hur index finger doon ma cheek tae mock slash me. 'Is that what yi want?'

'Patricia, don't fuckin start! That wisnae ma fuckin fault.'

'A know that, but they don't care.'

They. She says it like she's sayin 'we'. She hud sat wae aw them in their parties n motors n gaffs, suhin unimaginable tae aw us. The thought ae Patricia sittin wae them n shaggin wan ae them wis awready pushin it tae the limit. Nae go-betweens, scheme-hoppers or turncoats in the fuckin YT.

'Well, fuck them. If they want Azzy Williams they kin come n git their fuckin go.'

'Calm down, He-Man. Why don't we just get away fur a bit?'

'Wit yi mean?'

'A've been meaning to say to yi. My aunt's moved in with hur boyfriend down in Newcastle. She's asked me if A want hur flat in Gateshead fur a few month. Riverside, minted place, son.'

'Wit? Me n you doon there?'

'Aye, why not? Is anything keepin yi up here?'

'No really,' A say after a minute.

'Well then. Yi could get away from it fur a few months n see how yi feel.'

'A'll think aboot it.'

PART V

Slab

SHOCKING 36 MURDERS TAKEN PLACE IN
LANARKSHIRE OVER THE PAST TWO YEARS

New figures reveal South Lanarkshire is
'murder capital' of Scotland.

Gary Fanning, **Hamilton Advertiser**

The Blue Light in the Toilet

It's grey n could be any other month in Scotland. Just that day-time grey, overcast n heavy. Me n Big Kenzie ir sittin quietly, smokin n starin oot the windae at spring tickin over n failin tae ignite. Tam is twenty-two noo. Yi kin see he's gittin elder, less interested n committed tae being a dafty. He works hard n enjoys a few pints. It's obvious he's changin n isnae so burstin wae that madness n reckless desire tae git in bother or git oot his heed. He's talkin aboot holidays n other things he wants tae dae n hus met a wee burd. A'm keen tae meet the lassie. Tam seems different when he talks aboot hur – there's a different glint in his eye. Maybe she wid help the big man screw the nut. Yi couldnae be the tap man forever. Eventually, even YT legends huv tae call time n move on, or perish.

'Aye, Michelle is hur name, sir.'

'Wit's she like?'

'Some laugh. Tall, pure healthy n kinda gingery – bit like Gemma! You still shaggin her?'

'Nah, mate, patched.'

'Aye, she fuckin burnt you, Sonny Jim! Always happens, she's fuckin high-end. Better men than you huv hud their heart broke by hur. Wis she the fantasy ride everycunt dreams ae?'

A just wink. 'Think yees wull end up gawn then?'

205

'Just seein fur noo but see wit happens. A wis needin a fuckin wee burd n that. Company tae settle doon away fae aw the shite. A'm meetin her when she finishes, if yi want tae come doon a stoat.'

We pull intae the supermarket car park n jump oot Tam's silver Golf GTI MK IV, the 1.8T fleein machine. Michelle is meetin us in the cafe across the road fur lunch. Before we cross the road, the big man pulls me intae the bus stop. Suhin's caught his eye n he's starin doon the street. A follow his line ae sight. Big Eck is standin talkin tae a wee shifty-lookin cunt. A barely seen the cunt noo n him n that past contingent ae the elder troops ir mostly gone – Taz, Whytey, Big Ryans, Bailey n McColl. Yi never see any them. Tam is standin starin through the opaque shelter, aw scratched wae graffiti n tippexed. The cunt Eck is wae looks like a wee rogue, a fuckin jag-a-bag. He's wearin eld jeans wae holes in them n a faded Adidas jumper wae a leather jakit on top. If yi irnae lookin closely, yi wullnae see the pass. Hand up tae the mouth, then no quite a handshake but a brush past. The two cunt's hands barely touch n they're aff walkin in opposite directions. Eck's lookin over his shoulder n side tae side before he sticks suhin in his gub. He jogs down towards the supermarket where we just came fae. A turn slowly towards Tam, cos now, tae us both, it's obvious. His face is sullen in realisation ae suhin long rumoured. 'Fuckin mon,' Big Kenzie spits towards the bus shelter n walks back down towards the car park.

Eck is headin fur the entrance, walkin wae purpose towards the front door. He looks incongruous amongst the other shoppers hustlin n bustlin plastic bags n trollies. He disappears intae the foyer ahead. A'm a few paces behind Tam n A kin just make oot our eld mate bobbin in the crowd. The security guard growls at us when we walk in. He's a fat eld cunt wearin his hat low like a sergeant major. Eck disappears doon the corridor wae the toilet signs n the baby-change facilities. Kenzie's marchin ahead ae me. He stands n waits at the door fur a minute. We both know the sketch. Neither ae us want particularly tae verbalise the thought though.

The door creaks open slowly. The toilets ir quiet apart fae the buzz ae the lights. The two above the sink ir yir usual square yellow wans, but the two above the cubicles ir a shade ae royal blue. There's the spark n scratch ae a disposable lighter. He does-nae hear two sets ae trainers meetin the linoleum floor. Yi kin smell the flint's smoke n the cheap, industrial bleach. Tam stands back n boots the cubicle door open in wan swift go. Eck lets the end ae his belt fall n looks up wae his black mouth aghast. He lets oot a half smirk n sits back on the pan. The belt is wrapped tightly roon his arm but there's nae blue veins tae be seen, just our eld mate wae a spoon, a needle n syringe n a wee dirty-lookin wrap restin on his lap. Junky paraphernalia.

Takin smack is a capital offence tae us. We wur born in the nineties n in the time since heroin hud made its mark n is fuckin hated in the schemes. Cunts who take it ir outcasts, nae doubt fuelled by the AIDS crisis – which tae us wis just PSE in school n no really seen as a heterosexual, non-heroin takin, majority problem. It isnae really a conscious thought, but it's hardwired intae us fae generations past that this is an evil thing. If any yir troops take it, yi wur told by elder wans tae leather them n banish them fae the young team, otherwise cunts wid call yees aw junk-ies n that is unthinkable.

Eck knows that himsel. He sticks the needle intae an orange translucent cover n sits it back on the cistern n slips the belt aff his arm. He puts the brown wrap in his pocket n sits back in res-ignation. That's the red rag that Big Kenzie is waitin fur. A hear a sharp intake ae breath fae each nostril. There's nae words spoken. Eck's lookin at me fur respite but A've nuhin tae add n A stand lookin at ma shoes. Tam takes a step back n volleys the heed aff him. Trainer toe meets nose n splatters over the plastic cubicle wall. A see thick red sprayed over pastel magnolia. Tam unleashes fury on his face, punchin n kickin wildly. A try tae pull him back. He spits on the floor next tae his eld best mate n turns tae leave. The door flies open n the security guard bursts in n rugby tackles Tam tae the deck. Another two workers ir tryin tae wrestle me tae the ground in the toilet. A put the first on his arse n follow a thunderous right wae a lightnin left tae his pal. Both ae them fall like a set ae skittles. Noo it's me tacklin the guard n Tam kickin him in the face on the deck. We're aw shoutin our heeds aff n A'm pullin Big Kenzie back tae his feet n oot the door.

We try tae walk oot casual. It's nae use. There's another three shop workers shown up noo cos the shoutin n commotion, aw big cunts tryin tae grab at us. A'm flyin rights oot on the shop floor n cunts ir tryin tae grab me. It's a riot. Even helpful passers-by ir intervenin n grabbin at us, assumin that we're shoplifters on the run. We're runnin fur the exit n two polis in hi-vis jakits run in. Big Kenzie gets grabbed aff a fat wan n he's caught a beaut. The other wan slide tackles me tae the floor n A'm gittin pulled oot fae under a table wae insurance leaflets n two shocked big wumen in yellow n black fleeces. The two ae us git dragged back tae the toilets in cuffs. 'Is that the two?' the first screw says tae the guard, his mate holdin paper towels tae his burst nose.

'Aye, that's the wee bastards!' N that's it. A glance at Eck being lifted up – he's dazed n doesnae really know where he is. The last thing A see before A'm marched oot is a wee pool ae blood, dark purple under the blue light in the toilet.

Toffey and Other Suites

It's the usual pish in the cells. A'm sittin in ma white socks, filthy noo wae black soles fae the mockit floor. A've git the blue mat, bare walls n concrete step fur a bed. Ma wee curtain sheet is roon us like a nun's wimple. A've no even git the alcohol-related drowsiness that A kin just crash oot n forget. A'm stuck here tae brood n ponder ma condition n fate. What wid the repercussions be fur this stunt? A'm eighteen noo. They irnae goin tae take any pish excuses aboot being a wee guy. We've been charged wae actual bodily harm, assault, resisting arrest, vandalism n, tae tap it aw aff, a fuckin breach ae the peace. We wid needty see wit the PF wid make ae that. A've never been tae the jail but that's nae guarantee against a custodial shoved right up yir arse. The polis ir sayin this n sayin that, aboot how evil we ir n how we attacked a vulnerable addict in a toilet and became violent wae security, police and members ae the public who intervened, fire n fuckin brimstone. A feel shite fur Eck. Their clique hud drifted fae us in the last years. Bailey, Whytey, Eck n McColl hud aw been on it, allegedly. Yi never repeated rumours like that but, no aboot yir ain team. It's still taboo. While we fought n drank, took pills n went tae the big raves, they headed doon a significantly darker route n wan n aw faded away tae nuhin.

There's a strange sanity tae it aw fur us, like aw this is a natural continuation ae those first rights ae passage. The days ae being wee neds in a gang ir long gone. People our age ir movin on n gittin on wae their lives. Yi huv polis officers, trainee teachers n aw manner ae good professions acceptin cunts our age. Wit ir we dain? Still hangin on tae suhin which is awready behind us. Sittin wae our school pals drinkin n takin drugs n chasin that eld buzz. It's an ideal, a nostalgia. Collective loyalty n belonging. The notion ae that collective union hus slipped away fae us. Those who keep chasin it beyond our age ir trapped in never-never land forever.

A dream back tae the days wae us aw oot roon a wee fire wae bottles n the troops aw there. That wis the start ae aw this, but suhin hus changed n gone sour along the way. Wit happened tae aw ma eld pals, the wans who used tae mean suhin? Wit promises did the next stage ae life offer? Tae keep goin doon this road tae nowhere, a deeper darkenin ae everyhin that hud come before? Tae git a scheme burd pregnant and doom yir weans tae the same inescapable cycle ae degradation, acceptance and repetition? A don't want that, A know that noo. A'm trapped n forced in these useful moments ae incarceration tae dwell on aw this, tae think it aw through n confront that persistent self that awaits yi, when the colour n noise ae the madness ceases n yi start tae see the truth. A look at the graffiti ae ghosts scratched intae the walls n mourn, thinkin aboot Monica, if she could see me noo. Cos she's probably on a night oot wae Dominic in Glesga – Merchant Square or Ashton Lane – gittin food n drinks n dressed-up nice. Here A'm ir, sittin wae ma white cotton socks, turned black, in a cell like a condemned man, awaitin his fate. A take the red pill ae awakenin n there's nae goin back, cos once yi wake up, yi kin see it everywhere n it's obvious. There's nae light at the end ae this tunnel. Ma thoughts ae freedom ir ironic, sayin they're comin straight fae a Strathclyde Police custody suite in Coatbrig polis station.

Twenty-six hours later, the black door opens n A'm handed ma trainers. Big Kenzie is waitin in the reception fur me. We're given our pink slips n turfed oot without our jakits, which huv been confiscated fur evidence, in case we plead not guilty at our diet. Wae CCTV n aboot twenty witnesses, it wid be a quick day in court, guilty wae nae discount. It's fucked. We walk oot intae the brisk March night n head fur home. Our phones ir dead n there's nae bus fae here so we're walkin up the road. Tam looks a bit guilty. 'A'm sorry, mate. A know you didnae need that pish. A feel shite aboot it.'

'Don't worry aboot it. It's just wan ae they things.'

'A know, mate. Yi didnae deserve aw that, especially wae yir troubles awready n tryin tae sort yirsel oot.'

'Wit kin yi dae, mate. A know yi wur ragin.'

'Fuckin gutted. Imagin it wis your best mate, sittin there jaggin. Like Danny or that. You'd fly aff the fuckin handle anaw. A seen red, cuz.'

'Don't sweat it, big yin. Club fur a pint?'

'Aye fuck. Nuhin else fur it.'

Yi kin only see snow on the highest peaks ae the hills noo, the faint outline ae white in the darkenin skyline. They're always here lookin over yi. Yi wid never be lost, as long as yi huv them tae use as a reference point, like a guidin star. They disappear every night, but come back wae the sun risin in the opposite direction towards the east n Edinburgh. In an hour the sun will disappear behind them, the Campsies formin a black silhouette against the sky tae the north-west. The roads huv grown quiet n settled doon fur the evenin. Only a few motors huv passed us n we walk alone n unperturbed.

A'm breathin in the fresh air deeply through ma nostrils. We're marchin along wae that liberated feelin. Strange, how even a night's incarceration kin leave yi feelin appreciative ae the freedom yi take fur granted. A glance towards Big Kenzie, lookin older n wiser aboot it aw. Ma mind goes tae Michelle, who probably waited fur us and left alone. A feel sad aboot that n A want tae meet hur n see ma eld pal wae hur. Someone special hus the power tae change yir life fur the better. A hope she'll dae that fur him. He's a mental bastard, but always a good cunt.

We're nearly there, walkin by rough-casted council hooses n unkempt gardens wae metal fences. Beyond the park n the eld bridge, by the shop n the lane, the orange backs ae blinds n curtains glow in the dark. We reach the Orange Hall n bounce in. The place is quiet. Nae music is playin fae the jukebox n there's nae laughin or singin tae be heard. The warmth greets us when we walk in the door n our arms n hands sting fae the cold ootside. We're faced wae aboot ten heeds in the bar n the usual eld punters. Aw the troops ir here. Broonie n Briggy ir standin by the pool table but no playin. Carlyle n Dalzell ir there anaw. Gunny, Danny n Kenzie ir sittin on the benches. Addison is sittin wae Big Rose, Finnegan, n Toni n Amanda. Monica is standin right in front ae me. A look at Big Kenzie n shrug. Yi never seen everycunt in here. 'Wit's the occasion troops?'

Monica bursts oot greetin. 'Aw shit. Wit's wrong?'

'Naw, son. Sit down.'

'How? Wit is it?'

It's only then A see these cardboard cut-oots ae aw ma pals. They aw stare at pints or halves. Even the die-hard Celtic fans ir here. A look towards the young wans. Wee Briggy is greetin in the corner n Broonie is holdin him up. Aw the young wans ir sobbin away intae themselves. Ma ain elder pals ir lookin red-eyed tae. The lassies ir aw the same, tears n runnin mascara. A glance back tae Monica. 'Wit's happened?' She sobs again. Big Kenzie is glancin around n headin tae the bar. He knows wit's comin n goes tae git the drinks in in anticipation. Fresh tears fill Monica's eyes n she holds us tight, before shakin hur heed.

'Wit is it? Tell me, Monica. A'm just oot the cells. Suhin bad's happened eh?'

'Wee Toffey's been stabbed, Azzy. He's gone.'

Last of the Mohicans

It's dark n rainin, the usual purple haze n orange ae the lamps. A bounce oot ma motor when A see them standin at the lane just aff the high street. They're smokin a joint oot the way ae the camera's beady eye. A kin see Matty n his skanky burd laughin n talkin in oot the rain. Ma hood is up n A've git a Rangers scarf roon ma nose n mouth. They've no seen me marchin up the lane n he doesnae see the first punch. A'm aw over the top ae him n he's roarin aboot it wisnae him n he's sorry. A'm bootin fuck oot his heed. It isnae particularly makin me feel better but A'm fuckin oot ae control, no stoppin. His mad burd tries tae scratch ma eyes oot n A stick the heed on hur. She falls wae a broken nose, splattered everywhere. *Azzy, stoap fuck! Stoap!* Matty is shoutin fae the deck. The two ae them ir fucked, lyin on the ground. A stand back shocked at wit A've done n sprint like fuck back up the lane n bounce intae ma motor n fly away . . .

A wake up para fae the night before. A hud fuckin lost it. Smashin Matty wis a natural reaction but headerin his burd wis too far, even if she wis tryin tae set aboot us. We dished oot violence fur violence without blinkin, but cunts who huv nae limits otherwise, huv high morals when it comes tae certain things. Cunts in the jail fur hittin wumen ir labelled 'beasts', same as paedos n predators n cunts who hurt weans. It's a dirty term n it's comin. A never really stopped tae feel bad aboot any it, cos it's just the way things ir aboot here. We exist within a culture ae violence. If yi dished it oot this time, yi would end up on the receivin end next time. Involvin somecunt's burd is aw sorts ae bad news but. If yi crossed that line, yi wur fair game fur anyhin. Nae calls or texts yit but A'm sure it's gonnae come. A'm constantly on edge, half expectin ma maw's windaes tae come through or the door tae git booted aff its bronze hinges. A'm huvin fits ae mad paranoia aboot the million n wan ways ma ain demise wid come. A kin see green wine bottle shards gittin stuck in ma neck n me bleedin oot as the latest trainers kick ma heed in. A see cold flashes ae kitchen knives n lock-backs piercin ma body n young Azzy dyin in a frantic scrabble n confusion. How wid it come n how long wull they mourn me? A cannae justify it tae maself this time, even in revenge. A've gone too far.

Everycunt is takin Toffey's death bad. Naecunt hus been on the computer talkin as usual. The Orange Hall hus been empty n cunts seem tae be keepin the heeds doon. Everycunt's maw n da wid be worryin like fuck n keepin them in. Ma ain maw looks as if she's aged another five year since Tam n Monica brought me home that night. A sat in the shower fur hours listenin tae the water runnin doon the drain then fillin the bath n emptyin it again. A did this until there wis nae hot water left in the taps n A wis lyin in a cold bath, wrinkled tae fuck n shiverin.

The door gits chapped n A dive up n grab ma baseball bat n clutch it. A'm creepin doon the stairs still wae a fag stuck between ma lips. The nicotine n smoke burn ma nose n eyes n ma pulse is poundin in ma temples. 'Aye?' A shout fae the other side ae the closed door. 'Alan? Is that you?' an unusual voice asks. A'm peekin through the letter box. A see a pair ae smart brown shoes n navy trousers. Ma first thought is it's the polis n A go tae run. Maybe A've git a warrant oot fur smashin Matty n his burd. If that's the case, then A've broken ma bail conditions n A'm goin straight tae Polmont or Addiwell on remand. If it's the polis, A'm oot the back door n over ma neighbour's fence, then Tijuana, Mexico.

'Who's that?'

'It's Donald McGiver.'

A pull the door open n rest the bat in the corner. It's the big man himself. He looks elder. A hudnae seen him since A left school. A heard he hud retired this year fae the eld school, the big chief finally layin doon the headdress. McGiver is a different breed tae the new types. New school buildings n ways huv replaced the eld wans we knew.

'Hello, Alan.'

'Eh, awright, sir. Yi comin in?'

'Thank you.' He might look a bit greyer but his frame is still broad n strong. It's strange tae see him in civvies. Usually it wis his grey suit, white shirt n red tie, the only colour apart fae the thread-vein contour lines on his face beside the thick moustache. A make tea n walk back intae the livin room wae the mugs n hand him wan. 'Firstly, I want to express my condolences about young Lucas. I know he was a close friend of yours.'

'Aye. It wis a shock.'

'So it all flared up again?'

'Never stopped really.'

'I still keep in touch with the old place and help when I can. It was disappointing to hear of this. I hoped your lot would have moved on. You, especially.'

'Nah, still stuck in the rut as per.'

'Do anything with those two Highers you worked so hard to get?'

'No yit naw, A wis thinkin aboot college but it never happened. No yit anyways.'

'Work?'

'Nah, nuhin. It's that recession. Naewan's takin on n folk ir gittin paid aff constant.'

'Not easy at the moment. Especially not around these parts.'

'No meanin tae be rude, but is this a social call?'

The big man shifts in his chair n laughs. 'No, Alan. It's not a social call. There's been a flare-up of territorial violence in school and the new headmistress asked me to get involved, give her a bit of info about the area and so on. She's pretty new to it.'

'She's in fur a shock then.'

'Well, this is it. It's complicated schooling in this area with these tensions. They don't come with a manual for the senior management team to follow. They need to learn it from scratch and quickly. They're trying to prevent any more tragedies like this.'

'A understand. So, how kin A help yi, sir?'

'No, that's not why I'm here. Your name has been floating around the school, something to do with Matthew O'Connor and his girlfriend.'

'Aye, we hud a run in.'

'In response to Lucas?'

A nod.

'The school was vandalised at the weekend. *Azzy W is a dead man* and words to that effect.'

We follow in the hallowed footsteps ae the YT legends before us.

'Bit ae paint's no gonnae hurt us.'

'I just thought you should know in case they are genuine threats.'

'A'm sure they ir. They're aw lookin fur me n Danny.'

The two ae us share a look. 'Nobody has been caught . . .' McGiver says wae a concerned expression.

'It wis them, but who knows who done it. Could huv been any them.' Matty's reaction told me it wisnae him. It's never the main cunts. It wid huv been wan ae their younger wans or a periphery cunt tryin tae make a name fur himself or who huv bad parents who drank n didnae show them any love. That's the way it works. There's wounded pups aboot here that turn intae wild animals wae nae empathy. They're the stone-cold killers who plug cunts n jump on their heeds. The main men ir the popular, bold cunts but usually, they irnae killers. They huv their pick ae the burds n pals, too much tae live fur tae throw it aw away fur a moment ae senseless n serious violence. It's always the wee cunts yi huv tae watch, the ootsiders.

'Leaving that aside, how can you break the cycle? It's too late for Lucas, but not you.' We both sit n ponder this a minute. It seems barely believable after aw these years that we're actually here. McGiver sighs and looks deflated. He hud always tried his best fur us n wis often accused ae being a Coach Carter wannabe, his damning indictment. It wisnae true. McGiver seen potential in people that others didnae. That wis his powerful gift. The understandin in the big man's face is unparalleled.

'A've stopped takin drugs n that. The lassie A'm seein has asked me tae move tae Newcastle fur a few month tae see how we git on.'

'That's all positive. Is moving a possibility?'

'Aye. A'm oot on bail fur an ABH but A could always come back up fur a day tae appear n head straight back doon.'

'What's stopping you?'

'A dunno, nuhin noo, A suppose.'

'Sounds like a viable option. Things will calm in time, and perhaps you'll gain some valuable perspective elsewhere.'

'Aye, maybe a few month will let everyhin cool doon here. Or it's gonnae be me gittin stabbed or goin tae jail.'

McGiver seems tae consider this a moment n nods. 'That's the smartest thing I've heard you say yet. Everyone makes their own choices in this life, right or wrong, good or bad. The only life you can truly affect is your own. Do what's right for you and your family. I'm sure your mother will be glad to see you out of harm's way.'

We shake hands and A see him tae the door. Before he walks oot, he says his final piece. 'You're a survivor, you know.' A watch him pull his collar up and walk away. He raises a hand but doesnae turn. A think back as A watch him go, n remember him chasin us doon the eld corridors when we wur doggin it. He's a man ae few words at times but he believes in yi n that means suhin. A'm no quite livin up tae that belief yit n that weighs heavy on ma heart. Teachers like McGiver ir the last ae that generation, last ae the best.

The Lost Boys

The air seems tae change around us n everythin is bleaker than before. Yi become desensitised tae the routine tragedy here. Such n such got plugged, this wan hung themselves n that wan died cos drugs or drink. It ceases tae shock n outrage n becomes run ae the fuckin mill, normal. Yi barely blink when yi hear. *Aye? Fuck sake, man. That's shite*, n back tae it. It's only ever really a matter ae time before the next. It took suhin terrible tae happen tae wan ae our ain before A'm disillusioned at last. A wake up fae that dream ae innocence, where the good times never end n we aw live forever.

There's nae words fur a young cunt's funeral really. Yi cannae describe a boy's mother greetin doon the front pew wae his father wrapped around hur. Yi kin barely look at hur when she passes like a member ae the livin dead, nae make-up n messy hair. There is nae decorum in her sufferin, nae poise tae her pain. Yi wid think it's hur who hus died, apart fae the ungodly wailin comin fae deep inside hur, like a grown wean greetin fur her ain maw, proof ae life and death. A see hur glancin at aw ae us, other young boys like hur son, momentarily resentful that it's hur boy in the coffin n no wan ae us. Apart fae those few seconds, she is completely oblivious tae the fact there is anybody else in the room, except the wooden box containin hur son and hurself, in hur personal holocaust.

A find maself sittin starin at the coffin n no really listenin tae wit is goin on. There's nae words ae redemption fur me the day n the minister's prayers didnae offer any peace yit. There's a symphony ae lassies sobbin n cunts sniffin. A'm just blank, nuhin n empty. This scene is forever tattooed on ma soul. A walk oot in ma suit wae the crowd, just an observer tae this strange ritual ae death. Cunts ir shakin hands n gittin intae limos but A'm just lightin a smoke n standin wae ma pals, a silent young team, dressed aw in black, ties n tights n tears.

It's a slow day that dawned long, drew oot n set sadly. A find maself dreamin ma way oot the lingerin drunkenness at the wake. Aw the troops huv stayed on long after the other trad- itional mourners huv passed oot the door and intae the night. We're aw gittin served the day, a rare moment ae wilful blind- ness by the bar staff. The tables ir full ae empty pint glasses, halfs and long wans. Everybody's bleary eyed n red faced, some talkin loud, others barely whisperin under their own warm boozy breath. Everybody's looser, more settled intae the ritual ae the day. Sometimes a lassie will greet n return the forced still ae the gatherin. Yi kin awready see life returnin behind the grief, cunts laughin at jokes and reprimandin themselves in their heed. It's natural tae forget n move on. It happened almost immediately. Yi huv tae or yi git trapped in a cycle ae depression n pointless longin fur things tae be different. Yi cannae change nuhin. More than a fortnight hus passed n it's long since sunk in that Wee Toffey is gone n isnae comin back.

Patricia takes me by the hand n leads me intae the toilet. She's puttin a line oot n sniffin it aff hur compact mirror. A'm no takin any drugs but she's kissin me n talkin softly in ma ear wae a

221

rhythmic melody like the Pied Piper played, n A'm wan ae the enchanted weans followin hur. A've git ma back against the wall n ma hands ir on hur black dress n slim curves. A'm a wee bit drunk n she's fleein on the ching. The eld jukebox is playin through in the lounge, eld tunes, the best tunes fae the summers years ago.

'Mon, son. We needty go!'

'Where, back tae your bit?' A say, hopin tae go n sleep wae hur n forget.

'Newcastle A mean.'

'When?'

'Pack a bag tomorrow n ask your mum fur money. She'll want you away from here anyway!'

'Just up sticks n leave like that?'

'Why does it need to be any more complicated than that?'

'Cos it is fuck.'

'Only if you make it more complicated!'

'Fair doos. So the flat's just sittin there fur us? N you're aw ready?'

'Aye. That's what A've been doin the last few days, getting ready to go. A'm goin next week with or without you. A'm sick of this, Azzy.'

'Sick ae wit?'

'All of this shit. All them out there, total deadbeats doin nothin with their lives. A'm not gonna hang about to see who'll go next.'

'Sound then.'

'What does that mean? Sound as in "doesn't matter", or sound as in "aye let's go"?'

'A'll come wae yi. Defo, new start n aw that.'

'Are yi sure?'

'Hunner per cent.'

'Aw A'm so excited, son! This is gonna be amazing!'

There's a bang fae the cubicle wall n Patricia jumps. A open the door tae see who it is. It's Danny, rubber n bouncin aff every wall in the place. He's raisin his arms n shoutin aboot suhin. A kin see he's buckled fae swallyin aw day so A'm tryin no tae say nuhin. Deep doon, A'm still ragin at him fur slashin Si. We huvnae really spoken properly since then. We walk by him n back intae the lounge where everycunt is. The session is still goin strong wae more glasses on the table n faces redder after our half hour chat. Danny marches back intae the hall after us. He's git his arms up n he's shoutin. Everycunt is starin at him. 'Aw aye! Fuckin Azzy boy's too good fur the boys noo, eh!'

'Sit doon.'

'Naw, son. Naw, son. A think yi should tell everycunt yir news, tell yir fuckin pals aw aboot yir wee trip.'

A shake ma heed n go tae sit doon. He's rubber n there's nae point startin.

'Aye that's fuckin right, everycunt. Big mad mental fuckin Azzy Williams. Tap man fae the young team, Big Kenzie's fuckin bumchum! Aw mooth n nae action! It wis me that hud tae sort Si oot, aye, ME. Fuckin Danny Stevenson, on top non-stop runnin amok, yee haaa!'

'Sit doon, ya fuckin dick. Toffey's family's over there, ya ignor-ant cunt.'

'Naw. A think yi should tell everycunt how yir fuckin slopin cos yi think yir too good fur everycunt noo. Aye, you n yir fuckin burd. Look the fuckin nick of yees! Pair ae riots!'

A kin see Tam growlin at him, gittin ready tae intervene. Wee Kenzie is shoutin, *Sit down, Danny!* He knows if the big yin gets up there's only gonnae be wan endin. 'Aye, Aye, John! A'll sit doon when A'm good n ready tae. Aye, mad mental Azzy bhoy!

Where wur yi when Toffey wis gittin plugged fuck oot ae? EH? Yi wur takin it up the shiter aff fuckin Tam in the jail, ya dick!'

A bounce straight by Patricia n attack Danny. A'm skelpin fuck oot him, right, left, right. He's tryin tae fight back wildly but he's rubber n A'm totally kosher, compos mentis. His nose is burst aw over the floor n cunts ir pullin me aff but A manage tae volley the heed aff him before A git dragged back. A'm seethin wae fuckin anger n the cunts holdin me loosen their grip, in fear ae gittin whacked a jab in the crossfire. Ma grief n pain made us superhuman, a wild animal, capable ae murder maself.

'IT'S YOUR FUCKIN FAULT HE'S DEID, YA LOUSY CUNT!'

Danny's face is in a state n he looks up fae the floor. Everycunt in the place is starin at us, shocked at the sudden violence. He looks fuckin wretched on the floor in a drunken mess n pishin blood oot his mooth. 'Wit dae yi mean, ma fault?'

'IF YOU HUDNAE SLASHED SI, THINKIN YI WUR FUCKIN MENTAL, NONE AE THIS WID HUV HAPPENED! A FUCKIN HATE YI, YA CUNT!'

Everywan is starin in silence. Patricia n Monica look horrified. Ma face is red wae anger n A kin feel ma pulse beatin in ma eyes. A want tae attack him again but he's fuckin pitiful sittin in a heap. He starts greetin fae the floor.

'A didnae mean it. A'M SORRY!'

'It's too fuckin late fur that noo. Git tae fuck.'

A put ma hands up tae show it's over n nobody tries tae stop me on ma way oot.

A picture wit everybody else wid be doin the night we leave. Nae doubt fur Wee Kenzie n Danny it wid be back tae business. Livin two contradictory lives, one ae actin mental n chasin wee guys fur money n the other, hidin fae real cunts who ir after them n scrabblin tae pay their bill. Their lives revolved around the piles ae notes at the end ae the week, avoidin a kickin n makin a slim profit tae remind themselves it's aw worth it. Headin always intae a storm ae trouble, in the predictable ways, yir downfall as a mental cunt or a dealer wid come sooner or later. They wid git set up, robbed, smashed, caught or end up wae a filthy habit ae their ain, which wid see them just as dead n buried.

Fur Paul Addison, it wid likely be back tae his sheltered existence. He wid dae well n move on n forget, largely unscathed fae his experiences, cos they wur almost aw second-hand. Maybe that's how he always hus a nice-lookin burd, n how he kin dae shit wae hur like go tae the pictures n even on holiday n that on his own. He looks different, Paul. It isnae just through money, even though his family hus plenty. It's his attitude that's different. How he wid spend his money in the town on clothes rather than on a quarter ae green or a gram ae gear, but wid happily smoke a joint or sniff a line ae yours. His styled hair n soft features scream metro compared tae somecunt like Big Kenzie, who's aw rough worky charm. In recent months, A hud barely spoke tae Addison. He wid still oblige yi a chat n promise tae gee yi a phone, but it wid never come. We're friends by name only noo, when we call each other *mate* there's nae conviction in it. It's just a throwaway word yi use cos yi used tae use it.

Danny Stevenson hus always been ma best pal growin up. There's always that familiarity between us, even though we've drifted in recent years. He's still that wee boy A knew sittin in his granny Agnes's bit. We've been through it aw the-gither, right fae the start. Stealin drink oot our maws' cabinets tae git our first spinny heads, goin n meetin our first burds the-gither. Aw that shit that meant suhin, cos it's made yi who yi ir. Those first

225

summers seem tae be aw A kin take away fae it, the only positive. Maybe even those memories ir rose-tinted. Our lot is suhin simple, there's nuhin glamorous tae it. Nane ae us ir rich, our parents manage n provide fur us. We stay in no bad hooses n ir taken care ae. Plenty huv it a lot worse on the same streets. We're lucky fur that. Poverty isnae part ae our story. Folk like Broonie huv nae choice in the matter. He wid plod on as always wae his da in tow, dain the best he kin wae the little he hus.

When A sit n think ae the boys A feel down. A know they'll still be there livin that life ae ours tae the usual beat. The routine is a sort ae perfect symmetry wae the past, present n future. There's nuhin really definitive tae any these parts ae yir life here, bar age n the passin ae days. Strangely, even wae these daft routines filled wae nuhin but drink n drugs, time seemed tae fly. There's nuhin different goin on tae separate the days, weeks n months that drift by n time gits away fae yi. Our teenage years passed in a blur, pleasure tae pleasure n the bad times that inevitably follow. Hangin on desperately tae memories ae when it wis good, n stuck wae the damage we've done tae ourselves. It's ironic really. The more yi chase the buzz, the less yi find it. The real taste ae these pleasures become suhin more n more elusive n forgotten n yi find yirsel trapped in a cycle ae constant need n yearnin fur escape, seekin release but findin only oblivion.

A linger a moment before A go doon the stairs. Ma room seems different, maybe cos A'm aboot tae leave home properly fur the first time. A pack as much as A kin carry intae two hold-alls but leave ma *Trainspotting* n Tupac posters where they ir. There's still a Union flag hangin on the other wall n eld pictures ae the troops fae years back. A sit a while starin oot ma windae, broodin on the way things ir aboot here n ae everyhin up tae this point. A light a fag n dream lost without conclusion before the door goes. Patricia is waitin ootside, legs crossed n smokin as she leans against the motor, dangerous n beautiful as ever.

We hit the road towards the M80 n drive along the whole length ae the Campsies on the Stirling road, headin towards Glasgow before veerin aff. Their outline is black noo against lighter blues ae those stretchin nights. The eld summers wur endless n full ae possibility n adventure, dain aw nighters wae the troops n chasin the buzz. We lit fires in the woods as the darkness came in around us, n sat drinkin wine n smokin joints until aw the light wis gone. Patricia smokes oot the windae n plays wae her phone n doesnae notice ma eyes never leavin them, till they fade oot ae view, as we turn aff towards the M74 south n Newcastle.

PART VI

Collapse

NEW RESEARCH EXPOSES THE 'GLASS FLOOR'
IN BRITISH SOCIETY

Less able, better-off kids are 35% more likely to become high earners than bright poor kids.

Social Mobility and Child Poverty Commission

Language

2012

The Quayside is lit blue n orange n shimmers on the black Tyne. A walk tae the motor wae ma bag n throw it in the back seat. A'm headin back towards the M6. Porter Robinson, 'Language', blarin oot the speakers. It's Friday mornin, quarter past two, n A settle in fur the couple ae hours home – tunes on n fly back up the road. A git the feelin only a Scot kin when yi cross the border, like even the air changes or suhin n, even though things looked just the same, that these fields ir yours n those wans ir theirs. A feel a strange sensation ae home as see the ferris wheel at M&Ds lit up, n A turn aff fur Bellshill n Coatbridge. A'm lookin at familiar places but A feel like a stranger, like when A hud been on holiday when A wis young, n when A came back, just fur a couple ae hours, home felt different. Ma mind starts tae race wae the troops n the past floodin back. A feel eld feelings wash over me as A stare towards the early sunrise spreadin across the Campsies. A'm almost glad tae be home.

A drive home the long way, through our town centre, tae see if it's changed ataw. Three year feels like a lifetime when yi hud never left before. A only visited once, tae attend court, n that wis it. The PF drapped it tae a common assault fur us both. Big Kenzie got shafted wae 300 hours CS n A wis admonished. It still left yi wae the record but nae further action fae the court. That wis the cost ae being along fur the ride. Ma maw came down a couple ae times tae see us but apart fae hur, A never seen anycunt else. A wisnae just physically gone, but separate fae the past n ma eld life in an attempt tae build suhin meaninful. The foundations wur never secure wae Patricia. Ma departure wis too impulsive n back then, it wis just an attempt tae defuse a tickin timebomb. Before leavin Gateshead, A packed ma shite n wrote a note tae say A'd call soon. Maybe it wis revertin tae type, comin back. A'm nervous aboot it. There's an unspoken resentment aboot cunts who leave. Folk rarely left, n if yi did, yi wur obviously too good fur a place like this n the people in it, eld pals or fuckin no.

The place husnae changed. Ramshackle start-up businesses wae shutters doon dominate the town centre. There's nae shops worth actually goin tae, just off-licences, pubs, takeaways n tannin salons. These wid change hands or, at least, tradin names every few month. The other units ir filled wae junk n charity shops plus the odd wee wan fur granny fashion n other budget shite like pound shops n that. The Job Centre on the corner shares punters wae the pubs n the rest. A big Farmfoods stands in the middle ae it n it's really the only shop that's busy. The high street n the main street used tae huv loads ae shops. Yi used tae huv an Intersport n JD years back. There wis decent shops n families used tae walk aboot doon here. Aw that's left is a new underclass. Poles n other Eastern Europeans n the mad dossers who just walk about the main street. Home fur them must be bad if they chose, oot ae the full ae Europe, tae come n build a future here. *Slightly better than the former USSR*, our tourist poster should read. Eld folks do wit they've always done, still traipsin roon dismayed as they speak aboot the good eld days when it wisnae like this.

The worse the place got, the more shops moved away tae big purpose-built shoppin centres like the Fort at Easterhoose. Even fuckin Cumbernauld hud the Antonine Centre, a far cry fae the Indoor Market, which is just an Aladdin's cave ae pure junk n passin shite. They built a new retail park in the nineties n it wis hailed as the saviour ae our town. It wis gonnae be like the Faraday Park in Coatbridge – that even hus a Marks & Spencer food hall, the hallmark ae a town dain no too bad. Their retail park hus become home tae aw the decent shops – JD, Next n Pets at Home n aw that. Their actual town centre, Main Street, is the same as ours – lifeless, but dominated by a chapel n Asda's instead. Our new retail park hud a McDonalds, Halfords n Argos, but over the years nuhin else stayed n an eld Focus DIY store wis replaced wae bargin shops that came n stalled n hud a closing down sale n left. Tesco moved in instead. It wisnae the saviour ae the town – it ensured that future businesses knew they couldnae make it, n everybody followed suit n packed up n left the centre tae die a death. The full place hud become a ghost toon apart fae the eld pubs. They wid survive.

When yir in a modern n vibrant city, this place feels like Bosnia by comparison. Some backwards backwater, in dire need ae resuscitation n life support. Life here is the way it always hus been n nuhin seems tae huv changed, maybe bar me. These places huv a way ae undoin transformations, ae dousin dreams n encouragin that acceptance ae this reality. That new you, too readily forgotten and efforts cast aside in the shadow ae the past n the greyness ae the broken town around yi. A feel like an ootsider as A drive intae our scheme, para n watchin over ma shoulder awready.

Stacey's tryin tae look ragin. There's a wee smile anaw but, cos A know she's happy tae see me really. She's just dain the inevitable big cousin bit, which is tae be expected. A'm surprised tae see hur sittin rollin a joint. It's a disappointment n it strikes me that ma big cuz might no huv moved on as far as she ought tae. We're sittin in hur flat, a nice wan-bedroom in the town centre, private-let in a new block. Stacey looks elder. She's lost the layer ae foundation n hur blonde highlights ir gone anaw. Hur hair is back tae its natural dark brunette n wae a straight fringe cut in. She's sittin in an oversized knitted jumper n skinny jeans. 'Your hair's lookin long!' she says. It isnae really.

'Aye well, A wisnae gittin a fuckin short back n whallop doon there. Tryin tae be stylish n aw that, know? Didnae realise yi wur still smokin that bad dope!'

'Aye, A started again, never really stopped.'

'Yi should git aff that shit.'

She rolls her eyes. 'Enough aboot me, anyway. Wit are yi doin back up here, son?'

'Seein ma favourite cousin, of course.'

'Yi know what A mean. We've no seen yi up here fur three years n the day yi just text n turn up at nine o'clock in the mornin at ma front door.'

'Me n Patricia's finished, sah A've naewhere else tae go.'

'So you're just goin to turn up after three years away n say . . . awright, troops, wit yees been upty?'

'Fuck knows. Just fur the summer n A'm away again.'

'Away where?'

'Somewhere, fuckin anywhere away fae here. Away fae you!'

'Aye right, you've been missin yir big cuz, wee man! You better watch, by the way. They're all goin to think you've sloped them, n yir old pals fae the Toi will be glad tae hear you're back.'

'Aye, tell me suhin A don't know.'

'How come you n Barbie finished anyway? In fact, she was more Sindy – cheaper, know?'

There wis nae fatal spark, nae catalyst fur ma departure, but the slow passin ae days n realisation ae more wasted time. It's the dreams ae suhin different that makes yi feel it, a beyond A cannae quite make oot yit. When yi hear how other young folk spent their time, aw those experiences n adventures, the feelin ae lost time hits us hard. How kin yi explain that sadness inside tae cunts who huv never conceived ae it? We just chased the buzz that much that we furgot tae live in between.

'Just cos.'

'Fine then! Well yi can stay here the night if yi want . . .'

'Nah, cheers anyway, cuz. A don't want tae put yi oot n besides, A needty face the music n tell ma maw A'm back up the road wae nae job, nuhin. Don't worry aboot us, A'm no daft. A'm no plannin tae go n start a war wae they dafties. A'm gonnae go n see Big Kenzie n see wit's happnin.'

'It's no you A'm worried aboot. Be careful, wee man.'

A light a smoke as A walk back tae the motor. It isnae just the air that changes up here. A kin feel it awready, in the back ae ma mind. It's that fuckin irrational aggression towards strangers n yir own attitude changin fur the worse. Yi kin blame it on these streets aw yi want, but it's in yi, part ae yir complicated psyche fae years ae violence n watchin yir back. It's the persona yi force yirself tae adopt up here. It's everythin fae the clothes yi wear, the length ae yir hair, the way yi speak n the thoughts runnin through yir fucked-up brain. Like it or no, there wid always be that residual energy here, that thing that washes over yi soon as yir back in yir own area. It's that wee voice in the back ae yir heed, talkin tae yi in yir own accent, eggin yi on, tauntin yi n tellin yi you've become a pussy or a clown n the only way tae redeem yirsel is tae drink a bottle ae wine n smash somecunt.

A'm walkin up the path n feelin a wee bit nervous. There's movement behind the frosted glass. The door opens n A'm faced wae a pair ae slippers, leggings n a big bump. 'Azzy? Nice tae meet yi, son! Thomas isn't in. Yi want tae come in n wait? He's finishin early the day.'

'Nice tae meet yi finally, pal! Aye, nice wan, cheers.'

Michelle leads us intae the livin room n A sit on the sofa. The place is nice, light-brown carpets n aw cream furnishings, big telly in the corner n a wee glass coffee table. A kin see how her n Tam ir suited. She's pretty, tall n wae a kind face. Thick n long auburn hair n heavily pregnant.

'A've seen eld pics ae yees aw – in case yi wondered how A recognised yi. You're far travelled, son!'

'Tam been showin yi the eld albums? Just arrived back up the day.'

'Aye, wans ae you in a blue Berghaus, ya wee ned! Thomas wae blond hair, like Eminem, n his ears pierced wae hoops n all this! Yees were a pure riot!'

'We wur cool as wee guys! The eld Mera Peak wis minted. Still hangin in ma wardrobe at ma maw's bit, so it is.'

'Aye keep tellin yirself that, son! Leave it hangin in that wardrobe! He doesn't know yi were comin, does he? Told me the other day he hadn't spoke tae yi in months n he misses yi.'

'Naw, it wis unexpected. A kin see yees huv been busy anyway! How far along ir yi?'

'Eight weeks tae go!'

'Cannae believe it! Tam's gonnae be a da! Crazy. Sorry A didnae catch yi before A left . . . it wisnae a good time fur any us.'

'Aw A know all about that. Don't worry! Thomas talks aboot yi aw the time. Wee Azzy this n that. Said you were one ae the good ones! Unlike his wee brother n his lot.'

Wee Kenzie is another matter. A key goes in the door n A cannae help sittin up a bit straighter on the couch. Michelle pulls herself up wae a wee groan n walks tae the door. A hear their voices fae the hall. 'Hiya, son. Yir pal's here tae see yi.'

'Awrighty! Who's in?'

'Go see fur yirsel.'

A hear Tam's heavy footsteps comin in. 'Awright, big yin.'

'NO WAY! Wit's fuckin happnin, Azzy, ma boay!' The big man comes over n shakes ma paw n bear hugs us. He husnae changed a bit, still the roadside tan, hi-vis vest n thick stubble tae hide his scar. He's put on a few pounds anaw but looked bigger aw roon, like a grown guy. A almost feel emotional seein the cunt. He looks it anaw.

'Long time no see, brother.'

'Fuckin three years, ya wee cunt! Where the fuck yi been?' Tam throws his bag n jakit on the rug n sits doon on the chair opposite. Michelle comes in n he jumps up n sits on the couch next tae me.

'Congrats by the way! Cannae believe yees ir expectin a wean, man. That's mad!'

'Cheers, son. Wis unexpected, but we cannae wait.'

'Yees know wit yir huvin?'

'Naw, it's a surprise. Thomas didnae want tae know. So it's aw neutral stuff in the room, yellow n white! He's hopin it's a wee boy, obviously.'

'A'm no botherin. But A kin see wee Ryan McKenzie, next fuckin superstar striker fur the Celtic. Git a free season ticket n he kin look after me n his eld maw!'

Michelle catches ma eye n shakes hur heed. 'Or it'll be Scarlett McKenzie n ma wee lassie will hate football n if she does like it, she'll be a wee blue nose!'

'Aw nut! A'll leave the now! Take her wae yi, Azzy son. He's a blue anaw, Michelle.'

'You wan ae us, Michelle?'

'Course I am! Cumbernauld Loyal!'

'Aye, Azzy, nae fuckin joke – her brother's in the Sons ae William! Plays the flute the cunt! Marches up n doon like a fuckin lunatic kickin the pope. Hur da goes tae the sash bashes n aw that.'

Michelle's laughin fae the armchair n kiddin on she's playin the flute like Gazza.

'Did yees hear aboot the new Rangers pub doon the street?' Tam asks.

'Naw?' Michelle says.

'Aye, the fuckin Administration Bar it's called.'

'Hopefully it wull huv a swimmin pool in it tae keep you cunts oot!' A say.

Big Kenzie's laugh shakes the fuckin hoose. We're both laughin anaw.

'Keep laughin, Azzy son! See if yees ir laughin when yir playin pub teams every Saturday n we're in the Champions League where we belong! *Hail hail! The Celts ir here!*'

'Most successful team in the world, mate. It's aw aboot the Rangers!'

Their wee hoose is sittin nice. Yi kin see it's a feminine space, dotted wae wee touches ae Tam's shite. Guy's hooses never hud flowers or ornaments or canvasses wae more flowers on it. It's no a showhoose but. Yi feel comfortable in their space n yi kin sit back on their couches.

'Jokes aside, ya proddy cunt, wit you been uptay anyways? How come yir back? A wis startin tae think yi wur away fur good.'

'A know, mate, fuck it's been a while. A done awright doon there, wis workin n done an HND at college.'

'Fuck sake, nice wan. Yi always wur a brainy wee cunt. Sah, where's the catch?'

'Me n Patricia finished.'

'Always knew that wee scudbook wis a wrong 'un.'

'Thomas, fuck sake . . .'

'Sorry, hen, but she wis. Always runnin aboot wae aw us n they fuckin Toi wans at the same time. Wee scheme-hoppin cow! Dis yir maw know yir up?'

'Naw, no spoke tae hur. Just left Stacey's bit there.'

'Ufft! She'll be bealin!'

'Aye she'll be worryin n aw that. Seen much ae the troops?'

'Wee John isnae workin yit. He's runnin aboot dain stuff fur the McIntires wae Broonie these days. Usual patter.'

'Aye, tell us aboot it! Wit aboot Danny?'

'Phhft! Danny's a fuckin house mouse noo, sir. No seen the cunt fur months. Think he's still aboot wae aw them but he's no wit he used tae be the cunt. Heed's frazzled wae the fuckin gear. Skinny noo.'

'N Broonie's runnin aboot wae Kenzie?'

'Wee fuckin Broonie Beefcake! Wanty see him noo. Fuckin solid, the wee cunt. Wee baldy tank, drivin an Audi A3!' Big Kenzie's patter's always class. 'Your other wee mates Finnegan n Toni ir in a bad way, sir. Two ae them run aboot like junkies noo, mate. Bad craic.'

'Sounds like things huv changed.'

The front door gets chapped n opens. Michelle goes tae git up

239

but Big Kenzie is awready on his feet. She catches ma eye before she's shoutin, 'Who is it?'

'It's me,' a voice comes back. A know who it is. A'm slidin back up the couch again, waitin on Wee Kenzie's arrival. Tam walks back in n stands just in front ae him. Kenzie looks elder, thin fair hair still gelled, n wearin a Lacoste tracky. A normally wore jeans n that noo.

'No way.'

'Happnin, Kenzie.'

'Phhft! Fuck you dain back up here. Thought you wur too good fur the boys, eh?'

'Fuckin nane ae that, John, ya wee dick.'

'Naw, Tam. A'll say wit A fuckin want. Azzy fuckin Williams fucks aff fur aboot four year n just turns up n says "happnin". Nae chance. Yi kin fuck aff back doon tae England, ya slopin bastard.'

'If you're gonnae start yi kin get out ma house, John.'

'A'm sorry, Michelle, but it's the fuckin truth,' John says, flappin his arms aboot like a fuckin turkey.

'Least Azzy wis tryin tae sort himself out – he moved away wae his burd, what dae yi expect?' Michelle says, offended fur us.

'Exactly, ya fuckin wee dick. Don't dare come in ma fuckin gaff n start geein ma pals cheek or A'll smash fuck oot yi, ya wee trumpet.'

'Tryin tae say you'd hit yir ain brother before a fuckin stranger? Didnae hink so.'

'Want tae find oot? Two ae us wull take yi oot the front n kick fuck oot yi. Azzy's nae stranger here. He's wan ae the real cunts.'

'Calm doon, Tam. It's awright. If yi wanty fuckin faw oot wae me, John, then fuck yi. Yi kin piss aff.'

'Aye we'll see, ya dick. Don't dare try n bounce back up here n start dishin it oot.'

A'm on ma feet noo n awready yi kin see Kenzie fillin his nappy, the wee cunt. Aw mouth as he fuckin always wis. Tam winks at me n holds an open hand up tae me. 'It's awright, Azzy. Let the fuckin wean huv his tantrum. Aw the boys wull be glad tae see yi anaw, dunno wit yir takin the fuckin huff fur, fanny baws.'

'Cos.'

'Well then, if any them huv git anyhin tae say tae Azzy, they kin say it tae me anaw. Awright? A'm the fuckin gaffer!' Big Kenzie says, puffin his chest oot.

A'm laughin n even Michelle smiles a wee bit tae hursel.

'Aye nae bor, eld yin! We'll see. You'll be changin nappies – leave runnin the scheme tae me.'

'Runnin the scheme? Yi couldnae run a raffle, ya fuckin jobby! Aw yi ever did wis run, so you've plenty experience! Eh, Azzy? Should be callin him the Roadrunner instead ae that skinny fuckin polis!'

A'm laughin n flappin ma hand, aw mooth. A gee him the fuckin look. He cannae keep ma eye contact n he shites himself.

'Shut the fuckin door on yir way oot. Dunno wit yir here fur anyway, ya wee dick. Yir no wantit.'

'Aw aye, that's remembered then, Tam, ya prick.'

'Piss aff, wee man. Huv you no git a scheme tae run? HA! Mad Jambo McKenzie – the Scheme Runner . . . yi better watch, Azzy, fuck! This cunt's heavy runnin the scheme n aw that!' We're aw laughin like fuck. Yi cannae help it. Big Kenzie's a funny bastard. Wee Kenzie is ragin.

'Aye, aye, Azzy, wulnae be that when Matty n that find oot yir back. They'll rip your fuckin heed aff fur hittin his burd. You're stull due wan fur that n yi fuckin deserve it ya beasty bastard!'

Yi always know when Tam is gonnae whack somecunt. Yi see him takin the dragon breaths through the nose n tensin up. It comes quick n he springs oot wae a right n sends John tae the deck. A cannae see him behind the couch but A kin hear him fuckin whimperin like a wean. A kin see blood on the wall behind him fae his beak. Michelle looks ragin. 'FUCK SAKE, THOMAS! STOP IT!'

'Tellin yi, John. Yir tryin ma patience, son. Ma burd's fuckin pregnant n you're comin in here startin on our pals. Git tae fuck, ya fuckin liability.'

'Right. A'm away.'

He doesnae look back. Just skulks oot the door n away. Big Kenzie is calmin doon, his breaths gittin less deep, that eld madness retreatin wae it.

Persona Non Grata

Friday night is the most alive yi see this place. The ritual is well under way. It's just turnin five n there's loads ae traffic racin doon the hill, the shops ir bouncin. The weans ir oot playin on their bikes n a few late stragglers fae school walk up wae their backpacks swingin halfway doon their arse. Aw the workies ir standin ootside the pub n the latest young team ir waitin fur their bottles. A didnae recognise any they wee guys. The wee cunts noo wear stylish shit, jeans n even fuckin chinos, rather than our polyester trackies. Some ae the wee cunts huv body warmers on, a new trend. There isnae a Berghaus jakit or a fitbaw tracky in sight. A laugh as A drive by the wee cunts. Cunts wid huv slapped yi if yi came oot lookin like that in our day, wee bodywarmer n chino mafia.

A'm headin fur the Orange Hall oot ae habit. Aw the motors used tae park there fur a few joints before the Friday plans came the-gither. A've still no seen any the other troops. A knew the writin wid be on the wall but, after Wee Kenzie's pish earlier on. He'd be tellin everycunt, the wee prick. A'm starin oot the motor windae, dreamin aboot aw this, when the passenger windae gets chapped. The motor door gets yanked open. A've nae time tae react.

'HAPPNIN, AZZY BOY!'

243

'Awright, Broonie mate!'

'Kenzie's just been roon fuckin greetin aboot gittin a slap aff the big man. Callin you fur aw sorts.'

'Aye, fuckin bet he wis.'

'A telt him tae stop fuckin greetin n that yir wan ae the boys fur life, fuck sake. Yi hud tae bail or yi wur gonnae get it! A understond, mate. Don't worry, A'll say tae everycunt yir back n fuckin kickin!'

That's wit A'm worried aboot. Broonie's holdin a big paw oot tae shake n A grab it n pull the cunt in fur a hug. A cannae believe the size ae him. He's put on aboot three stone in muscle. The cunt's arms n legs ir chunky as n he's wearin G-Star jeans, brown Rockport boots n a smart Duck n Cover jumper. He's lookin flashy as fuck n hus an Armani watch on n a chunky gold sovvy-ring on his finger. 'Cheers, mate. Yir lookin well, fuck sake. Yi makin moves, son?'

The cunt booms a fuckin laugh in ma direction. 'A wish, cuz! Just been dain the gear fur Marcus n that. Git hunner quid tickets there tae shift. Got maself some fuckin new clobber n a nice brief.'

'Aye so A kin see! Been hittin the gym?'

'Aye fuck. Been hammerin it fur over a year noo. Everycunt thinks A'm on the fuckin roids, man.'

'A take it yir no then?'

Broonie beats his chest like a fuckin ape. 'No a drap ae water in there, ma boy!'

'It's good tae see yi, ya cunt.'

'You anaw, Azzy, ma main man!'

Broonie pulls a joint oot fae behind his left ear n goes tae light it. 'Is that sound, cuz? You still aff it?'

'Aye batter in, just stick the fuckin windae doon n don't make a mess.'

'A know, A'm fuckin bad fur it! Got a lighter by the way?' A shake ma heed n hand him ma wan. He sparks the thing up n starts puffin it oot the windae wae a big smile on his face. Smells like right stinky stuff n it fuckin chokes me noo wae the reek aff it.

'Longs that you've been aff it noo?'

'Nearly three year aff aw drugs, mate.'

'Fuck sake, sir! That when you guyed it n perched?'

'Aye, mate. Long time.'

'Newcastle, eh? Wit's it like doon there then?'

'No bad, mate. But no home.'

'Oh aye. How's the lovely fuckin Tricia?'

'We've finished, mate.'

'Aye? Nae fuckin chance! Wit fur?'

'Just cos, man.'

'Ah they're aw the same, mucker!'

'Wit aboot you, Broonie Beefcake? How's yir eld da?'

'Wee fuckin Stevie's his usual self, mate. Kicks aboot in the painter's rig oot n never paints. Still on n aff the sauce. He gits better fur a while then gets worse again. Always a see-saw, know wit A mean? Aw quiet mostly fur me, cuz. A wis shaggin this wee burd fae Coatbrig n A got rubber wan night n pumped Big Rose! Fuckin tell any cunt n we're done!'

A burst oot laughin, fuckin pishin maself. That wisnae an image yi wanted tae dwell on. 'Fuck's happened tae Danny? Big Kenzie wis tellin me he's in a bad way wae the gear.'

Broonie takes a last long draw ae his joint n flicks it. 'Heed's fuckin pan-fried, man.'

'How dae yi mean?'

'Takin they fuckin panic attacks n aw that. Cunt's scared tae leave the hoose. Pure paranoia, son.'

They're suhin A know aboot. None ae the boys knew A hud taken them. They wur ma personal demon. They're complex n when they huv a grip ae yi it's a battle. Yi kin heal fae them anaw but. When life's periphery is happy n yi exercise n enjoy yir work n huv good relationships n nae drama or tragedy – yir mental health improves. Funny that eh . . . It's always a matter ae current compression, stress, pressure n past trauma. Start improvin in these areas n magic happens. Yi feel yirself again n yi kin feel good.

'A see.'

'Yi should go n visit him, mate. Sure he'd appreciate it. Just cos everycunt's busy n always dain shit he gits forgotten aboot. Fuckin shame fur him really. Think Maria n Brian ir worried.'

'Nae wonder, man.'

'Aye fuckin shame, he wis a good cunt.'

Past tense. Noo, he's damaged goods n likely fuckin discarded by aw his drug-dealin buddies. A'll go n see the cunt soon fur maself. 'N wit aboot Finnegan n Toni?'

Broonie shakes his heed n holds his hands up in the air. 'Fuckin finished wae the two ae them. Honestly, Azzy, fuckin tramps! A geed them a loan ae a big note, fuckin hunner quid fur messages n electric n they done us! Gonnae slap Finnegan when A see him. Last time A spoke tae him he wis fuckin greetin n aw that. He's in a bad way, mate. Full ae the fuckin scoobs, fuckin valium, diazepam, witever he kin git, man. Phones me lookin fur them n telt him tae git tae fuck. Party drugs only, know wit A mean? Fuckin blues, cunts think yir a fuckin junky if yi sell them! Cunts say they're both on-*it*.'

'Cannae believe that, man. Finnegan's maw n da ir fuckin awright tae.'

'Oh aye, man. Cunts huv went right doon hill.'

'Wit's happnin tae everycunt, man?'

'A'm dain better, son!' Broonie says wae his big labrador smile.

'A'm glad, mate. Wit yi uptay the night anyway?'

'They're aw comin doon tae pay their tick n git a jar in the Orange Hall before A start runnin aboot.'

'Who's aw oot like?'

'Just fuckin Briggy n Gunny n aw that. They usually come a run wae me n roll the joints while A chase cunts! Backup anaw, in case any cunt starts.'

'How they gittin on?'

'Usual patter, cuz. There's Wee Gunny comin up the noo!'

Wee Gunny isnae that wee anymore. He wis always wan ae the mad cunts fae the younger wans. Yi could tell who wis who, the cunts who didnae sook up tae the elder wans n hud a touch ae madness aboot them. Even Wee Toffey, their tap man, wisnae cut fae the same cloth. His wee mate Briggy comes fae a bad home where his maw n da didnae work n drank. He wis the thin-haired wean who didnae wear the best ae gear n wouldnae dae well cos his folks didnae bother. They bounced aboot oblivious tae the more sensitive promises ae life beyond here. Tragedy, but absolutely run ae the mill.

'HAW YOU, YA WEE DICK! OVER HERE!' Broonie shouts.

Gunny bounces up tae the motor. 'Who's that yir wae? That Azzy?'

'AYE FUCK, JUMP IN!'

'Naw A'll no!' the wee cunt shouts n volleys the motor door. 'OOT YIR FUCKIN MOTOR, YA PRICK!'

A'm oot n on ma tiptoes, ready fur action. He might be mental tae other cunts, but he's still a younger wan tae me.

'Gittin Tam tae fight yir fuckin battles, ya big pussy. A'll no be fuckin backin doon, ya beasty bastard!'

Broonie's in the middle between us, tryin tae calm it doon. 'FUCKIN CHILL OOT! Big fuckin deal if Tam whacked his wee brur!'

'A'll fuckin smash you, ya wee dick!' A say wae ma heed doon n ready tae go.

'Come ahead then, ya fuckin slopin bastard!'

'Gunny, A'll stand back n let Azzy smash yi if yi don't shut it! He'll be two minutes wae you, ya wee cunt.'

'Fuck up, Broonie. He fuckin ditched you anaw!'

'Naw he fuckin didnae ditch anycunt! He wis the wan fuckin bold enough tae go n smash fuck oot Matty and his fuckin cow ae a burd fur the boys n fur dain Wee Toffey! Did yir hero Wee Kenzie dae anyhin? Eh? Besides – wit's good fur the goose, is good fur the gander. Mad slut, man, fuck them!' Broonie's powers ae reasonin seem tae calm Gunny doon fur a minute. He seems tae let that thought penetrate his wee angry heed n the shoulders go doon.

A wis the only wan who done anyhin. A wisnae proud ae it, but it hud tae be done.

'So fuck, he stull sloped.' The wee cunt is oot ae steam n grinds tae a halt. A know fur a fact Kenzie wull huv been away fillin his heed full ae nonsense. It wis typical ae Wee Kenzie tae git somecunt dafter tae fight his battles fur him. A kin hear his shite patter comin straight back oot Gunny's mouth.

'Yi calm, son?' Broonie asks him.

'Aye well, A'm only stickin up fur Kenzie.'

'John's fuckin lettin you run aboot n dae his dirty work cos he's git a problem wae Azzy n he's too much ae a fuckin shitebag tae dae anyhin aboot it! He's just jealous cos the tap man hus fuckin returned tae the Y T fuckin P.'

'Right, sorry fuck, Broonie. A'm no tryin tae git wide, big man.'

'Fuckin say sorry tae Azzy, no me, ya wee dick!'

'Sorry, Azzy.'

Broonie waves his hands aboot in an appeal fur diplomacy, like a Roman senator. A want tae punch that Wee Gunny cunt in the mouth but A leave it, this time, n just breathe.

Old Friends

A'm sittin starin oot ma windae intae the street. A hud left Broonie n Gunny earlier at the Orange Hall. The rest ae the troops wur due but after ma reception A thought it wid be better tae make ma reintroductions slowly. They started their mad rush tae chase tick in, chasin up aw the wee cunts that owed them money then goin tae meet the McIntires tae pay them. Cunts thought they wur mental sellin shit n talkin the talk like gangsters. The brutal truth, drugs ir misery n nae bravado or chat or new age wisdom or scientific fuckin reasonin kin ever convince me otherwise noo. A cannae listen tae that shite anymore. It started tae drive me insane n A feel a rage deep within me aboot the whole miserable occupation.

The door goes doon stair n A bounce doon tae git it. A think again aboot Wee Kenzie, likely fuckin postin aw over the internet that A'm back. Maybe the cat's awready oot the bag n this is the Toi tae huv their go or another wan ae ma eld pals wantin tae fuckin start. 'Who is it?' A ask without openin. Nae answer. A kin see a lassie. Fur a minute A shite maself anaw, in case Patricia hud drove up here n wanted tae huv it oot wae me aboot leavin so abruptly. Maybe it's oversellin it tae think she would bother.

A pull the door open slowly tae huv a peek. The lassie turns.

'Hi.' Monica's changed. She's twenty-four noo n looks aw grown-up. She's aw dressed up wearin a wee grey blazer, white top, skinny jeans n heels. The studenty look n the band T-shirts ir away. A feel like an underdressed prick, just in a bog-standard T-shirt n jeans. She looks as if she's headin oot fur the night intae the toon.

'Yi comin in?'

'If that's OK?'

'Course!'

She walks up the stairs n stands opposite me in ma hall, where we used tae nip each other. A cannae help smilin at hur. Yi kin see she's changed. She looks elder n A kin see her checkin me oot. We huvnae seen each other in those full three year. We text a couple ae times but just chat, nuhin heavy. 'You want a tea or coffee?'

'Coffee would be good, thanks.'

'Still milk n no sugar?'

'Still sweet enough,' she says wae a wee smile. A'm away boilin the kettle n A feel like a silly wee laddie, pure excited cos a nice lassie is in yir hoose. Some lassies always make yi feel like this, the good wans. She's different in almost every way tae Patricia. They looked n carried themselves differently. A feel different aboot each. A think back tae Tam n Michelle earlier. Could A ever imagine maself dain that wae Patricia? Nae chance. But Monica? Maybe.

'Stacey told me you were back.'

'Did she now? Two ae yooz huv always been pally.'

'Just cos we both care about you.'

'Ma two favourite lassies.'

'And Patricia?'

A gee hur a wee sad look n she returns the serve. Monica

isnae askin if we've finished. She's askin me tae acknowledge the fact that A wis a dick leavin wae hur in the first instance. 'Ah, that wan is over A think.'

'Why?'

'Because, Monica. She wis asking, n back then she was ma only way oot ae here. We wur never that suited.'

'I'm not denying she did you a favour! Why did you split up, then?'

'Because . . . A realised it wisnae tae be.'

'Patricia never got you, Azzy. All she seen in you was the means to escape as well, and a guy who was nice enough to treat her well.' Monica's eyes drift doon like she's said too much. She husnae come here tae go over eld ground. A'm no naive enough tae think that. 'Anyway, that's your life, boy. What are you going to do now then?'

'A'm only stayin fur the summer, then A'm away again.'

'Where you going to go?'

'Anywhere. Everywhere.'

Monica smiles. 'Sounds like the makings of a plan.'

'And wit aboot you?'

'Just finished uni. Graduate at the end of the month.'

'Wow, congrats! Where did you go again?'

'Thanks! Stirling. Did English n French, joint honours.'

'How did yi get on?'

'Got a 2:1. I did an English dissertation so going to organise my own year abroad starting in September. Going to go to Paris and live for a year, work as an English teacher.'

'That's amazin, Monica.'

'What about you? Stacey said you were at college. Did you do your HND?'

'Aye, still waitin fur results. Means A kin go tae uni as well

252

eventually. Straight intae third year dain suhin. No sure wit A want tae dae really.'

'Aw, Alan, you should. Changes your life, honestly.'

'Haven't applied fur any courses fur this year. Probably will at some point. Need tae work n git some money behind me before A kin dae anyhin.'

Monica glances downwards. She's heard aw this nonsense fae me before aboot changin ma life n dain suhin. Tae this point, at twenty-wan, aw A've managed is an HND. It's definitely better than nuhin but isnae enough tae show somebody ae hur achievements that A'm fur real.

'You should get into a course n work part-time. Doesn't cost up here to do one anyway. With that and a student loan, you can survive and live a wee bit.'

'First A need tae decide where A want tae be. Not hangin around here fur long.'

'There's nothing here for you, I suppose.'

'Nah, just eld friends n family.'

She laughs n shifts, almost uncomfortably. 'Old friends eh. You seen any of the boys?'

'Just a couple. Went tae see Tam.'

'That doesn't surprise me. He always liked you, know he looked after you.'

'He wis one yi could always trust.'

'What was he saying about you being back?'

'The big yin wis happy tae see me. Stacey wis mad worried n tellin me tae watch maself.'

'What do you think I'm thinking?'

'Dunno, Monica. You tell me.'

We link eyes n she smiles. 'I'm thinking, it's great to see you . . . but don't dare let me hear of anything happening to you.

253

So just the summer and away? Lot can happen in a couple of months.'

'Don't worry aboot me! So – yi been seein anybody? Dominic?'

Monica gees us a wee wink n that smile. 'Lecture over. Eh, nope! Me n Dominic finished about a year back, he's away to Australia, but that wasn't part of my plan. Not been seeing anybody for ages. Just doin my own thing.'

'Cool,' A say, tryin ma best tae act mega casual.

'Better get going anyway. I'm meeting the girls in Merchant Square. Just thought I'd pop in and say hello. Maybe we'll continue this convo another time.' A see her oot n intae a taxi n she's away. A bounce back up the stair n lie on ma bed n light a smoke.

Ma eld room feels different, but it hud barely been touched, like a shrine tae ma youth n the past. The big *Trainspotting* line-up poster is still on ma wall, orange against royal blue emulsion, a Union flag n a couple ae eld pictures ae the troops. There's wee pea-size dents on ma walls where A hud shot eld posters wae a BB gun when A wis A wee guy. Sorry, Buffy, you wur tidy as fuck, but a decent headshot target. On the other wall, there's a Tupac poster. The writin underneath: TUPAC SHAKUR 1971–1996, *Only God Can Judge Me*. Still in the corner, there's an eld school bag ae mine, covered in mentions. Still wae AZZY W 2K4 YTP written on it. There's the boy's mentions on it anaw but they're aw faded away wae rain n time.

Time and Wounds

A couldnae imagine Danny anyhin but larger than life. A don't know wit tae expect. They said he's in some state, paranoid n takin panic attacks, *heed ruined*. Yi just never know wae these kind ae things, anxiety, panic n depression. Every wan is different n hardwired intae the uniquely complicated psychology n psyche ae the sufferer. How bad it's gonnae be is the random chemistry ae yir brain n yir external experiences ae stress n trauma, level ae substance abuse n time. These conditions latch ontae yir past, adverse childhood experiences n natural fears n possess yi like a demon tae be exorcised n dragged aff yi. If only it wis that simple.

A'm just gonnae turn up at his door unannounced. Maria or Big Brian wid let me in n hopefully Danny wid appreciate ma visit. A drive, rather than walk, roon the corner tae his door n huv a quick look aboot before A bounce up. There isnae a soul aboot, even fur a Saturday. The place is fuckin dead. A gee the door a couple ae chaps n stand back n wait. A hear keys rustlin n A've git that wee nervous feelin again. It's Maria that answers n she looks surprised tae see me. 'Long time no see, Alan son! How yi doin?'

'No too bad thanks, Maria. Is Danny in?'

255

She gives a wee tired nod towards the stairs. 'Danny's always in, Alan. Yi had better go up n see him.'

'Yi sure that's awright?'

'A don't think it'll do any harm. Me n Brian are worried about him, son.'

'Aye, A heard he wisnae dain very well. Is he awright but?'

'He's here with us n that's the main thing. We've done what we can – tried tae coax him out his room tae come n see the family n his pals, but he's not right. Go n see for yourself. See if you can help him, son.'

'A'll see wit A kin dae.'

Maria stands oot the way n A walk slowly up the stairs. A knew this hoose as well as ma ain. A spent years runnin in n oot their back door, stayin fur tea n havin water fights in the back garden, wae Big Brian pourin buckets ae icy water over yir heed fur scootin him wae a fuckin pump-action Supersoaker XP65. A hope tae fuck the cunt is gonnae be awright. Whether we fell oot or no, yir best mate is always yir best mate. Whatever hud happened wae us is water under the bridge. Time n wounds n aw that shite.

'Awright, Danny.' The cunt turns slowly tae look at us. He looks zombified, eyes pure heavy n face aw thin n grey. A half-smile comes tae his lips n he gees us a clumsy wink.

'Awriiight, eld son.'

'Good tae see yi, mate.'

'Fuckin yeeears, man innit. Fuuuck sake.' Danny's aw over the shop n hus wee white bits ae foam at the corners ae his lips. He's holdin on tae his words like they're made ae treacle n he hus tae chew each wan as he says it.

'You been takin blues, ya cunt?'

'Ayeee maaan . . . cruuunched a striiip this mornin.'

'Wit fur, son?'

'Cooos ma heeed's friiied.'

'Wit wae but?'

'Everyhiiin, mate.' He leans back in his wee swivel chair n spins roon. The cunt looks fuckin miserable. His room husnae changed at first glance, still wae a Tricolour n Celtic posters, but the edges ir dirty. There's full ashtrays n empty tins lyin aboot like he's hud a wan-man party which hus tailed on indefinitely.

'Danny, yi know yirsel they only make things ten times worse. Ir yi depressed, son?' The cunt lets oot a laugh like a hyena. Folk kin be obnoxious when they're full ae blues. They don't really mix wae other people.

'Depressed? Me? Nut. A'm luvin ma wee fuckin life! Danny Bhoy partyin aw the time on top non-stop, gees a fuckin yaaaldi!'

A cannae even laugh along wae the cunt n A'm no sure if he's tryin tae be a dick or he's just oot it. A light a smoke in silence n sit on his bed, lookin aboot me.

'Welcooome tae peeerty central! Azzy fuckin bhoy, back in the mix two kay six, ya pricks! The number wan fuckin man, Alaaan de la Williams!'

This time A dae laugh n shake ma heed.

'Wit you laughin it, haaard maaan?'

A wait tae see if he's serious. His heed is doon n he's growlin over at us. 'You, ya fuckin nugget! Look the nick ae yi! Lyin in this dump fuckin talkin a power ae shite. Yir tuned tae the moon, ya cunt.' The cunt looks at me, aw vacant, n blinks. Noo genuinely offended, instead ae the big man routine.

'Well excuuuse meee! Tryin tae git a weee fuckin perty wae the boys!'

'Wit boys, ya maddy? Yir sittin here melted oot yir fuckin nut on grass n blues n cans, depressed oot yir scone!'

Danny seems tae chew on this a minute. Poutin his lips n blinkin away. He isnae even fuckin on this planet. The cunt's hand goes tae another strip n starts a fidgetin wae the wee pills.

'Want me tae git that fur yi?'

'Thaaat wouuuld be lovely.'

A lift the strip aff the floor where he's dropped it n throw it right in the bin. It hits aboot ten empty beer tins n piles ae used tissues n bounces ontae the floor.

'Cluuumsy bastert!' Danny reaches doon tae pick up the pills n decks it right aff the seat n knocks the bin flyin. There's a knick-erbocker glory ae fag n joint douts, empty cans ae lager n balled-up hankies spillin aw over the boggin laminate. Danny is lyin among it aw laughin n mincing his curses.

'Fuck sake, son. Let us help yi up.'

'NAAAW!'

A sit back on the bed n light another fag. Danny's still huntin fur his lost strip ae diazepam among the rubbish. A see it lyin n pick it up n stick it in his hand.

'Awww cheeers, Alan son.'

'Wit's fuckin happnin, Danny mate? Wit huv yi pushed the button fur? How kin A fuckin help yi?'

'Yi cannae heeelp me, son. A'm fucked.'

'Naw yir no. Yir just huvin a hard time the noo. Things wull git better, mate. A'll help yi git aff the blues n git yirsel up on yir fuckin feet again.'

Danny's sittin cross-legged among the mess. 'A thought you hated me, eld son.'

'A never fuckin hated yi. A wis just angry cos Wee Toffey.'

'Thaaat wisnae ma fauult.'

'A know. A'm sorry. A shouldnae huv lost it at yi. Furget it, mate.'

Different Paths

Addison heard A wis back n texts while A'm sittin in ma maw's. He tells me he's gonnae come roon n say awright. A bounce oot n light a fag n wait fur the cunt. He flies roon the corner n pulls up in a new reg, silver BMW 320i coupe, a fuckin beaut. A'm drivin a black Mark IV Golf GT TDI, but an 03 plate wae ninety thousand on the clock. He's his usual trendy self in a black knitted jumper wae styled hair n designer stubble. There's a tall blonde sittin next tae him wae hur chin up smokin a Marlboro Gold oot the windae. Paul gees me a quick look, up n doon, tae check wit A'm wearin, in case A embarrass him in front ae his new burd. Guilt by association, warrant oot fae the fuckin fashion polis.

'Nice to see yi, Alan. How's tricks?'

'No bad.'

'You working?'

'Just arrived back up the road. Wis livin wae Patricia in Newcastle. Thinkin aboot uni next year.'

'Oh yeah? Doing what?' Thick wae implication. *Uni is pretty tough, Azzy. Maybe you'd be better out digging the roads or something? Maybe get a trade, bro?*

'No sure, mate. English or suhin.'

'Ah nice, man.'

'Wit aboot yirsel?'

'Just about to do my final honours year, man. Finish next year n hopefully get a job with my dad's company.'

'Awk you're sorted, bro. Who's yir friend?'

'That's Felicity.' She nods in ma direction n obliges me a smile while she flicks hur smoke.

'Hiya,' A say tae her, but she doesnae reply. 'Wit yees up tae?'

'Ah just heading into town for dinner.'

'Cool, mate . . . well, A'll let yees go! Nice tae see yi anyway.'

'Same, *mate* . . . Take it easy.'

A watch the BMW fly oot the street n disappear roon the corner. Paul hus obviously grown up, cleaned himself up n got himself a nice burd. There wis nae need fur him tae stay associated wae aw us noo. It wis aw half-tone pleasantries n awkward silences. A doubted somehow that he wid be runnin aboot the dancins in our wee town or hangin aboot the eld gaffs full ae troops. Being a ned fur him wis a fashion statement, nuhin more. Fur the rest ae us it wis a lifestyle n a culture n who we aw wur. Paul never aligned himself wae cunts who wur gonnae fuck their lives up. There's nae betrayal tae his success. Maybe him n Felicity huv a nice flat in the West End, handy fur Ashton Lane and Byres Road. In a way A'm happy fur him. He's got his beyond n he's gone.

Ma phone starts buzzin away. It's Stacey. 'Wit's happnin, cuz?'

'Have you been on the computer?'

This is it. A knew deep doon it wis gonnae come, it wis just a matter ae when. 'Naw, A've deleted aw ma profiles when A left. How, wit is it?'

'Si O'Connor's posted about you.'

'Sayin wit?'

260

'*Guess who's back troops? The wan n only, Azzy fuckin Williams.*'

'N fuckin wit. It wis obvious they wur gonnae find oot sooner or later.'

'Who do yi think told them?'

A huv a few ideas. 'Who cares, honestly?'

'You should.'

'They're no gonnae come lookin fur me. Cos if they dae then we'll huv it oot n that'll be it. In some ways A want it over n done wae. A'm no goin lookin fur trouble, chill oot!'

'Awww, Alan! This is fucked up, son.'

'Wanty calm doon, Stacey?'

'A can't. A'm worried somethin is gonnae happen to yi.'

'There's nae point fuckin worryin. If suhin happens then it happens.'

'Back to aw that, Alan? What about uni? What would Monica say if she heard you talkin like that? Bet you wouldn't fucking say that to hur!'

She's right, obviously. A don't want Monica tae see that side ae us anymore. A defo don't want hur tae think A'm still a dafty. 'Naw, maybe no. Yi forget it's no me lookin fur trouble. It's they cunts!'

'Yi knew trouble wis goin to find yi up here.'

'A've naewhere else tae go. Fuckin hell!'

'Just run. Even fur a month or two! Go n kiss n make up wae slutty knickers. Tell hur yir sorry n yi miss hur!'

'Nae chance, Stacey. Azzy Williams doesnae fuckin run.'

She sticks the phone doon n doesnae say bye. The cat is oot the bag, Azzy fuckin Williams is back. A'm no as para as Stacey. Yi became used tae cunts sayin they're gonnae smash yi n its effects ir diluted over the years. As fur the rest, A'm back where

261

A started. Azzy Williams, twenty-wan years eld, lyin back in ma single bed in ma maw's like a wee dick teenager, dreamin aboot burds n wit tae dae fur a laugh. Monica is on ma mind. A still heavy like hur n seein hur took me back tae the eld days. A dunno how we compared noo. Her, a graduate n movin on n me lyin in a tracky wae *Trainspotting* n Tupac posters still on ma walls.

The Toi Boiz

It's two hours later when A'm woken wae the windae smashin. A wis dreamin n the noise wound its way in – ma maw screamin broke the dream. A'm fuckin soakin wae sweat n ma eyes ir stuck the-gither but A bounce up rapid n pull on an eld Rangers tap n trainers wae nae socks. A grab ma bat n fly doon the stairs. Ma maw's screamin fae hur bedroom, *STAY IN, ALAN!* Fuck that. A huv a quick swatch oot the front windae before A bounce oot in case there's a team waitin. The broken glass is aw over the carpet n there's a half brick lyin in the middle ae it aw. The venetian blinds ir aw fuckin bent. A rip the door open n peer oot intae the dark n behind parked motors fur any sign ae movement, but the street is dead.

A run doon the steps n intae the garden n bounce over the fence. A'm joggin noo, right up tae the end ae the road. A hud parked ma motor further doon the street in anticipation ae this shite. Ma maw's at the doorstep noo in hur dressin gown n a few neighbours' lights ir on cos the noise. She looks fumin. The last thing she wants is the neighbours tae see me oot on a rampage wae a bakey bat. Ma maw's spittin oot ae firm lips, 'Get in here, *NOW!'* A keep the bat low n stand wae it bat on the threshold. A wish somecunt made a run for it. A'd fuckin kill them fur dain this tae ma maw's hoose. She's pullin ma arm back in the door. 'Please, come back in.'

'Awright, awright. A'm sorry, Mum.'

'Second night back! Two nights it took for this nonsense to start again!'

'A'll move oot.'

'Where will you go? Wherever you go here this trouble is going to follow you.'

'Naw it won't. A'm gonnae settle it, once n fur aw.'

'Oh, Alan, please don't talk like that.'

A didnae mean tae say things like this in front ae ma maw. What A said in anger, she took fur gospel, n it kept hur up nights when A hud calmed doon n wis perfectly safe. She hud heard far too much violent talk across the years, talk ae smashin n stabbin fuck oot cunts in revenge, that would never materialise once yi sobered up n yir blood wis wiped aff yi wae antiseptic. Wumen suffered as witnesses n nurses tae our wars, it wis the wans who love yi who cleaned yi up n hud tae deal wae the aftermath, time n time again. 'A'm sorry. A didnae come back lookin fur trouble, Mum.'

'I know that. But there's idiots here that will drag you back in! You can't keep losing your temper and running out to hit folk if they throw stones at your windows. Alan, you're playing right into their hands. People can't bear to see others getting on.'

She's bang on n A've nae protests. Yi hud spent yir full youth learnin tae fight n act bold. Noo, yi huv tae unlearn it. Don't retaliate, even if cunts ir right in yir face laughin at yi. Cos the wan cunt yi lift yir hands tae wid git hurt n you'd end up in court n then it's finished. There wid be nae life beyond aw this n aw the struggle is fur nuhin. This is the new challenge. Tae keep that boldness inside n let it go.

'Yir right. A'm sorry aboot the window n the blinds.'

'I'm not bothering about those – it's you I'm worrying about! I don't want things to go back like they used to be. I honestly don't think I could manage now . . . not back to all that.' Ma maw looks older wae every word that comes oot hur mouth.

A cannae offer any guarantees wit wid happen. This is the woman who taught me never tae make a promise yi cannae keep. A cannae promise everyhin is gonnae be awright, cos yi just never know aboot here. Ma maw doesnae deserve this shite. She's lookin elder n less capable ae puttin up wae it. A wisnae wan ae the weans wae pure young parents. Somecunts' maws ir only in their early forties when they're in their twenties. Ma maw is in her late fifties noo, fae a different time. She didnae understand aw this – drugs n street violence – but she wis well versed in the consequences. In the past, moments like this A wid be fuckin ragin, phonin ma pals tae go n cause havoc, but there's naebody really left tae phone. Where is the famous Young Team noo? A'm alone tae face ma past.

A drive up intae the Toi's scheme, the dodgy bit where they aw stay. A'm sittin at the end ae the street lookin aboot but A'm only makin maself angry dain this shit. There's nae point goin smashin windaes like they wee dicks. A'm comin back oot the street n A see somecunt walkin wae a burd n a pram. A slow doon n edge oot by a parked motor. The cunt looks up fae his wean n catches ma eye. It's Div Peters. A see him freeze n whisper suhin tae his burd. She grabs the pram n starts headin back the way they hud come. Div continues doon the street alone, walkin twice as fast as he wis. A roll the motor up tae the kerb beside him n slide the windae doon a wee bit. 'Dae yi honestly think A wis gonnae try suhin when yi hud yir wean there?' Div straightens up n looks in the windae but doesnae say nuhin. 'Wit kind ae fuckin animal dae yooz think A'm ir?'

'Azzy, aw that's forgot aboot, fuck sake. A've hud the wee man noo n A'm no runnin aboot anymore.'

'Yi think A'm ir? A moved away tae git away fae aw this fuckin shite.'

'Wit did yi come back fur then?'

'Usual pish.'

'Well, yi did go wae Patricia Lewis.'

'Aye, yir no wrong. Somecunt's just put ma maw's fuckin windae in.'

'Fuck sake, cunts ir needin tae fuckin grow up.'

'Aye, tell us aboot it. A'm no wantin any fuckin trouble. When wull cunts git that in their heeds?'

'A'll tell yi wan thing – yi hardly see a soul doon this way noo right. Most ae them huv weans n aw that or ir away workin somewhere, or wae burds n aw that. But Matty n Si ir still gawn fur it hammer n tongs. They're both movin powers ae gear fur they Maynards noo. That's how A'm no runnin aboot wae them. A'm no needin aw that aggro.'

'Fair enough, man. Aye well, cheers then.'

'A never hated any you cunts. It wis aw just a fuckin laugh, cuz, but it went too far wae yir boy gittin done. A wouldnae put ma name tae that. Fuck that Young Toi shite. It's aw done wae noo. A hear Big Kenzie is expectin a wean anaw?'

'Aye he is, man. Fair doos fur sayin that aboot Toffey. Cunts ir still determined tae drag me back tae the shite.'

'Kenzie's burd knows ma burd. Fancy that eh? The famous Tam McKenzie hus fuckin calmed doon.'

Div looks aboot then leans in the motor. 'A'll tell yi wan thing fur free, Matty n Si ir still lookin fur yi. They're worse than they used tae be, honestly. The two ae them think they're fuckin gangsters noo. If you've tae watch fur anycunt, it's those two fuckin dicks, awright? But yi didnae hear it fae me.'

'Sound as.'

'Just keep me n ma family oot it? Awright?'

If a man comes tae yi in peace, it's wise tae accept it.

A Match Made in Heaven

The eld barbers A used tae go tae is down the high street. It kin be a hotspot fur cunts yi don't want tae meet but. Monday mornin is usually sound though, apart fae the odd dodgy cunt goin down tae sign on. There's a wee eld barber workin n a couple ae young lassies, wee tidies just oot ae college. Hairdressin is the choice profession ae young women fae ma school. Whereas guys went tae 'git a trade', they talked aboot being health n beauty technicians or hairdressers or carers or social workers. A'm sittin on the benches inside, waitin. There's an eld cunt wae a *Daily Record* sittin bumpin his gums over the last couple ae sports pages. The shop hus a fresh lick ae paint but it always smelt ae a mix ae fags, Barbicide n Brylcreem. There's yellowed pictures ae good-lookin cunts fae the eighties wae mad suave fuckin doo-cuts n leather jakits n aw that. Only haircut yi seen in here is a short back n wallop. 'Aye, son, over yi come. Wit yi huvin the day?' the eld cunt asks.

Fuck it. When in Rome, eat lions . . . 'Zero back n sides, mate.'

Ma motor is parked doon behind Farmfoods, just off the main street. A'm walkin doon the steps n through the alley. It's stinkin n junky types hide doon it n shoot up. Yi huv tae dodge needles n tin-can sin bins lyin aboot on the steps. There's a wee crowd ae junkies tucked intae a corner over the far side, behind the eld snooker hall that wis closed years back. They're usually harmless n tend tae be wee frail cunts or pure snaggles that wouldnae gee yi any grief. A see them splittin up n sayin their mumbled cheerios, *Big Issue* style catcalls n yelled junky wisdoms.

A walk past the cunts. Ma motor is tucked behind the buildin in a private parkin space. A'm avoidin the dug shite n the broken wine bottles n beepin the motor open. A hear cunts behind me n A kin see reflections in the glass. Two ae they cunts ir tryin tae bounce up n sneaky me. The motor key goes back in ma pocket n A fish fur ma Clipper fur ma fist. A feel a hand on ma shoulder n A spin roon, too quick fur these cunts. BANG. A hit the cunt a fuckin daddy-ho ae a right in the stomach n he folds in two, then falls straight tae the ground. The other wan is a burd n she's squeckin undistinguishable words at me. The cunt is on the deck. 'Wit yees fuckin wantin?'

'Azzy . . . aww . . . fuck . . . yi nearly . . . knocked . . . me . . . oot . . . ya cunt.'

It's Finnegan n Toni. A help him aff the deck n dust the cunt aff. A try no tae stare as A recognise an eld Adidas tracky he used tae wear aboot five year ago, full ae wee bomber holes fae smokin joints then. Finnegan started as an apprentice mechanic. A heard he hud been paid aff in his second year n hud started down this road tae nowhere. Toni-Marie never worked. Her face is aw sucked in n she's wearin a tracky top tae, n scruffy jeggins. The lassie's hair looks like yi could fry chips in it n is pulled back in a rough ponytail. 'Fuck sake, man . . . A didnae realise it wis yooz. Fuck ir yi dain wae aw they fuckin junky cunts?'

'Eh . . . A sell them blues . . .'

The two ae them look at each other. Ma face must show wit A'm thinkin. 'Aye, man . . . sound.' He's still lookin shakey fae me hittin him. A feel bad n try no tae keep starin at them both. 'Ir yi awright? A'm sorry fur whackin yi, fuck sake. A didnae realise it wis yooz.'

'Aye it's awright . . . A'm awright . . . When did yi git back?'

There's a wee slur tae his speech n he seems dazed, like he hud been takin blues himself the day before n they're still hangin on him. He's git the wee white dried flecks ae saliva at the corners ae his lips, just like Danny. A doubt he wis sellin anyhin tae they cunts. If anyhin, they wid be down scorin aff they elder cunts in the denim jakits n caps.

'Just this week, cuz.'

'Walkin doon n bang intae our Azzy Williams n aw that . . . ma eld mucka fae the Young Team. Magin that, eh Toni?'

'Aye, son, magin that,' Toni says, emotionless n starin somewhere in the distance.

'Anyways . . . wit you two been uptay?'

It feels like a daft question. A kin see just by lookin at the state ae them wit they hud been uptay. They're in an industrial decline. A couldnae imagine wit Connor n Joanne Finnegan must be feelin. His da is a master butcher n hud always worked n brought in the bacon, literally. His maw worked in a shoe shop down the street – steady folk, workers. It wis nae real reflection on the parents, the lives we chose fur ourselves.

'Nuhin . . . much . . . man . . .'

'Yees workin?'

They both just look blankly at one another n turn tae me n shrug, like work is already a foreign concept.

'Cool . . . yees headin up the road?'

'Aye, man . . . The real reason A came over was just tae ask yi . . . wee len ae a couple ae quid fur the bus . . . n fur a packet ae fag papers n Bluebells.'

'Skins, matches n yir bus fare?'

'Aye.'

'A pouch ae Amber Leaf anaw, if yir flush, Azzy big pal,' Toni says.

A cannae help shakin ma heed a wee bit.

'Fuck sake, man . . . we wur doon fur a crisis loan on Friday . . . n we git refused . . .'

'Fuckin refused,' Toni echoes.

'Aye . . . man . . . we've nae money,' Finnegan says.

'Huv yees no?'

'Naw . . . man . . . well . . . kin yi sort us oot?'

'A'll gee yees a run up the road if yi want?'

'Aww . . . fuck sake . . . man . . . wit a gentleman . . . eh, Toni?'

She's starin at the side ae the building, ponderin the infinite mysteries ae rough casting noo, n doesnae answer. 'Mon then,' A say, almost regrettin ma offer.

The three ae us walk over tae the motor. Me n Finnegan jump in the front. Toni slides intae the back. A'm aff n rollin within two seconds. These two cunts ir depressin the life oot ae me. A don't even feel like A kin indulge in the same brutal honesty like wae Danny. His ailment is more along the lines ae an extended downer, tryin tae dig himself oot a downturn wae drink n drugs. Wae these two, it's almost cruel tae point out their condition. 'How's yir maw n that, Finnegan?'

'Dunno.'

'How dae yi no know?'

'Cos . . . we don't talk tae . . . them.'

'That's a shame, man. Yir maw's always yir maw n that, mate.'

'Fuck them.'

Both ae them ir starin oot the windae. A reach the shop n stop.

'Sure yees ir awright?'

271

'Aye . . . man . . . we'll be fine.'

'Here's twenty quid, mate. It's aw A've got. Git yirsels sorted oot, fuck sake. Stop takin blues n runnin aboot wae fuckin junky undesirables.'

'Aye, nae bother . . . mate.'

Finnegan doesnae take his eyes aff the score note in ma hand. Toni opens the door n leaves without a word. He just nods before he opens the door n walks oot after hur, straight on an eld Nokia mobile makin the call. A go tae light a smoke, pissed aff n depressed. A hunt aboot the centre console fur ma fags. It's then A realise that they're away in Toni's pocket.

Supply and Demands

Broonie is sittin on the bed rollin a joint. A'm sittin on ma arm-chair smokin a fag. Usually he wis blether, blether, blether n yi hud tae squeeze a word in edgeways. The day he's quiet n fiddlin wae his mobile n tryin tae roach a joint at the same time. The cunt's git a pair ae Diesel jeans on n a Fred Perry polo shirt n looks like he's enjoyin the spoils ae his chosen occupation. How daft it seems tae me – when A wouldnae even wear flashy labels n jewellery. His passin pleasures ir things we took fur granted growin up; wearin aw the best gear n havin money in yir pocket. He never hud the benefit ae a maw or da who could hand him cairo without worryin. They wur tryin tae feed their own habits. Puntin gear, he's makin enough tae drive an Audi n buy some designer clothes. This kind ae gain never lasts long. The look on his face says his wee empire is awready slippin away fae him, the same way as usual – wae somebody pullin the rug fae under yi.

'Broonie, wit's wrang wae yir face?'

He laughs n gees his nose a wee tap.

'Fuck yi then, ya wee cunt!'

'Don't be like that, eld son. Just fuckin business.'

'Aww sorry, Scarface.'

'Cunts huv let us doon, man. That wis aw.'

'Much yi short like?'

'Aboot three grand or suhin, aw in.'

'You're jokin.'

'Naw, man. A've been sellin big bits, quarters n half oscars n single tickets anaw. Mind a ticket ae pure is a hunner quid anaw noo, fuck. No that forty quid shite we used tae sniff. Even council is fifty a gram noo. Then there's that shitey thirty-quid-a-ticket shite gawn aboot but it's cut tae fuck wae mephedrone.'

A've only briefly encountered aw this new-wave drug shite. The legal high pish hus completely muddied the water. Aw these wee cunts think they're takin 'safe' drugs, as if there is such a thing. Normal cocaine n ecstasy huv changed anaw. They've been revitalised n strengthened, tae keep up wae this new creed ae cheap synthetic drugs. Coke is aw 'pure' stuff – higher purity, higher cost. Aw this mad *Mandy* patter fur pure MDMA, which we barely seen back in the day. As purity goes up, dose hus tae come doon. Those first remarketed drugs didnae come wae warning labels. Cunts took rock-star lines instead ae spiders' legs n ended up in trouble. Takin even four or five tenner eckies could be the equivalent ae takin fifteen or twenty ae the wans we used tae take. Yi end up wae serious anxiety, palpitations, over-heatin, tachycardia, overdose, coma n death. These ir new generation problems. Young cunts adapt n know more than us noo. In the drugs game yir oot the loop in nae time at aw.

'N cunts huv bumped yi?'

'Aye.'

'Who like?'

'Wullie McLean.'

A knew there hud tae be a fuckin catch. The McLeans wurnae as wealthy n organised as the likes ae the McIntires or the May-nards but that didnae mean they wur less dodgy particularly. There's a squad ae them anaw n they run aboot shiftin weights.

The elder McIntires huv businesses n fancy motors n aw that. The McLeans didnae huv anyhin like that, far as a know. 'So let me git this right. Yir sellin gear fur Marcus McIntire . . . and sellin shit tae the McLeans.'

'Kinda.'

'Wit possessed yi tae sell gear tae that fuckin heedbanger?'

'Cos it wis an ounce cash. Then when A turned up at the gaff, the full McLean clan wis there n there wis a shotgun sittin on the table. Noo, the Broonie boy is fuckin mad, but no mad enough tae tell him n five ae his cousins he wis gittin fuck aw! A wis just glad tae walk back oot the gaff.'

'So he's done yi?'

'He's said he'll gees it back in gear. A swap, know? Ounce fur an ounce.'

'That's better than fuck aw.'

'Aye, his stuff is shite but.'

'Fuck it. Take it n bang it oot in cheap tickets. Cut yir fuckin losses fur a couple ae hunner quid n move on.'

'Aye . . .'

Yi kin always tell when Broonie is holdin back. 'So wit's the problem? Yi should manage tae git that sorted.'

'Problem is, mate, the bit that git stole wis aff Jamesy Maynard n noo Wullie n Marcus ir joinin up n dain stuff the-gither. So, A've basically bumped Maynard fur them. Or at least that's how he's gonnae see it, if he ever fuckin finds oot. It looks like A wis part ae the whole fuckin set-up.'

'Fuckin Maynard anaw. Fuck sake, sir. That cunt is mental, Broonie! Wit yi playin at? If the McIntires find oot yir dealin wae them, you're finished, son.'

These families' mutual existence is always a tense affair n Broonie's in wae them aw, tryin tae git clever. Once he's reached his credit limit he would be on tae the next tae feed his greed n ain habit, mixin bits n monies n debts n customers.

'A know mate, fuck sake. A try no tae muddle up the tick money. McIntire gees me ma big bits ae council cheap but Jamesy gees us the pure n A make some dough aff that.'

'Fuck sake, son. Aw heatin up eh? Don't end up caught in the crossfire if they start fightin among themselves, mate.'

'Just need tae hope A kin save up the dough tae pay aff Jamesy before he clicks on. If A dae that A should be in the clear. Plus, it's only Wednesday yit. Hopefully git more dough in fur Friday tae soften the blow, if needs be, know wit A mean?'

This is aw way above ma heed. A hud come across some ae these cunts, but A wis smart enough tae say awright n disappear. This kind irnae daft. They collect wee cunts like Broonie. The wee young runners git individual units tae sell – quarters ae dope, grams ae coke n aw the rest ae it. Broonie dealt these individual bits tae aw the wee guys n bought the big bits tae chop. Noo he's supplyin the wee runners anaw n movin up the food chain. Runners feel special, cos they git let away wae a bit ae debt when they fuck up at the beginnin or they git a loan ae money. It's aw just tae suck them in. When yi git tae this stage, yi cannae say naw n they huv yi right where they want yi.

The Fundamental Difference Between Uz

Fridays, like some other days, huv become lonely fur the Azzy boy. A've come tae loathe the once sacred Friday night. Aye, A might be treadin the right path n everybody kin see how well yir dain, aff drugs n barely drinkin, but there's suhin missin. Some kind ae cavity that a past spent like ours hus left. There's nae new pals tae go n dae other stuff wae. A dream aboot dain stuff we missed oot on when we wur younger. Campin n shite like that. Yir too eld tae dae that kinda stuff, or at least tae dae it in the same way. Yi heard cunts talkin aboot burds n mad adventure holidays travellin n goin indoor snowboardin at Braeheed n shit like that, different shit. We never done nuhin like that n if yi hud asked anycunt tae they wid just huv laughed. There's nuhin tae talk aboot wae a decent burd – nae prospects, nae adventures. The mad scheme burds ir still attracted tae cunts who think they're mental. We're past aw that noo. Wit's left? There's nae mass exodus ae cunts changin their lives. The road tae redemption is always gonnae be a lonely wan.

The door goes. It's Monica. A'm no expectin hur n we don't say anyhin at first, but she looks softer, like suhin's changed. We hud been heavy textin each other n it wis progressin towards the inevitable, but she hud gone quiet the last few days n patched us. A'd been starin intae the messages tryin tae analyse our chat.

Every time the phone wid ping A wid hope it wis hur, but nuhin. The usual chaos starts unfoldin n yi furget – Monica always hud tae compete wae that. A never sent a second text. 'Well, are you goin to ask me in?' She walks by, no waitin fur an answer, n touches ma hand wae hers just enough tae let me know. A close the door n turn, then she's pullin us closer n givin me the look so there's nae doubt. We kiss in the doorway n A kin smell hur perfume, the same wan she always wore. It's hur smell, the wan that used tae haunt ma pillow after she left.

'Alan, I'm sorry for keepin you waiting. I wanted to . . . I was just . . .'

'No sure?'

'I was sure. Just scared.'

'Scared ae wit?'

'Scared of what it means.'

A smile n laugh, brushin hur fringe oot hur eyes. 'What dis it mean?'

'I dunno! That I maybe . . . like ya!'

'Same.'

'Well, I can't hang about here much longer. My year abroad is starting in a month – what do you think?'

'What dae A think aboot what?'

'Would you come with me to France? I'm going to get my own place, and I'd be grateful of the company.'

A wee serious look crosses hur face. This is gonnae be hur new beginnin but – the end of hur life here. Monica wid move on n while a fool in love dares tae dream it isnae so, our paths ir awready forkin n we're hangin on tae some past thing, suhin that never really wis. Even though yi know it's fucked, it's hur face that A just cannae let go. There's suhin wrong wae us though, some betrayal ae fate. Two ae us, destined tae move on in separate directions, but holdin each other back, tightly.

Wae every second that passes she sees these thoughts in ma face. 'I wouldn't ask if I didn't want you to come. I'm not just asking you to tag along. I'm asking you to come *with me*. It's different.'

'A know that, but this is your big plan . . .'

'Think about it then?'

'Course A will.'

'Okies. So, I'm heading out with a few friends tomorrow night. You want to come?'

'What friends?'

'A couple of mates from uni.'

'Which ones?'

'Not *Dominic*! Just a couple of girls n guys. They're all cool.'

Deep doon A'm inclined tae avoid these kinda situations. Tae say naw makes yi look para n antisocial but A've got this wee feelin, like the types she hangs aboot wae irnae our people n we irnae theirs. Sittin among those types n puttin on ma more proper English register isnae so appealin. Cos A'm knee deep in wae the boys again n aw the shite here is buzzin aboot ma fuckin nut. While Monica's crew ir talkin aboot studyin, their gap years, which postgrad they're gonnae dae or how many weans in Africa they're gonnae build huts fur, A'm thinkin aboot ma ain shite n A don't feel like tartin it up. Hi, I'm Alan Williams, left school after my Highers and studied Sociology at college in Newcastle, lived in a city-centre flat and enjoyed a few years of easy education before uni, while gaining life experience in a different city. Degree level next? Why of course! Economics, Arts and Humanities, Linguistics n Languages . . . blah blah fuckin blah. Maybe it's spiteful tae think like this. It isnae really the case. These cunts huv led different lives tae us n it's only the night, sittin before Monica Mason, that A feel envious ae the lives they take fur granted. A don't want tae sit wae strangers who ir gonnae judge me n feign a mild interest in ma daft wee college course. A cannae really talk on their level yit. A'm no stupid, A've got opinions n aw that. A know aboot politics n other topics ae polite conversation – but ma opinion is like a trained monkey tae these cunts. Frankenstein's creature, an eloquent mutant. A hybrid specimen. Working class wae a brain n an accent, that guarantees the split forever.

'Course A'll go.'

We're passin through Bellgrove station n the train's bouncin. Loads ae young cunts ir drunk n talkin shite n there's dressed-up elder couples headin through intae the city fur different nights oot. Saturday night wis never the same energy as a Friday tae us. It held residual sufferin ae deathly roughnesses, eckto-weekender re-burns where we hunted fur more Class As n a bottle ae wine tae try n revive us in the chase fur that elusive buzz. That wis back when our spirits wur unbroken n our hearts wur still on fire. We barely went oot in the toon on Saturday nights – we wur somewhere in the stratosphere, on that definite downward trajectory towards earth n the sufferin below that awaited yi on Sunday. When cunts git excited aboot Saturdays, they wur speakin a different language tae us, the Friday Feelin shamans of eld.

The eld ScotRail carriages huvnae changed. The patterned seats ir still there n there's orange n beige confetti coverin the floor, where the school weans huv ripped their tickets tae shreads n flung them in the air. Monica is wearin a purple pleated skirt n a cream collared shirt, wae a couple ae gold rope chains hangin doon, black suede ankle boots. A noticed hur noticin ma own white Oxford shirt, navy skinny-fit trousers n dark broon Chelsea boots. She's no really seen me dress elder n looked impressed when a turned up, suited n booted. We're goin tae a vegan place, the Flying Duck, roon fae Buchanan Bus Station. A hud three bottles ae Miller before A came oot, just tae git the juices flowin. Hur pals ir awready there. We bounce aff at Queen Street n head up the red-tiled stairs.

We reach the Flying Duck. The entrance looks like an eld close, wae mentions n graffiti aw over the walls. Monica waves over tae a group sittin in a wee alcove. There's five ae them, two lassies n three guys. The lassies ir wee trendy chicks n the guys ir pure classic uni types, *Hey, guys! What's your chat?* We reach them n wan ae the lassies is shoutin over the tunes. 'Monica, whet wheew! Who's this dark n handsome gentleman then?' A gee a wee smile n try no tae look like an awkward dick.

'Alicia, this is Alan that I was telling you about!'

'She's always talking about you!' the other lassie says.

That's ma cue tae step forward. 'Hiya,' A say tae the lassies n direct a 'How yi doin?' tae the guys.

They aw seem sound n say awright. Alicia starts pointin at each ae them. 'Alan, this is Joey, Craig n Phil n Jo.'

'Nice to meet you, mate,' Joey says.

'Hi, Alan!' Jo shoots after him.

Phil and Craig gee me a disapprovin glance, nod n continue their convo.

'Nice tae meet yees.'

Monica sits on a stool n A go n steal wan fae a different table. There's mostly indie tunes comin fae a DJ in the corner. Joey is a heavier boy wae an oversized black jumper on n cream chinos. He looks quite a jolly cunt, pure harmless. Craig n Phil ir skinny cunts. Phil's git a checked shirt on n black skinny jeans. He's git fair hair, styled up. Craig is taller n thinner again, wearin a printed T-shirt wae dress trousers n a cream cardigan, bit ae a stylish cunt. He's git black hair n plastic tortoiseshell glasses on. The two lassies ir checkin me oot a wee bit n A'm just smiling, tryin tae be friendly n that. Monica stands up n runs hur hand across ma shoulders. 'I'll get them in. What you all having?' she says.

'Guinness!' Joey replies, lookin aw chuffed, the jolly wee cunt. A watch hur go tae the bar. Alicia n Jo laugh.

'You been going out long?' Phil asks.

'Just seeing, mate. Been on n aff fur years.'

'Did you meet Dom?' Craig shoots back.

Dom n fuckin Mon. Classic fuckin duo.

'Nah, mate. A wis doon in Newcastle livin fur three years. Just came back.'

'Were you at uni?'

'Naw just college. Hangin aff a bit fur uni!'

'That's cool! You have your own place down there?' Joey asks.

'Aye, bud. Me n the girl A wis wae hud a place by the river in Gateshead.'

'Fancy!' Jo says.

'What you doing now?' Phil asks.

'Lookin for work.'

'Cool,' he says without enthusiasm.

Craig lets a wee smirk roon the edge ae his lips. Jo n Alicia seem tae notice n growl across at him. He's a smart-faced cunt. A wid be two fuckin minutes in sortin both these slap-abouts. A'm tryin hard though, fur Monica's sake. They're hur uni pals n A huv tae respect that, even if they don't respect me. A imagine maself penalty-kickin that Craig in the face before Joey clears his throat.

'Phil, I do believe you are rather a cunt!' he says.

'Shut up, fat man.'

'Phil, don't start please. Be chill,' Jo says.

Monica arrives back wae the drinks n A gee hur a wink.

'There you go, boys!'

'Cheers, *Mon*!'

Jo comes n sits next tae me n hur n Monica blether away. Phil n Craig leave fur a smoke n it's just the five ae us. Alicia whispers in ma ear. 'Take no notice of them, son. They're dicks! A'm fae Ayr, those two dicks are fae Milngavie n Bridge of Allan respectively. Up their own fuckin arses.'

A smile n gee hur a wee nod. 'Don't worry aboot me. A've dealt wae worse in ma time.'

'We just hang about with them cos Jo was fucking Craig for a bit. They're the tag-alongs here. Joey is from Rutherglen as well. You're cool-as here, mate.'

It's closin time n we're aw walkin oot. The other lads ir steamin but A've been watchin ma drink, determined no tae end up wrecked n makin an arse ae maself or Monica. Jo n Alicia ir standin wan on each side ae me. Jo is restin hur heed on Monica's shoulder n laughin away. It's been a good night. Their company wis sound. They hud been talkin aboot travelin the world, mad plans n just current affairs n shit that ma troops wouldnae talk aboot in case somecunt laughed n slagged them. They hud aw made me feel pretty welcome. Phil n Craig ir just wee dicks – they've been floatin aboot tryin tae pull a few burds at the bar tae nae avail. A see them bouncin oot the door, both mad-wae-it, glancin over tae me n back. Joey is rollin his eyes n pullin faces at them. A'm no gonnae fuckin start noo. Monica is smilin away n keeps givin me wee looks n nudges tae let me know she's thinkin aboot me, even in the crowd. She looks aw happy that A could sit wae hur pals. Course it's important tae hur. A see the two fannies walkin up tae me n Joey. Joey starts tae talk first. 'Good night, lads?'

'Shut it, fat man!' Phil shoots back, steamin noo.

'Shut up, Phil, you massive dickhead!'

'What you saying anyway, Williams?' Craig asks us.

The last cunt who called me Williams wis Big McGiver. *YOU BOY, WILLIAMS!* A smile thinkin aboot the big cunt n just laugh. 'A'm no sayin anyhin.' Fannybaws.

'Good, because I don't know what Monica is doing with you.'

'Yeah, Dom was cool as!' Phil says.

Joey looks insulted fur me.

A just laugh n let it lie. 'Dom is ancient history, lads. Nuhin against him.'

There's nae point startin n wastin a good night. A kin see Monica smilin in ma direction fae over his shoulder, n it's me goin home wae hur.

'Yeah, *Dom* was a top guy.'

'*Mon* loved him.'

A kin feel it buildin like always. There's a point ae no return, but A know they're just tryin tae git a rise oot ae me, so they kin show Monica that A'm still a fuckin dafty. The real battle wae these cunts is just verbal. They would never lift their hands tae yi n if you hud tae dae it tae them, you're the arsehole. 'She didn't love him that much if she finished with him. Did she?' Joey says and winks at me.

'They finished because he went to Australia. Mon was going to go with him.'

'So fuckin wit.'

'*So fuckin wit,*' Craig repeats in an exaggerated neddy voice.

A common insult. Slag the way A speak, make a social assumption n judge me. Judge ma family, ma prospects, ma financial status n ma intelligence. Yi know wit they say aboot assumptions. The night, A just laugh, light a cigarette n turn n walk over tae the lassies n say our goodbyes. A smile n put ma arm roon Monica Mason n we walk towards the taxis at the end ae the street.

The Crooked Branch Above the Burn

A wake up, still half dreamin, light a fag n flick it somewhere near the ashtray. A know the sun is up n it's daytime n Monday mornin but A'm hidin fae maself. Ma only way oot ae here is tae git a job elsewhere n go. A cannae focus on lookin n dain applications wae ma life unravellin yit again. This place is ma personal labyrinth n soon as yi return, yir runnin aboot the hedgerows, lost as fuck n dodgin a minotaur a minute. A hear ma maw runnin up the stairs n know suhin is comin. A kin fuckin tell by hur hurried steps n wae every wan ma half dream disappears. Ma hand goes tae the fag packet n A pull another wan oot n stick it in ma gub n start sparkin wae the lighter. The eld yin usually chaps the door, but she just bursts in. A open a single eye tae look at hur. 'Wit is it, Mum?'

'Get dressed, Alan.'

'How?'

'Just do it, will you?'

'Fuck sake, wit's happened?'

'Stephen's mum n dad are at the door.'

'Finnegan?'

'Yes, Alan.'

'How?'

'Because Toni-Marie has killed herself and Stephen is missing. They're asking to see you right now. Get up n put some clothes on.'

Ma heed's fuckin racin n A think fur a minute this is just wan ae the periodic nightmares creepin intae a lucid dream. It isnae tae be, no this time. A drag extra hard on the smoke. This is not a drill, the stress hormones in ma mind scream as A feel panicky n regret lightin the second fag. A try tae keep focused on suhin, so A don't lose it but A git that overwhelmin feelin when yi hear bad news. Pure evil washin over yi n makin yi feel nuhin but dread. A've felt that feelin before. It's shock hittin the emotional seawall deep within us. These knocks desensitise yi tae misery, each wan makin yi stronger n more resilient n acceptin ae the next, but robbin yi each time ae a precious piece ae yir humanity and future happiness.

'Overdose?'

'She's hung herself. Now get up n talk to Connor and Joanne.'

'Fuck me, two minutes.'

'UP!'

A stand up wae the fag between ma lips n hunt fur a pair ae trackies n a tap tae pull on. There's a bottle ae water lyin by ma bed n A tan it, tryin tae separate ma lips fae each other before A go doon n face these cunts. A'm takin a last couple ae draws oot the fag n stubbin it. A bounce doon the stairs tryin tae sort ma fuckin bed heed oot n rubbin the sleep fae ma eyes. A've git a wee panicky feelin in ma chest but A'm tryin tae keep it doon below. Times like these yi huv tae be strong n A say a wee silent prayer tae God tae gee me the strength fur this shite. Ma faith is buried deep within us but A only flirt wae the notion ae a divine power at Christmas n maybe at Easter anaw. A think in passin A dae believe, cos this evil isnae random. It's concentrated among

287

cunts fae bad areas in their daily struggle n additional sufferings. Days like this, faith is aw yi huv tae cling tae, wae fingernails if necessary. Yi couldnae dae this alone.

There's a mad atmosphere when visitors ir in yir hoose. Ma maw's runnin aboot makin tea n bringin plates ae biscuits n shite – hostess wae the mostest. There's nae script ae how tae deal wae this shite, fur any us. 'How yi doin, Alan son,' Connor Finnegan says fae the couch. Joanne is wrapped around him. She looks white as a sheet, pure para in case suhin's happened tae hur boy as well as his burd. A bad omen ae things tae come. It feels that way.

'No bad. Sorry tae hear aboot Wee Toni. Cannae believe that.'

Joanne doesn't even look at me. She's just starin intae a corner, knowin hur life will never be the same in some way. Maybe she's startin tae regret chuckin Finnegan oot cos he wis usin, instead ae rallyin roon him n supportin him. Their high morals may be less important noo their boy is missin n his girl-friend is dead.

'We're sorry too. We put Stephen oot when his mum found needles in his room.'

We aw pause tae digest this.

'So Stephen bolted after he found oot?'

'As far as we know, aye.'

'Where did it happen?'

'Down the big woods behind the golf course. Any ideas where he could be, Alan son?'

Any wan ae numerous doss hooses that junkies frequent tae score n shoot up. Places A huv nae knowledge ae. Chances ir he wid be local. Yi irnae thinkin right at times like these. No enough fur a man ae his means tae git taxi fares the-gither and make phone calls. Even a few quid fur heroin addicts is precious. A know where A wid be.

'A'm no sure. But A'll head oot the noo n see if A kin find him fur yees.'

'Would yi, son? We've phoned roon the rest ae the boys but couldnae reach anyone. We dunno where tae start n his poor maw is frantic here.'

'Aye, that's nae bother, Connor. A'll head oot the noo.'

A jump back up the stairs n stick ma eld trainers n a hoody on. Ma mouth is still stuck the-gither n A feel fuckin starvin but sick in ma stomach anaw. It cramps at times like these n makes us feel like A've git an ulcer. Stress, the doctor doon there said. Understandable really, on days like this. Yi could eat ome-prazole like Smarties n it wouldnae make a fuckin bit ae difference tae that gnawin feelin buried within yi. Ma convic-tions hold but it takes a phsyical toll, aw this, n the elder yi ir the worse it is, body and mind. It's aw trauma, whether it's happnin tae yi, or if yi bear witness tae it. Yi huv tae work n earn money in a stressful job n try tae be an adult n huv prospects n relation-ships n run a hoose. This shite piles on top n makes it too much tae handle. It's aw a matter ae time n compression. Hard-boiled aye . . . but how long kin yi resist n keep intact, before the cracks start tae appear? A'm past that point ae no return. This is a sal-vage operation noo.

A wee burn trickles right doon past the Mansion, the eld stables n through the woods. The further yi go, the deeper the embank-ments git, until they're at least twenty foot, cut intae the soil banks wae the burn flowin between them. The only thing that keeps it fae aw crumblin intae the tricklin burn is the massive roots fae the thick trees on either side. Their branches grow across and meet in the middle tae form a twisted archway in the canopy. A see a polis motor parked at the top ae the road, so A cut doon the estate n jump a back garden tae git intae the main body ae woods. A'm headin up towards the Mansion. If A wis him n A wanted tae run away, that's where A wid go. It's the beatin heart ae these woods where aw these arterial paths lead. A sacred young team sanctuary ae the past.

A cut through a bush n up ontae the eld stone path. It hits us as A'm walkin in the same woods n A shudder thinkin aboot it aw. Every generation hus a story where a young wan's wandered doon here n ended up hangin themselves. A cannae picture that state, the fuckin clinical plannin n the mentality required. Goin n actually gittin a rope n thinkin, A'm gonnae put this roon ma neck n jump. It makes us sick tae think aboot it n just the practicalities ae actually dain it, the horror ae it. Every other week yi heard ae young folk killin themsels aboot here. The big flats doon Coatbridge hud seen aboot five cunts jump oot the highrise windaes, just next tae McDonald's. That wis their last sight. The eld red brick job centre n McDonald's roof, the Jackson Barrier then oblivion. A feel empty as A walk on, pickin up pace towards the Mansion.

A walk through the eld courtyard towards the buildings. The hoose is half knocked doon noo, the start ae a long-rumoured demolition fur flats tae supposedly replace it. The barn n the stables n the arch wae the room wae nae window ir aw still standin. The rain is pishin doon the eld slate tiles on the stable's roof. A head towards the door. It's still got the eld trampled filing cabinet lyin blockin the corridor. A step over it wae a crunch underfoot ae broken glass n litter. A kin hear a gentle sobbin. There's a bottle ae vodka sittin half-full on the floor in the middle ae the room. The floor is aw black wae ash n there's rubble lyin that's fallen fae the roof. A'm lookin aboot tryin tae see where it's comin fae, a barely audible whimper, like a wounded animal. A step intae the stable block n look up the aisle. Nuhin. Just ma name, painted in red n flakin aff the white-emulsioned wall wae damp n time.

A look intae the first pen. Finnegan's lyin in a heap wae a rope around his neck. A rush over tae see if he's awright. He's wailin, blind drunk n soakin fae lyin in a puddle beneath him. A swallow hard as A see the poorly tied noose roon his neck. A follow it up. He hud tied the rope tae the eld wooden banister ae the balcony above n jumped. The rotted banister hud snapped in two by fate, woodworm or the grace ae God. Instead ae oblivion, Finnegan's dropped n sprained both his ankles. Who knows how long he's been lyin here. A don't think he even knows it's me when A'm liftin him up. He's just greetin n wailin senseless rubbish. *There there, mate, yir gonnae be awright,* A'm sayin tae him without conviction. He's tryin tae sit doon, still steamin, n wid rather be left tae lie on the soakin ground. We're oot the front noo, headin fur the main road. A polis wuman runs doon the path wae another guy polis. Finnegan falls n A'm shoutin fur help. Both ae them come runnin n she's on the deck talkin tae him in his ear.

'What's happened?'

'It's Stephen Finnegan. It wis his burd, Toni, that—'

'Aye we know, son. He's been declared missing. Are you a pal?'

'Aye, A just found him. He's tried tae . . . In the stables there's a vodka bottle n there wis a rope roon his neck.'

The woman polis is on hur radio, callin fur an ambulance. A'm lightin a fag n kneelin doon tae help the woman talk tae him. The paramedics turn up in ten minutes n roll him away on a stretcher. The polis woman takes ma arm on the way back tae the motor. A stare oot the back ae the motor intae the dark woods on the way doon tae ma bit n try tae compose maself as the polis walk up n in ma gate wae me.

We walk intae the livin room. Finnegan's maw starts gaspin fur air like invisible hands ir roon hur neck chokin hur. The polis wuman tries tae reassure her. 'Don't worry, Mrs Finnegan, your son has just been located and taken to hospital as a precautionary measure. We can take you to the hospital now to be with him.' Connor is pickin up Joanne fae the couch n followin them oot the door. He looks back before he walks oot n grabs ma hand tight n shakes it hard. He doesnae say thanks, but he looks like he wants tae. A dunno wit ma face looks like. Maybe showin the usual mix ae pain n futility that yi become accustomed tae aboot here, routine tragedy, run ae the fuckin mill.

A'm strugglin tae remember hur face awready, knowin A won't see it again. Suicide always leaves yi wae a gut-wrenchin feelin. Nae cunt likes tae talk aboot it. It's uncomfortable. Even when yi huv tae tell cunts, it feels like a word yi shouldnae say n it scares yi, as if dwellin too long upon it could make yi catch it like some contagious disease. A try tae imagine walkin the path doon the woods, a last time, ready tae carry oot the ultimate act ae self-violence. Yi never know wit's goin on in cunts' heeds. They always say that. *Yi never know wit's goin on in cunts' heeds* is a fuckin cop-out. Aye we do. They wur sufferin n scared n frustrated n lonely n depressed n ashamed n ignored or put on a waitin list fur help. Or, they never sought that help n limped on, till they couldnae limp any more. There comes a point where cunts' sufferin becomes hopeless n they want tae actually cease tae exist – tae cure their problems n current condition. The whole thing depresses me n fries ma nut. Yi wish they hud reached oot n grabbed yi n screamed they wur strugglin n yi wid dae anyhin yi could tae help them, as anybody wid, tae pull them back fae the edge ae their personal abyss, tae show them love n hold them tight n no let them go.

Trafficking Jams

Me n Broonie wait in the car park fur them tae show. They turn up in a Focus RS. A recognise the cunt next tae Marcus right away. Wullie McLean is quite a solid cunt, even though he's wee. There's a growl permanently welded tae his face n he's git bad skin – sausage supper fur breakfast kind ae pores. 'Awrighty, boays! It's the fuckin young team, eh Marcus!' Wullie says, lightin a joint. The McIntires ir heavies, but Wullie looked more like a rough junky. He's still mad but n worth watchin. Broonie looks nervous n it's catchin.

'Aye the fuckin YT boys right enough, Wullie!' McIntire says.

'Happnin,' we reply.

'Wit's happnin, lads?' Marcus asks, pullin a face so that Wullie cannae see.

'Nuhin, mate.'

Marcus clears his throat so yi know suhin is comin. Wullie's sittin smokin his joint oblivious. 'Right, here's the sketch. There's nae point beatin aboot the bush, wee man. The Maynards say they're finished wae yi, Broonie. Somecunt hus stuck yi in n telt them that you're workin fur us n that we've teamed up wae the McLeans.'

'Who the fuck hus done that?'

'It's nane ae our families. Neither ae us deal wae them, son.

Yi know that fuck. That's how A've went n got Wullie, so yi kin hear it fae the horse's mouth!'

Wullie seems tae wake up at the mention ae his name. 'Aye it wisnae us, troops. Fuck sake, A wouldnae waste a bullet on that Jamesy cunt. They Maynards huv been after us fur years but he'll never catch us, know?'

'Somecunt's stuck yi in, Shauny boy,' Marcus says again, while he lights a joint ae his ain.

'Who but?! Fuck sake! They'll fuckin kill me, Marcus.' The panic is clear on Broonie's face. We both know Jamesy Maynard isnae a dafty. He's the bogeyman fae the stories aw they years ago. None ae them ir dafties.

'Naw they'll no fuck, calm doon. Jamesy knows wit happens when he messes wae us.'

'Aye that's yooz but. No me, fuck. Wullie took the gear n A've tae pay the fuckin debt?' Marcus gees Broonie a look tae remind him ae his place. A kin see ma mate's frustration. It's obvious noo. He's been played by them aw.

'A cannae gee yi any coin or gear back fur Maynard, Broonie wee pal. Sorry, no can do. It's a family business matter, yi understond?'

Broonie wis bumped, plain n simple. Marcus sits n smokes his joint n doesnae look at him as he speaks. 'A telt yi no tae worry. Jamesy Maynard isnae gonnae touch yi, wee man.'

'Sound then.'

'Just deny it if yi need tae. Pay yir bill n settle up. That's aw yi kin dae.'

'Or dodge him like fuck, wee guy,' Wullie says.

'A'm no dodgin no cunt. A'll tell him the sketch n pay ma bill n that's it.'

'Don't tell him nuhin. Just wanted tae let yi know tae watch . . .

just in case. This is the game, son!' The RS flies aff doon the street. Broonie turns tae me shakin his heed. There's nae help fur yi in deep holes like this. The only law applicable is the law ae the jungle, street survival n natural selection. Pawns like Broonie ir readily sacrificed in defence ae these miserable kings n main pieces.

'Don't fuckin start, Azzy.'

'A didnae say nuhin, did A?'

'Aye well yi didnae need tae, ya big cunt. A know they've drapped me right fuckin in it.'

'So, wit yi gonnae dae?'

'Well, Jamesy is defo after us noo, fuck. A've no even heard fae him, mate. That's worse. No even chasin me fur the bill. Marcus n that huv fucked me. Mon, man, take us up the road.'

We pull intae Broonie's street n sit n smoke a fag before an Audi S4 flies roon the corner. Jamesy Maynard n another big cunt start pointin at us oot the front windscreen. *Fuckin flee, Azzy! That's Maynard!* Broonie's shoutin, panicked. A'm pushin the gear stick doon intae reverse n flyin backwards, A floor the accelerator n J turn wae a screech. There's a learner behind me in a Corsa n she stalls hur motor, tryin tae dae a three-point turn. There's naewhere left tae run. Jamesy n the big cunt ir bouncin up tae the motor noo. A kin see Broonie lookin aboot fur an escape, like a trapped rat. They're at the windae n Jamesy just chaps it casually, laughin. Broonie lets it doon just an inch.

'Broonie son, wit the fuck yi tryin tae run fur?'

'Cos they've telt me you're gonnae fuckin dae me in.'

'Wit, cos you've been fuckin set up a peach?'

Broonie pauses a minute, unsettled by the calmness ae the cunt. 'Aye.'

'Did A no fuckin tell yi wit they wur like? Noo you've done their fuckin dirty work n helped them bump ma gear.'

'A'll pay yi every penny back that they've took.'

'A fuckin know yi wull.'

'A didnae tell them the gear wis yours. They worked it oot n took it.'

'Obviously, they're no as daft as you, wee man. Did yi think yi could run aboot sellin ma pure n they wouldnae find oot?'

'Listen, Jamesy, aw A want tae dae is pay ma fuckin debt n stop aw this pish. A'm no wantin tae run aboot n be a fuckin gangster. It's aw gawn too far noo!'

Jamesy n his big thug ae a pal laugh tae wan another. Once yir in wae these dodgy cunts shiftin weights, yi couldnae just say, *Aw a don't feel like playin drug dealer this week.* Yi huv yir regular order tae fulfil. They cannae force yi tae sell the drugs, but they kin expect yi tae collect yir bit on a Friday n pay yir existin n future debt. There's nae peaceful resolution – nae easy way oot once yir in wae them. It's quicksand. The more yi struggle tae make money n free yirself, the deeper yi sink until yi git grassed on, caught or done in.

'You've git wan fuckin week fur that ounce money they taxed, son. A want the full bhuna. A'll even let yi aff wae half yir usual bill this week tae make back the money. Don't say A'm no good tae yi, Broonie wee man.'

Wae that, they disappear, walkin back tae the Audi n reversin oot the street. Broonie breathes oot. 'Thank fuck.'

'Aw great, it's been put back a week. How you gonnae git that dough? Yir fucked noo, son.'

'A'll sell ma motor. A should git five grand fur that. A'll pay ma debts n use the rest tae run.'

We share a look n A shake ma heed. 'Is this where it's got tae?'

297

'A'm due it, mate. It's gonnae happen n A'm honestly no wantin tae git the face took aff me.'

'Yi won't mate. No if yi play it right.'

'Somecunt set me up, mate. They've aw been a step ahead.'

'Who but?'

'Nae idea, cuz. A needty git movin mate. Catch yi the morra.'

Broonie disappears in his gate wae his tail between his legs. He wis startin tae sound more desperate. Chances ir, he wid play it aw right, sell his motor, pay his tick n wid still git done, just fur his cheek.

A'm sittin back in ma motor smokin a fag when ma phone goes. It's Danny. 'Awright?' A say, quite surprised tae hear fae the cunt.

'Is that you, Azzy?'

'Aye, son.'

'Wit's happnin?'

'Fuck aw, mate. How ir yi?'

'Better, man. Comin aff it. Just heard aboot Toni-Marie. Cannae believe it.'

'Fuckin grim int it.'

'Uft,' he says n goes quiet. 'Felt depressed hearin it.'

'Yi sound different, mate. Better awready!'

'First week, sir. No slept a wink. A feel worse but A feel better anaw. Up n doon like a fuckin yo-yo, man. A'm back tae front.'

'Blues n everyhin?'

'Aff everyhin, nae green, nae blues, nae drink. No touched nuhin in four days.'

A kin tell he's genuine n A hear it in his voice, the struggle n the energy ae withdrawal that pulls yi backwards towards life at sick-makin speed. Yir mind goes fast n yi speak fast n find brainwaves yi furgot existed. Yi cannae sleep worth a fuck but when yi dae, yir dreams ir vivid nightmares wae increased brain activity n changes tae yir now unsedated sleep state. Often, the unsettlin experience ae aw this will make cunts dial numbers fast tae score suhin tae settle them n git back on that eld ghost train. Danny's in the trenches ae addiction noo, fightin bravely like A once fought fur that thin n glorious margin.

'Well in, mate, A mean it, cuz. Proud ae yi. Yi wur fuckin upside doon last time.'

'A know. A wis strugglin, Azzy. It's fuckin hard, mate. Honestly.'

'Mate, listen. Yi know A'm here if yi need us. Night or fuckin day, kid.'

'Cheers, eld son. Come see us in a couple ae days when A'm no fuckin sufferin as much. No ready tae see anycunt, feelin aw sketchy n that. No maself at aw.'

'Aw they mad feelings will settle. Yi know yi kin dae it. Yir best mate patched the drugs years ago – yi kin fuckin dae it! A know yi kin.'

'Catch yi soon, mucka. Good tae speak tae yi. Cheers. Bye.'

A've been drug-free fur three year noo, since A left fur Newcastle. A still drank, but only the odd time. When yir in Danny's state, minutes, hours n days ir the hard fought n contested first ae that sacred margin, that wid grow steadily n become suhin meaningful n worth defendin. Sometimes being at the end ae a phone is enough, tae understand n listen n encourage n tell them tae hang on. It took a couple ae hard weeks then a few months ae serious commitment. Once yi hit a year, it's a huge milestone, n that thin margin isnae so thin anymore. It's a mighty fortress n yi hud laid the foundations strong n every stone is a day ae life you've lived aff it. It kin withstand aw sorts: social gatherings, bad days, break-ups, peer pressure n nights where yi huv a few drinks n hud furgot n want tae remember. Yir strong tower becomes impenetrable n no matter wit cunts fling at yi – nuhin wull stop yi. Three years later, yir almost in the clear n takin drugs is suhin unimaginable. Plenty cunts, even if they didnae admit it, ir happy tae see yi back on the drugs n swallyin drink so they kin use yi as an enabler tae their ain habit, purely as company tae their misery or worse, oot ae morbid fascin-ation, just tae light the fuse n stand back n watch yi explode. It took major fuckin baws tae git aff anyhin n the rewards ir end-less, cos at the end ae that thin margin is the promised land ae peace n redemption n precious normality. That's worth fightin fur and livin fur.

A'm drivin back up the road, by the Orange Hall, feelin momentarily more positive, when A see the arse ae the S4 stickin oot. Yi never usually see Jamesy Maynard's motor up here cos, unofficially at least, this is a McIntire patch. Somecunt hud obvi-ously been talkin tae him n hud threw Broonie right under the bus. A pull intae a space rapid n duck doon low n watch tae see who they're wae. It reverses n drives past me. The big cunt is in the back this time cos John McKenzie is sittin in the front.

PART VII
Scrap

There were 762 deaths by suicide in Scotland in 2012.

Suicide rates generally increase with increasing deprivation, with rates in the most deprived areas of Scotland significantly higher than the Scottish average.

Suicide rates in the most deprived decile were double the Scottish average.

'Why is Suicide Prevention a priority in Scotland?',
Choose Life North Lanarkshire

Favours, Debts and Faust

Broonie knows his time is comin. He looks older the day. He's sittin in ma bit smokin a fag, lookin oot ma windae. Jamesy hus been houndin him fur the tick money n the McIntires huv gone quiet. As always in these situations, A phoned Big Tam fur a few words ae wisdom, without tryin tae drag him intae this mess. It hud awready spiralled oot ae control. Tam told us tae come up tae his bit straight away.

'It's no worth it, is it, son?'

'Naw, Tam. It isnae, mate.'

'Boays, the McIntires ir wan hing, they've always ran aboot this scheme. His da wis a fuckin wide boy back in the day anaw. They're aw gangsters, fuck, but this Jamesy Maynard is a different breed. He's a real cunt, mate. Don't fuckin mess wae him, Broonie. He dis stuff wae big families in the toon n aw that n jumps aboot wae proper heavies. Azzy, you stay back anaw, son.'

A raise ma eyebrows behind a fag. It's true. Yi don't want any these cunts tae even know yir name. The closer yir proximity tae them, the more chance yi git noticed n sucked intae their murky world.

'Aye he's a dodgy bastard. A know that, Tam.'

'Wit yi gonnae dae aboot this dough then, Broonie?'

'A'll needty sell ma motor, won't A?'

'Well there's nae point huvin an Audi n nae legs tae work the fuckin pedals!'

Tam tries tae smile at Broonie n tell him he's jokin but Broonie's heed falls intae his chest. The threat ae violence is suhin we huv aw experienced n though yi dae eventually adjust n become desensitised tae it, it never feels good. It's worse than the actual violence itself – which is usually a quick series ae flashpoints that yi, usually, scrape through. The no knowin is more brutal, dark imaginings playin oot a hundred different scenarios in yir heed castin yirsel as both hero n tragic figure. You'd conjure homicidal fantasies aboot stabbin cunts in self-defence n how they would git yi. It's unhealthy n it kin drive yi mad.

'Chin up, son. A'll help yi git rid ae that fuckin motor. It's an A3, son . . . many miles?'

'Seventy thousand, n it's diesel.'

'Fuck sake. You'll git aboot six grand fur that. Pay that fuckin oompa loompa aff n keep the rest. Square Marcus up fur yir shite anaw.'

'It's no that easy, Tam.'

'Aye it is. You're only wan runner that's caused a bit ae hassle. Turn up wae yir debt n say sorry n you'll git a kickin n nae more. Let's face it, yi deserve it fur being such a stupit wee cunt!'

This time Broonie dis smile. Tam kin always see the bigger picture n he hus a pure talent fur makin the big things seem trivial and makin yi feel better when aw hope is lost. Things ir always worse in yir ain heed.

'How's Michelle, Tam?'

'She's dain fine, son. No long tae go noo. She's massive!'

'Sorry fur draggin yi intae this pish, Tam. A know you've git yir wee wan comin n that.'

'Broonie, it's nae hassle, son. A wish A hud the money tae gee

304

yi maself cos A fuckin wid. A've always hated aw they cunts. They've aw hud ma wee brur baw deep fur years. He's that fuckin daft he thinks he's pals wae them aw. He's just that much ae a pussy that he's nae use tae them. That's how wee cunts like you git sucked in, Broonie.'

'Aw A know, Tam. A'm done noo mate. No runnin aboot anymare.'

'It'll blow over eventually, kid. Git that brief away n pay yir debt. It's yir only chance at no gettin a dooin.'

The three ae us share a deflated look. There isnae much left tae say the night. A hud wan more thing tae say, but A'm hoddin aff. A huvnae furgot aboot Wee Kenzie's meetin wae Jamesy Maynard. John wis always a parasite, hangin on tae other people fur protection n fame. First, it wis Big Tam, then Danny when they wur runnin aboot n finally it wis Broonie. That's the way he survives aboot here. When things go wrong he's always stood scratchin his heed n the other cunt is left tae take the derry. The older we got the less A liked him. A think we're well up on our opinions ae each other. A cannae take the cunt seriously. He's a fuckin cardboard cut-oot bad guy. Kenzie acts mental in front ae aw the wee guys, who take it on a spoon. He wis probably beggin fur a run, desperate fur a spot at the bottom ae Jamesy Maynard's empire. It aw stacked up but there wis nae hard proof, other than me seein them the-gither – that wis proof enough fur me.

It's dark before ten noo – the summer seems tae be slippin away fae us awready. A'm drivin Broonie back doon tae his bit. He took the Audi aff the road n hid it up at Tam's hoose up the tap end. It wid be the first thing somecunt wid look fur tae smash up if they couldnae git him. He isnae dain his usual runnin aboot so he's completely skint. If somebody took the liberty ae

305

bouncin aw over the roof or takin a sledgehammer tae the back panels, the motor wid be a write-aff n he wid lose his final bargainin chip. We pull intae Broonie's street. There's blue lights comin fae the far end. A pull the motor in behind a parked car. There's a polis motor parked n an ambulance in front ae it. 'Wit yi think they're dain here?'

'Fuck knows, mate.'

'Wull A pull doon a bit?'

'Aye.'

A edge oot, past a row ae parked cars, n roll the motor forwards. There's a polisman oot wavin me intae the side. 'We're pult, Broonie! You git anyhin on yi?'

'Naw, mate.'

A pull over tae the pavement n slide the windae doon. The polis walks up n looks in the windae wae a torch. 'Where you been tonight, boys?'

'Sittin in ma bit. That's ma mate's hoose.'

'Yi better come with me, son.'

Broonie's rippin aff the seatbelt n bouncin oot the door. A'm dain the same n runnin after him. 'WIT'S HAPPENED?' he's shoutin noo. He's runnin up n pushin by the polis. Two ae them ir tryin tae grab him n A'm tryin tae pull him back before he whacks wan ae them. Broonie is a big cunt noo n no easy tae hold back.

'Right, son. It's OK. Let him be.'

'Wit's happened?' A ask the wan in charge.

'There's been an attack.'

'Who but?'

'The gentleman was found outside the house.'

Broonie's nearly greetin noo wae rage n fear. He's pacin to n fro n the wee polis looks scared in case he blows a gasket n attacks him. 'A wee old guy?'

The polis nods. 'He didn't have ID on him. He's still being treated in the back. We've just arrived on scene.'

'Do you want me tae tell yi if it's him?'

'That might be a start.' The polis chaps the back door ae the ambulance n the paramedic opens the door. 'OK for an ID?' Broonie is pacin wae his heed in his hands n fumblin tryin tae light a fag. A gee the polis a nod n step up on the steps n in the thin door. A know it's Stevie Brown right away. A kin tell wae his eld chunky trainers n worky jeans. They've git a breathin mask on his face n A kin see aw the damage. There's stamp marks on the wee auld cunt's heed. He's a fragile eld alky, no fit fur this kinda punishment. There's blood pishin oot his face n the young lassie paramedic is hookin him up tae machines. A turn away n walk back oot. Broonie's right at the back door tryin tae see.

'Wit is it, Azzy? Is it ma da?'

'Aye.'

'Wit's happened tae him? Hus he hud a faw?'

'No sure,' A say, glancin at the elder polis, 'but they've got him noo n they're takin care ae him.'

'We'll give yees a lift. How's that?' the younger polis says.

Broonie's pacin again. A kin see his mind desperately tryin tae work it aw oot. The ambulance flies aff wae the sirens on. We jump in the back ae the polis motor n it starts up n follows behind. Broonie's heed is in his hands noo. A see the polis notice it n startin tae wonder the obvious. 'Shaun, is it?'

'Aye.'

'Is everything OK, son?'

'Hardly, fuck sake.'

'I mean with you. You in some kind of trouble?'

'Your dad's been attacked, Shaun.'

Broonie looks up wae tears in his eyes n his nose aw runnin. He wipes it n puts his heed back doon. Honour amongst thieves. They spot it right away.

'Somehow, I don't think your dad has many enemies.'

'Shaun, if you don't talk tae us, son, they're going tae get away with it.'

When yir on the other side, like Broonie, yi couldnae just decide that yi respected the rule ae law. It wid make it worse. The polis wid be yir best pals at this point but eventually, yi wid git yir letter through fae the Procurator Fiscal, cited as a witness tae stand against the likes ae the McIntires or the Maynards. Then yi wid be branded a grass n git popped fur real. If they didnae take yi oot, wan ae their army ae runners like him who ir indebted or desperate wid slash or plug yi fur a favour or a tick bill.

'A dunno who fuckin done it.'

'Aye, but you know who's after you, n that's a start.'

'A've nobody after me.'

'Well, that's a debate between you n your conscience, isn't it?'

'We'll drop you at the hospital and you can think aboot it.'

They drop us at the front door n drive away without another word. A kin see the pain on Broonie's face. The polis' words cut him tae the fuckin bone. There's nae such thing as justice, no really. Only polis n courts n jails n workin class cunts who git caught. They're just tae keep the place lookin tidy, so the real criminals that wear suits n run the country kin keep their second homes in London, go a few holidays a year n make sure their kids kin ski n that. Families would be at court, smokin nervously outside, n there's always a usual-suspects line-up ae dodgy cunts who knew each other n bams yi know fae school, mullin aboot. They wait n wait, while well-paid law graduates, who kin ski fairly well, float aboot supercilious as fuck in their long black robes. The polis, the agents ae the law, ir there tae protect the lawmakers n tell other cunts tae keep the fuckin noise doon. The rich n successful n the brightest exam-passers judge the poor n the wretched n the furgotten who seem boorish n uncivilised, fit only tae be sent fur social reports n fined n sentenced n remanded in custody. Courts ir ritualistic as churches, arcane n ceremonial.

'A cannae say nuhin tae them, Azzy. They just want the tally on their figures. A'm gonnae go in n find him, mate. Yi gonnae sit?'

'Course, son.'

'Cheers, mate. You've stuck by us through aw this fuckin shite.'

'Broonie, YT boys fur life, cuz. Big Tam's got yir back anaw.'

Broonie grabs me n hugs us before marchin away under the industrial halogen lightin ae the hospital. It's always the same in the Monklands, aw fuckin pastel colours n cunts sittin burst open at the front seats ae A n E before yi git intae triage. A'm tired noo, fishin in ma jeans fur a couple ae quid tae stick in the vendin machine. The coffee wan is oot ae order, so A grab a couple ae bottles ae ginger fur us. Broonie's through the other side but there's a security door n yi need tae buzz tae enter. A'm sittin between a junky wae a broken arm in a sling n a boy wae a burst face. There's a wee lassie across fae us in a gymnastics uniform wae an injury tae hur leg. She's roarin greetin n hur maw is sittin strokin hur hair. Yi kin wait fur hours sittin here. There's a wee red rotatin sign tellin yi that the average waitin time is two hours. Broonie comes walkin back oot. A kin see he's holdin back tears. He holds the door fur me n A bounce up n head through tae the desk wae him. 'How is he?'

'He's no dain so well.'

'Naw?' A swallow hard.

'Unresponsive. They needty dae tests. He's in the fuckin intensive care.'

We sit back in the waitin area. Broonie breaks doon. There's nae front left, nae hard shell tae penetrate. He's wailin unreservedly, lettin oot aw the pain. There's wee nurses givin us sympathetic nods as they pass. 'This isnae your fault, Shaun. You didnae make they fuckin animals come n dae this n if yi hud been there yi wid ae died defendin yir da.' He's sniffin n splutterin. There's nuhin worse than a guy greetin. It's fuckin true pain n cunts make an unholy wail fae deep inside them. A see everybody tryin no tae stare but it's horrifyin n they cannae help look tae see where the awful noise is comin fae. Even the wee lassie in the leotard stops fur a minute tae look n hugs hur maw tighter.

'What's wrong with that man?' she says, tryin tae whisper. Hur mum puts hur finger tae hur lips n tells the wean tae shhh n she goes quiet.

'Just take it easy. He might pull through, son. He's no away yit. He's a tough eld cunt.'

'A know, man.' Broonie's gone aw grey wae the shock ae it.

'A'm sorry, mate. Here, there's yir ginger.'

He sips at it like a wee laddie, reverted tae an infant sittin on the seats, swingin his legs n starin at the floor. The wilted frame ae Stevie Brown doesnae reassure. 'Think he's gonnae die, Azzy?'

'A don't know, son. A don't think so.'

'It's been a bad wan but, int it?'

'Aye, mate.'

Broonie's shakin his heed. He's preparin fur the worst. A know it anaw. As the shock subsides A start tae put the pieces the-gither. A couldnae share these thoughts wae Broonie but he knows it's serious. Times like these, hope is just a defence mechanism against despair. We both know sittin here that it's bad n as the hours drift by n intae nothingness it becomes more clear. A dunno wit time it is. Aw time drifts away fae me. Broonie crashes oot, system shut doon before reboot. His subconscious desperately tryin tae wake up fae this livin nightmare, tryin tae escape fae this reality. They say a guilty man sleeps easy. A don't think Shaun Brown is guilty ae this. He is, again n as always, just another victim.

Ma pal looks peaceful but A cannae sleep. A feel older by the second sittin in these seats. Older n more weary, tae the extent that A feel like A might live oot the rest ae ma life here n die before A stand. Ma eyes ir poppin oot ma heed n ma skin becomes like the walls n floors in here, just dull pastels. Disinfectant n ammonia floatin up ma nose tae meet ma empty churnin stomach wae the gnawin pain again. A cannae transcend this reality wae dreams. There is nae future sittin in here, only the present that yir forced tae suffer. This is where it always ends, sittin in a fuckin magnolia room, waitin. The night, more inspiration fur bad dreams. It must be three or four in the mornin noo. There's nae clock n ma phone's died. A don't want tae watch the clock anyway. Yi just huv tae sit these things oot, like a bad flight. Yi sit in yir fuckin seat n control yirsel, yir sore back, dry mouth n bangin heed, n be strong.

A want a smoke but A couldnae git back in the security door n A cannae leave Broonie. He's git his heed practically on ma shoulder. The consultant walks back through n clears his throat loudly. A nudge Broonie till he wakes. He doesnae know where he is fur a minute, the mind clingin tae the fantasy ae the dream, seekin refuge fae the truth fur another two seconds. It's back n it hits him like a skud right in the chops. He stands up n tells me

311

tae wait wae a single, shaky palm. A know wit the cunt's sayin. The arm comes up tae Broonie's shoulder. The heed tilts tae show understanding, suhin human fur Broonie tae relate tae. A see the life drain fae ma pal, the shell completely undone. The wee boy is back fiddlin wae his hands n listenin tae wit the man is sayin tae him. Tryin tae understand wit's happened tae his dad as he cries intae his jumper.

What Was Once a Game

Stacey's sittin wae hur legs folded under hur on the couch, clutchin another cup ae tea. She cried when A told hur n A still huvnae been tae sleep. It's gone five noo n the first light is startin tae smear the sky in the east. It's a cold light this mornin n A don't want tae see it. A'm still hangin on tae the dark, ma heart sinkin further wae the spread ae pastel blue against navy. The street lights always look different at this time. They lost that orange against purple look n just became strange-lookin, like a light left on in the daytime. The way A feel is better kept in the night. In the daytime, things huv a nasty habit ae becomin real.

A took Broonie in his door, past the polis n the crime-scene officers who wur leavin n headin away intae a Transit van. He cried himself tae sleep n A waited, alone wae ma thoughts. Yi huv tae hang on tae yir sanity on nights like this n endure this black duty. Inside the hoose wis quiet n awready didnae feel right. Wee Broonie, in this family-size ex-council hoose, but noo wae nae family but himself. A left, walkin by two uniform polis at the gate in a trance, n came straight tae Stacey's bit. She pulled a jumper on n a pair ae jeans n hus been wipin the sleep n tears fae hur eyes since.

'Aw, Alan son. A told yi they were out their depth!'

'A know that, Stacey.'

'A just can't believe it's come to aw this. Why did they dae it?'

'Cos Broonie owes oot thousands. It's been comin.'

'Fuck sake. Poor Wee Broonie, man!'

'Dire, int it.'

'Sooner you're out of here the better. This is the final straw, honestly. Just go n don't come back.'

Stacey's heed eventually falls on the cushion n A throw a cover over hur before A put ma trainers on n head back oot. The sun is up noo but it still looks that early way. A feel fuckin grey n A'm no thinkin straight, ma own mind malfunctionin n sparkin haywire. A've no hud enough tae eat n A've smoked too much cos ma chest feels that mad hollow way. A'm drivin half-sleepin back up the road. Even at this time in the mornin, A'm glad A'm walkin intae ma bit. Ma maw wid be in hur bed but there's piles ae ironed washin waitin tae be taken up the stairs. There's food in the fridge n the place is warm n tidy. A think aboot that orphan Broonie alone in his hoose as A lie in ma bed. If yi huv a family who ir alive n well n that loved yi, yi huv more than some. A'm thinkin aboot wit Stacey said as A drift aff finally, intae an uneasy sleep full ae bad dreams.

A pull maself oot ma bed n go tae git ready right away. It's Wednesday 25 July. A wisnae wantin tae lie aboot in ma pit the day, gittin maself aw depressed n shite. A eat a bowl ae Weetabix sittin in front ae the BBC breakfast news. The presenter is talkin away n A see a picture ae Broonie's street, still wae the polis parked in front ae his gate.

A man died following a disturbance in North Lanarkshire last night . . . The man, named locally as Steven Brown, was found with head injuries and the police are appealing for

witnesses . . . The death is being treated as suspicious . . .
Anyone with any information or who was in the area at the
time is asked to contact Police Scotland. The family has been
informed.

Ma maw is standin over ma shoulder shakin hur heed wae
hur hand over hur mouth. 'This place has gone to hell!'

'A know, it's bad. A took Shaun home n the ambulance wis
still there. We sat in casualty aw night but it wis nae use. He died
aboot four in the mornin.'

'God almighty! What kind of place is this, when this kind of
thing happens on your doorstep? Alice first and Steven now.
Poor Shaun, that boy never had a chance.'

A bounce oot ma bit n oot intae the motor. It's a hazy mornin
n the heat ae the sun hus yit tae burn through. Days like this we
wid huv been aw the-gither, straight doon the woods tae sit aw
day wae a few bottles n a bit ae dope. Ootside looks different the
day. It's always the same when suhin bad happens. Yi look at yir
street, yir area n yir town wae new eyes, like another part ae the
facade yi take fur granted hus been pulled doon. Somehow
changed irrevocably, like yir ain reflection in the mirror – if yi
dared tae glance in it.

A chap Broonie's front door but naebody answers. There's a
telly on inside the hoose. The door is locked so A bounce roon
the back n unbolt the gate. There's still a washin hung oot wae
Stevie's jeans n eld HEAD jumper on the line. They make me
feel sick as A walk up the steps n through the open back door.
There's a shroud over the hoose, that still greyness that only
death kin bring, change in the very consistency ae the air that
makes it thinner and more difficult tae breathe.

'Broonie? It's Azzy, mate. Yi there?' Nae answer. A walk

315

through the eld scullery n intae the livin room. It husnae really changed. There's still the yellowed walls, the eld tatty suite n a chipped coffee table. Fur a change it's quiet, apart fae the low mutter ae *The Jeremy Kyle Show* in the corner. A kin vaguely make oot folk screamin at one another n it cuts intae me, ma ain stress hormones on high alert. Yir easily spooked at moments like these, those brain chemicals tryin tae forewarn yi ae some unknown, yet constant, impendin doom. Broonie is sittin starin at a bare wall wae an eld family photo on it. A'd never noticed it before but Alice n Stevie ir sittin on either side ae a young Shaun, both showin aff an eld yellow tin ae Tennent's lager, like hoddin Simba up tae the pride. He doesnae acknowledge me tae start wae n A feel like A'm interruptin a silent n angry vigil.

'Happnin, mate,' Broonie says, still no lookin in ma direction. A light two smokes n hand him wan n watch him put it tae his mouth n drag it till it crumples. He smokes it aw without flickin it then drops the dout on the floor without lookin n stamps it.

'No much, eld son.'

'No much.'

'A just came tae see if yir awright.'

'A'm awright.' He looks anyhin but n hus a mad look aboot him. It isnae the quiet sorrow A expected.

'A'm gonnae fuckin git them.'

'Their time wull come, mate.'

'Aye n it's comin fuckin soon. A swear doon, mate, A'm gonnae fuckin stab fuck oot them.'

A want tae say suhin tae calm him doon, but it's nae use cos A'm sure A wid be sayin the same under the circumstances. Maybe he hus tae say this, tae play it oot in his mind n realise that his loss is enough. Revenge wulnae bring Stevie back. Nuhin wid bring Wee Toffey back either. Many times A hud felt the same way, that another act ae senseless violence wid somehow soothe yir troubled soul. It's just an eye fur an eye, eld as the stones n stull goin strong.

'Mate, that's no gonnae help matters.'

'*They killed ma fuckin da!*' he screams, half animalistic rage, half pain. Broonie puts his heed in his hands n weeps. There's nuhin A kin say tae take away the pain. It's awready played oot in his heed n the ridiculousness ae it hus finally sunk in.

'Stevie wid ae rather it wis him than you. It wis you they wur after. You're still here, mate. Don't throw yir fuckin life away goin lookin fur these cunts.'

'Yi think?'

'Of course, fuck sake. Yir da died tae protect yi.'

He's lookin up among tears.

'A hudnae . . . thought aboot it . . . like that.'

Whether it wis true or no, it seemed tae be helpin. On dark days like these, in the spirit ae diplomacy, yi wid say anyhin tae calm yir friend who wis sufferin. There's nae malice in a lie like that. 'Yi know yirsel, Broonie. These cunts don't mess aboot. But when the debt is settled, that's it. Yi kin leave it aw noo n don't need tae watch yir back. It's over.'

'Yi think so? Think they'll come lookin fur me?'

'Naw, mate, A don't think so. That's it finished noo.'

The Side Effects of Fun

The drugs which hud kept Danny in zombieland fur the last year ir finally releasin their grip. The room is spotless noo apart fae the usual Celtic shite aw over the walls. Danny is clean shaven, fully dressed n upright. He's through the worst ae the storm. When yi reached a week clean aff everyhin things started tae ease aff. Yir countin weeks instead ae days, hours n minutes. Relatively, yir sufferin comin aff them is nae time at aw compared tae the length ae yir abuse. Yi kin tell he's barely slept cos he looks exhausted but he's talkin fast, jumpin fae wan thing tae the next, no really wantin a conversation, just somecunt tae absorb this energy, rather than it bouncin aff the walls. 'Mate, cheers fur puttin up wae that absolute shite last time honestly. Ufft, that wis bad but honestly. A wis depressed right oot ma fuckin nut, son. Honestly, man.'

'Danny, it's aw good, bro. A've been there.'

'It just crept up on us, cuz, n before A fuckin knew it A couldnae git oot ma bed or git washed or nuhin.'

'It's they fuckin blues, mate. Just cos they're prescription doesn't mean they're no dangerous. They fuck yir barnet right up!'

'Aw tell me aboot it, man. It's the fuckin dope anaw. You know how bad it is wae aw they panic attacks n aw that.'

'A know, mate. A've no took anyhin fur years.'

A tell Danny aboot Stevie Broon n aboot somecunt smashin ma maw's windae. We both look momentarily depressed. 'Fuck me, man. Poor Broonie. He's gonnae want tae kill cunts. Any fuckin good news fur me?'

'A know, mate. Good news is hard tae find aboot here. A've been back seein Monica. Dis that count?'

'You love hur, mate. Don't even try tae deny it!'

'A heavy like hur—'

'Phfftt! Yi love hur, Casanova. Love, no fuckin like.'

'Aye, calm it!'

'Sure your mad love life wull sort itself oot as always. A just cannae believe aboot Broonie, man, honestly. A wid be wantin tae kill cunts anaw. A don't think A could dae nuhin.'

'Wit's that gonnae achieve, mate? Broonie wull end up deid anaw. Don't encourage him.' That bull needed nae red rag.

'True.'

A say ma cheerios n Brian n Maria wave tae me fae the livin room. They look instantly younger n more alive themselves as they wave n shout 'Cheerio, Alan son!' His maw mouths a *thank you!* Yi didnae suffer alone. Yi dragged yir eld folks right through the mud wae yi.

A hear somecunt whistlin up the street when A'm walkin back tae the motor. Two cunts swagger over the road wae their hoods up. 'Happnin!' A shout n try tae see who it is. A git that wee wave ae paranoia n A grab ma Clipper in ma fist. A relax when A see it's Gunny n Wee Briggy. A huvnae seen Briggy since A came back up the road. 'Happnin, lads.'

'Awright, Azzy,' Gunny says.

'Wit's fuckin happnin, Big Azzy? Long time no see!'

'A know, kid. Fuckin years int it! Wit's been happnin?'

'Awk no much, big man. A'm no workin or that yit. Couldnae git an apprenticeship.'

Briggy wis only a wee guy at sixteen when A left. He must be nineteen noo. He isnae a wee boy anymore either, like the rest ae them. He's filled oot n his voice hus changed. He's lookin a wee bit rough roon the edges but, kicked-in trainers n still wae a tracky on. Gunny's git a pair ae jeans n a Henri Lloyd jumper on. Far as A know, he's been runnin aboot wae Kenzie sellin shit, a wee enforcer fur that pussy bastard. Briggy's probably the one buyin it n runnin aboot skint. 'Fuck sake. Where yees aff tae anyway?'

'Headin doon the street if yir no dain nuhin?' Gunny says.

'Aye, A'll gee yees a run.'

'Cheers, Azzy boy.'

Gunny bounces in the front n Wee Briggy dives in the back wae nae questions. It feels like a barely know the younger wans noo. 'Where's yir other wee muckers?'

'Who?' Gunny asks.

'Carlyle n Dalzell, fuck sake.'

The two ae them seem tae look at one another. 'No seen them fur years.'

'Two ae them ir wee fuckin posh cunts noo.'

'How's that?'

'Cos they're wee fuckin posers that just go intae the town n that. Always runnin aboot wae burds n cunts no fae aboot here.'

'Wit dae they work as like?'

'Emm, fuck knows, man. College or uni or suhin.'

'Fuck, is that no good? Sounds like they're dain well.'

'Dunno,' Briggy says.

'Fuck them! The YTP boys ir still runnin it here!' Gunny shouts.

320

A laugh but ma heart's no in it. A wish it wis the other two sittin in ma motor. A'd rather huv heard aboot Carlyle n Dalzell's careers that they're makin fur themselves. The cunts they hang aboot wae probably huv decent jobs n nice burds n plans. Compared tae those two, Gunny n Briggy ir just wee dicks still bouncin aboot the scheme. Maybe that's wit cunts thought ae me when they wur movin on themselves. A momentarily hate maself n the way A talk n aw the time A've wasted. It makes me wonder wit a lassie like Monica sees in me n A feel worthless, a fuckin fanny drivin intae a town full ae fannies wae two dicks sittin in ma motor. These powerful feelings ae disenchantment strike me as we drive along the eld high street – shutters doon at midday n the charity shops n the bookies n the chemists n the eld pubs wae the eld cunts forever smoulderin outside.

'Where dae yees want drapped?'

'We're jist meetin somecunt n headin back up if that's sound?'

'Yees didnae say that.'

'Aye . . . well we kin walk if it's no sound.'

'Where yees goin then?'

'Down the back ae the Chinese.'

This is fuckin typical. Cunts only ever tell yi the tip ae the iceberg. If they hud asked *Azzy, wull yi take us doon tae drop stuff aff?* A wid huv said nae fuckin chance. A wisnae ever interested in sellin drugs n A wis a million miles away fae that noo. Every second that ticks by in these wee cunts' company A kin feel maself gittin more pissed aff n agitated. 'Long's this gonnae take?'

'Chill oot, mate. It'll only be a minute fuck.'

A black BMW rolls intae the car park n pulls intae a space further doon. 'You two better be fuckin kiddin.'

'Wit?'

'That better no be who A think it is.'

'It's sound fuck, it's Kenzie.'

Right enough, Wee Kenzie bounces oot the passenger door n runs over tae the side windae. Gunny slides it doon. A'm growlin the heed aff him. 'Wit's happnin, boys?' he says, aw smug charm.

'Nuhin much, mate. Wit's happnin?' Gunny says back.

'Fuck all, Gunny son. Awright, Briggy. *Awright, Azzy*,' Kenzie says, pure cheeky.

'Naw, A'm no awright.'

'Awk wit you sayin noo, ya clown? Here comes the fuckin college lecture, boays!'

'Who's that yir wae?'

'Wit?'

'Yi fuckin heard me.'

'Aye, it's Matty fuck. We're sharin a run aff Maynard noo.'

'*It's Matty fuck?* The cunt who slashed your fuckin brother?'

'Calm doon, Azzy. Nae cunt's tryin tae start anyhin,' Gunny says.

'Yooz two – git fuckin oot.' The two ae them huff n puff n bounce oot the motor n start walkin over tae the BMW. 'Aye isn't this fuckin cosy. Aw yooz runnin aboot wae that fuckin bam.'

'Aw, Azzy, shuuut up, mate. We're no needin a Sermon on the Mount aff you, ya slopin bastard.'

'You've git some fuckin baws,' A say, laughin. 'Did yi hear wit happened last night?'

'Naw how?'

'Stevie Broon?'

'Wit aboot him?'

'Somecunt murdered him.'

'*Aye right.*'

'Aye, right. So dis Broonie know yi set him up?'

322

'Wit you talkin aboot?'

'Yi know exactly wit A'm fuckin talkin aboot. Grassin him intae Maynard?'

'Nah, mate, A dunno anyhin aboot that—'

'A'M NO YIR FUCKIN MATE! You've always been a fuckin snake but this is a new low even fur you. A hope you fuckin dwell on Stevie Broon, cos it's your fault.'

'Mate, Broonie shouldnae be runnin aboot bumpin gangsters. It's no ma fault if it's caught up wae him, is it?'

A bounce oot the motor n Kenzie stands. He knows his wee terriers Gunny n Briggy wull back him up, no tae mention his new fuckin bum chum Matty. 'Think this is a game, ya wee fuckin dick? You've ruined yir pal's life fur the sake ae shiftin a few fuckin tickets. Dae yi no care?'

'Naw, n dae yi know wit? It wis me that panned yir maw's windae, ya fuckin beast!'

A'm only a couple ae feet away fae Kenzie. Briggy n Gunny ir over hangin in the windae ae the BMW. A fly fur him n whack him ten rapid. The fuckin pussy isnae even tryin tae fight back. He's hidin his face n shoutin over tae the rest ae them. *Hawners! Hawners!* A manage tae git him aboot four clean punches tae the face n his eye n nose ir aw burst n cut. Gunny is first over n he tries tae swing fur me. A grab him n header him right in the beak n he falls tae the deck burst open, nose splattered. Wee Briggy is hesitant n A really don't want tae hit him. 'Don't you fuckin try it, son.'

'*Wit yi startin fur, Azzy?*'

'Shut yir fuckin hole, bawheed!'

The 3 Series door opens n Matty bounces oot. He looks elder anaw n he's been in the gym. That cunt is smiling n A'm suckin in air through gritted teeth, supplyin ma muscles wae that vital

323

oxygen. Adrenaline coursin through ma veins causin the chemical reactions, fight or flight n that sick-makin, dancin feelin in yir stomach, pulse in yir tongue n temples. Ma hands ir shakin n A'm ready tae fight. There is nae flight in the YTP.

'Look who it fuckin is! Azzy fuckin Williams . . . back in town wae the boys!'

'Yi miss me or suhin, ya fuckin bunnet?'

'Oh aye, A've been missin you awright! No forgotten wit yi did tae ma fuckin burd either before yi left! Breakin a burd's nose, ya fuckin beast.'

'Aye well, A'd dae it again, n if you wur a real fuckin man yi wouldnae ae let yir burd git touched.'

'A real man like Azzy Williams who smashes burds?'

'Been smashin aw your burds fur years, ya cunt. Ask JP! Wit yi fuckin waitin fur?' A say wae ma arms wide. Kenzie, Gunny n Briggy ir aw standin oot ae range waitin fur the big show.

'Listen, see if yi think you n Danny ir furgotten aboot, you've git another thing comin, son.'

'Me n Danny wull run yooz aboot fuckin riot like we always did.'

'You've no git yir big pals Tam n Eck tae look after yi noo but.'

'We don't need anycunt else. We're the tap men noo.'

'That's where yir fuckin wrong. Even yir younger wans work fur me noo n yir elder wans huv fucked aff. Me n ma brur ir fuckin runnin things. We're runnin the fuckin show. Tap men . . . phft! Yees ir dead men walkin.'

'Aye nae bawhair, Al Ca-phoney, you n Wee Kenzie, the Scheme Runner! N Si, yir cardboard gangster ae a brother who cannae even fight. Mon then, Matty! If yir so fuckin mental, let's be fuckin huvin yi! The fuckin Azzy boy wull punch fuck oot the three ae yees!' A'm ready tae fly fur him but his hand goes tae his hoody pocket n he whips oot a huntin knife, a big camouflage serrated fucker. Ma heart dis that wee fuckin leap when yi know yir beat. There's nae contest noo n A'm fishin in ma back pocket fur ma keys rapid.

'Wit wur yi sayin, hard man?'

'Aye, typical fuckin O'Connor brother. Cannae even take somecunt a square-go when yir offered wan.'

'Yir gonnae fuckin get it, Azzy. You n that fuckin Danny Stevenson ir dead.'

'No if we git you first. Or yir fuckin brother.'

'*Yi wit?*' Matty sprints fur me n A run back tae the motor n beep the locks shut. He's whackin the windae but A've started up n A'm in first gear n sinkin it. He's stopped n is walkin back tae his motor. A stop at the end ae the street n slide doon the windae. Kenzie is smilin but he's git a sore face n Gunny n Briggy ir standin behind him.

'Just wait till Broonie n Big Tam find oot wit you've done. Yees ir gonnae fuckin get it! N you two ir fuckin scrubbed ya wee scheme-hoppin, turncoat bastards! YT FUCKIN POSSE!'

Survival of the Fittest

It's just gone half three on Friday afternoon. The streets ir quiet noo apart fae a few weans runnin aboot. Soon the place wid come alive again, a spark ae life roon these eld streets n that eld feelin that comes wae it. We're thrivin aff the static in the air, that spell that Friday seems tae cast on yi, banishin calm thought n reason n fillin yi wae that eld madness that's both venom n antidote tae our current condition n tribulations.

Me n Danny bounce in the motor n head up the tap ae the scheme tae Tam's bit. Danny is back on his feet n through the most violent week ae withdrawal. The rest is the acceptance, the replacin yir time wae wholesome habits n continuin wae the willpower n positive energy, when those long days start tae kick in n yi realise yi huv nuhin tae dae n nae pals tae dae it wae. It's the replacement that's critical tae yir survival aff them. *Yi need a hobby,* cunts used tae say. Hobbies ir sometimes hard tae conceive after years ae the streets n drugs n drink. Well-meanin people didnae account fur the alienation fae the normal that our lifestyle created. The sufferin of young Scottish males largely untold, behind bravado n the expectation that yi hud tae fulfil the role ae hardman n no even huv the feelings yir meant tae talk aboot.

The big yin bounces straight oot n intae the motor. 'Hail! Hail! Danny bhoy! Long time no see. How's life?'

'No bad, mate,' Danny says n catches ma eye n winks.

'Yir lookin well, eld son.'

'Same tae you, fuck sake. This the baby weight?'

'AHHH, YA WEE CUNT!'

'Only jokin, big yin, yir fuckin stunnin!'

'Cheers, Danny son . . . So, pleasant as this wee reunion is, A take it this isnae just a wee blether?'

'Did yi hear aboot Stevie Broon?'

'Course A did, man. Me n Michelle went n put a card through the door n a bunch ae flowers at the gate.'

'We'll dae that later on . . .' Danny says, lookin a bit guilty.

A pull three fags oot ma packet n pass them aboot. Then A fill the big man in on gittin caught aff Maynard ootside Broonie's bit n the hospital.

'A fuckin telt yees aw! They're aw fly, fly bastards that use wee boys like yooz. Question is, troops, who fuckin stuck him in tae Maynard?'

Deep breath time. 'It wis your wee brur, Tam.' Danny looks shocked. Deep doon he still hus loyalty towards Wee Kenzie, even though he took advantage ae Danny in the same way. It's his eld partner in crime. They wur at it fur years the-gither.

'How dae yi know that?'

'Cos A seen him sneakin aboot wae Jamesy Maynard on the fly.'

'Aye, that doesnae mean it wis him that stuck him in, Azzy,' Tam says. 'Fuck sake, son, yi cannae jump tae conclusions.'

Tam doesnae want tae believe it. He doesnae like John much but it's still his fuckin brother n blood n water, n aw that. 'Then yesterday—'

327

'Azzy, make sure yir sure before yi say any more, mate. A know there's nae love lost between yees . . .'

'Tam, A wouldnae dare say that if A wisnae sure. A wisnae sure until yesterday.'

'How, wit happened?'

'A hud a run in wae a few cunts n A ended up boxin. A took Wee Gunny n Briggy doon the street n your brother showed up wae Matty O'Connor in his BMW.' Tam's eyes go dark n his face looks fuckin sullen. He's a cunt that believes in loyalty tae yir pals n the young team n aw that meant, across aw these years. A suppose A'm the same. A hud never faltered in ma dedication tae ma troops. A hud feared no man, stayed the course, kept the faith.

'Wit wis he dain wae that fuckin prick?'

'He's sharin a run wae him – fur Maynard.'

'So fuck, obviously he's a wee fuckin snake. That doesn't mean he set Broonie up. Business, int it? Cunts ir apolitical when it comes tae drugs n makin money.'

'A asked him, Tam.'

'N wit did he say?'

'He fuckin as good as admitted it. The cunt laughed n telt me it wis Broonie's fault anyway n that he tanned ma fuckin maw's windae. A punched fuck oot him and that Wee Gunny. Then Matty whipped a blade on us n chased us. They wur fuckin backin him up n stood n done nuhin.' Big Kenzie's growlin the heed aff me. He's git the fuckin dragon nostrils n his anger is cravin oxygen. Danny hus been subtly edgin back in his seat in case the big man started swingin fur me.

'Huv yi told Broonie?' Danny asks.

'Naw.'

'How no?' Big Kenzie asks.

328

'Cos A wanted tae tell yooz first. Broonie's heed is fucked – he'll want tae murder your fuckin brother so A thought it wis better yi heard it fae me first. Obviously Broonie brought aw these troubles tae his own door, but your brur completely fucked him n aw tae share a stinkin run wae fuckin *Matty O'Connor*!'

'Azzy, you don't need tae tell me, son.'

'Should we even tell Broonie?' Danny asks.

'Mate, it's no fur any us tae decide wit Broonie can n cannae hear. A'll go n tell him that John's no gonnae git let away wae it. He's no gonnae do ma fuckin brother in either, but A'll let him dance aw over the wee cunt's fuckin heed cos that's wit he deserves!'

'Fair doos.'

'A knew John wis a wee serpent but A never thought he wid dae this. He didnae know eld Stevie wis gonnae git hurt but he should ae fuckin realised that they wid go lookin fur Broonie n somebody wis gonnae get it.'

The three ae us drive tae Broonie's bit. We stop fur fags n beer on the way n none ae us ir lookin forward tae wit's comin. Mare flowers n cards huv appeared n ir tied tae the fence wae string. Nuhin's changed aboot the hoose. The curtains ir still drawn n there's that mandatory darkness aboot it. The other windaes on the street ir flung open in the late summer warmth. Broonie's hoose itself is in mournin. A head in the gate first n the troops follow me in. The front door is open n A walk in shoutin tae Broonie that it's us. The telly is still on, mutterin a lament in the corner. Broonie is sittin on the armchair wae a cover fucked roon him like a monk's cowel. There's an empty bottle ae wine lyin n a half-ate Chinese – Broonie's usual chicken baws, curry sauce n chips. He's picked at it n fucked it doon, leavin a tidal wave ae the thick yellow shite spilled on the eld carpet.

'Happnin . . . mate.'

'Fuck aw, son. Big Kenzie n Danny ir here tae see yi.'

'Aw, cheers, lads.'

Tam struts in n sits doon on the couch opposite Broonie. Danny is hoverin aboot somewhere behind him. 'Sit doon Danny, fuck sake!' Tam says, shakin his heed. A start pickin shit up aff the floor, scoopin up the remnants ae the takeaway intae the bag n Broonie's fag dout mountain aff the black carpet, ma mother's son. A take the bag intae the kitchen n fuck it in the bin n grab an eld cloth tae wipe the carpet. Broonie looks fuckin dazed. 'Crack they fuckin beer oot, Azzy.' Big Kenzie shouts through tae the kitchen.

A rip the slab open n start handin cans ae Tennent's oot. They're warm but they wid dae under the circumstances. We aw light a fag n n crack cans wae the usual fizz n spit, then wait n listen. 'How yi hoddin up, son?' Big Kenzie asks. Broonie doesnae answer. Big Kenzie crumples his smoke in two draws. The cunt always smoked hard. He skuds his beer n sits right in front ae Broonie n puts his arm roon him. He lights a couple ae fags in his mooth n gees Broonie wan. 'Dae yi know who set yi up, son?' he asks through the smoke.

Broonie barely even looks at Tam, no breakin his somber meditation. 'Naw.'

'It wis ma wee brother.'

In fur a fuckin penny.

'How dae yi know that?'

'Cos Azzy wis fightin wae him yesterday n he's runnin aboot wae that fuckin Matty O'Connor.'

'Why wid he set me up but?'

'Cos he's a greedy little prick, mate. They're workin fur Jamesy Maynard noo.'

330

'Cannae believe that. Azzy . . . ma main man. This cunt's always in aboot it fur the troops, fur Wee Toffey. Yi awright?'

A smile over at Broonie n wink. 'Dae A look awright?'

He gees us a half-smile back. 'No a fuckin mark on yi.'

Big Kenzie nods n hugs the cunt. 'Exactly, son. That's who the fuck we ir – we're the fuckin YTP. So, here's wit's gonnae happen—'

'A cannae let this lie, mate.'

'Don't worry aboot ma wee brother – you leave him tae me. There's bigger fish tae fry in aw this. He didnae hurt yir da.'

'A hurt ma da, Tam. It wis me, ma fault. Nae cunt else.'

Danny gees Big Kenzie another beer n it goes doon in two drinks again, he stubs his fag oot n puts the dout in the can. 'So fuck. You didnae kill him. That wis them. It wisnae you n it wisnae John. The two ae yees ir daft wee fuckin boys. It wis them who done it. They're gangsters, Broonie, hardened fuckin criminals wae nae souls. Murderous fuckin bastards.'

'A know that.'

'Well then. If yi want tae git any cunt back then git them fuckin back.'

'Wit we meanty dae against them, Tam?' Danny says.

Big Kenzie's git that eld look ae fuckin madness aboot him. Nae hesitation, pure loyalty tae yir pals n those boys who used tae call themselves the Young Team, but A cannae help think aboot a pregnant Michelle, waitin at home fur him. Or Broonie, beareaved n on the cusp ae violence. A believed in the troops n the code but A also believed in self-preservation, fur us aw, and the possibility of peace.

'Fuckin dae a bit.'

'They'll git every wan ae us if we dae that, n A'm no wantin any trouble at aw your doors. Wit's done is done.'

'Yi don't need tae be noble, son. If we wurnae willin tae help yi, we wouldnae be here.' Big Kenzie glances back tae see if there's any protest fae us.

There isnae.

'Cheers, Tam. Cheers tae yees aw, fur being here wae me.'

'Mon, we'll go hunt fur ma wee fuckin brother n see wit he's got tae say fur himself.'

The four ae us bounce oot intae the motor. It's been a while since A've been oot in a squad lookin fur trouble. A forgot the fuckin pleasure ae jumpin aboot wae yir boys, wan fur wan n aw that fuckin shite. Danny gees me a smile fae the back. A kin tell he's thinkin the same thing. Big Tam is in the front n Broonie's in the back. We're cruisin roon the scheme lookin doon the streets n closes n garages where those wee cunts hang aboot n roll joints n drink wine. We see two cunts in tracksuits disappearin doon the lane. 'That's fuckin Gunny n Briggy, the wee cunts,' A say, pullin the motor intae a space in front ae the garages. We aw bounce oot n split up, two between each row ae hooses tae catch them in the middle. Me n Danny ir sprintin doon after them n Broonie n Kenzie disappear doon the other side. The two ae them ir passin a joint between them. They turn when they hear our footsteps. The two wee pricks fuck the joint doon n try tae run. 'CAMMERE, YA WEE FUCKIN FANNIES!' Danny's shoutin. Broonie n Tam appear at the other end ae the lane n they're caught a belter. The two ae them fuckin shite it as the four ae us reach them.

'We wurnae even tryin tae start yesterday, Azzy,' Gunny says.

'Fuck we wur only gawn tae git stuff aff Big Kenzie,' Briggy says wae his daft half-stoned mumble.

'A'M BIG KENZIE, YA WEE FUCKIN DICK! THE WAN N FUCKIN ONLY.'

Briggy shites it n looks para as fuck. Gunny is the bold yin. His nose is still fucked fae ma headbutt n he's git a black eye. 'We cannae decide who he hangs aboot wae, kin we?'

'Don't be fuckin cheeky, Gunny wee man,' Danny says, pushin him.

'Or fuckin wit, ya big dick?'

'Or the four ae us wull knock fuck oot yi!' Broonie says.

'Where's Wee Kenzie noo?'

Gunny shrugs his shoulders n smirks.

'Aye well, yi fuckin certainly backed him up when Matty wis there, didn't yi, ya wee fuckin scheme-hoppin rat.'

'Cos you're a slopin beasty bastard!'

A don't git the chance tae whack him cos Danny draws back n hits him five rapid. Gunny's doubled over, huggin the fence. 'Fuckin feeble, ya dafty.' Broonie bounces up n toe-pokes him right in the chops.

Big Kenzie grabs Briggy n screams in his face. 'WHERE'S MA WEE FUCKIN BRUR? TELL ME NOO!'

'He's up the Orange Hall waitin fur us.'

'See, that wisnae so hard, wis it?'

'Naw,' Briggy says, surprised. Big Kenzie headers him in the beak a belter n he folds n crumples tae the deck. He turns n boots Gunny right up the fuckin arse.

'That's fur grassin, ya wee cunts. Next time yooz run aboot wae a Toi wan A'll fuckin kill yees. YOUNG TEAM, YA WEE FUCKIN NUGGETS!'

We aw bounce back up tae the motor. A feel a wee bit sorry fur they wee cunts, but under the circumstances, fuck them. The Orange Hall is only two minutes up the road, so we fly roon. Broonie's git a wee smile on his face. He's laughin n repeatin Big Tam under his breath, '*Young Team, ya wee nuggets. Quality . . .*'

333

Maybe this shit is exactly wit he needed. The Young Team flyin aboot fuckin causin it like the eld dayz. It feels good after years ae lyin dormant, that burnin inside yi ready tae unleash, the last hurrah ae the YTP.

Kenzie's red Honda Civic Type R is parked in front ae us at the Orange Hall. Big Kenzie is on a roll noo – he's marchin ahead ae us aw n before we even catch up he's draggin his brother oot the motor n ontae the street. 'Fuck yi dain, Tam, ya dick? Git tae fuck!'

'Naw, A'll no git tae fuck. Wit the fuck huv yi done, John?'

'A've no done fuckin nuhin!'

'Dealin drugs fur fuckin Jamesy Maynard, jumpin aboot wae FUCKIN MATTY O'CONNOR n tae tap it aw aff, settin wan ae yir best mates up.'

'A fuckin didnae, awright.'

'AYE YI FUCKIN DID, YA LYIN WEE CUNT!'

'Fuckin prove it.'

'Listen tae yirsel . . .' Tam grabs Kenzie by the scruff ae the neck n drags him right in front ae Broonie. 'Tell him that, eh? Fuckin tell him how yi didnae dae it. TELL *HIM* TAE FUCKIN PROVE IT!'

'GIT TAE FUCK, TAM!'

'Tell yir fuckin pal how yi betrayed him, ya miserable fuckin rodent. His fuckin wee da is lyin deid in the Monklands n you're tellin yir fuckin boays tae prove it.'

Me, Danny n Broonie ir standin watchin. John isnae even strugglin back noo. Tam pushes him hard n he falls on the deck next tae his motor. He looks like he's gonnae greet. 'Look, boys – Jamesy Maynard's fuckin mad mental Scheme Runner. Wit a crazy bastard you ir! Git fuckin up.' Kenzie stands up n Tam cracks him a belter n he falls. This time he dis start greetin. 'Look at yi, ya pathetic wee weasel. Did A no tell yi tae git up?' Tam drags him up tae his feet n roars in his face, nearly in tears himsel. 'YEEV BROKE MA FUCKING HEART, JOHN! These boys ir more brothers tae me than you'll ever be.'

It's hard tae watch n yi cannae help turn yir heed away fae it. Me, Danny n Broonie ir aff tae the side n A'm sparkin a fag tae smoke it away n passin them oot fur the troops. 'That's enough, Tam,' Broonie says. We aw look at him surprised.

'Naw, Broonie son, this is only the beginnin fur this wee dick. Everybody's gonnae know how much ae a pussy ma wee brur is! Go, Broonie, fuckin smash him, mate. He deserves it.'

Danny looks at me but A don't know wit tae say. It isnae pleasant tae watch n it isnae achievin anyhin. If anyhin, Broonie looks indifferent.

'Naw.'

'Wit dae yi mean naw?'

'Just leave him.'

Big Kenzie straightens up n stands back, face still red n pulsin in anger. Hat aff tae the cunt, he's done his bit.

John's sittin on the deck sobbin. 'A'm sorry, awright? A didnae want any this fuck sake.' Broonie doesnae say anyhin. He just extends a hand tae him. The three ae us ir lookin at each other, waitin tae see wit he dis. Even Wee Kenzie is lookin as surprised as us. His hand comes oot n Broonie pulls him aff the deck. He's fuckin bubblin away n tryin tae kid on he's no greetin. Broonie just pats him oan the back, nods n walks away. A shrug tae Danny n Tam. 'Where yi goin?' Wee Kenzie asks quietly, but Broonie doesnae answer n keeps walkin.

Big Kenzie turns tae John when Broonie's oot ae earshot. 'You're nae fuckin brother ae mine! Stay away fae ma hoose. Yir scrubbed, ya fuckin turncoat bastard!'

Danny shakes his heed n walks away anaw, joggin tae catch up wae Broonie. A follow last n don't even glance in his direction.

The four ae us sit quietly in the motor n listen tae the rain against the windaes. A'm passin fags oot again, the only thing A kin think tae dae. Broonie seems different, quiet but thoughtful. Danny looks depressed sittin in the back wae him. Tam's dragon nostrils ir slowly calmin doon tae their normal size. A dunno wit A feel really, just useless in a way. 'Broonie son, we're fuckin wae yi, cousin! Aw the fuckin way tae the end. Wit's next?' Tam says, turnin roon tae him n shakin his hand.

Broonie looks peaceful, the cunt, n almost wise. He shakes it back n sits quiet fur a minute. 'Nuhin's next. It's finished.'

'Wit aboot Jamesy?'

'Fuck him.'

'Fuck him?'

'Wit good is it gonnae dae, Tam? Ma maw n da ir gone. It's just me noo. Just me n yooz boys. Yooz ir the only family A've git left. Nae grannies or that, nae cunt. A'm no gonnae ask yees tae help me n A'm no gonnae dae anyhin maself. A'll bury ma da n try tae git ma life back. Wit's left ae it anyway. A don't want any more fuckin violence. A'm done wae it.'

Naebody speaks fur a minute. Broonie just stares oot the windae at the rain. A remember the night his maw died. The polis caught us in the graveyard n took him away screamin fur his mammy but she wis gone n it wis nae good, cos she wisnae comin back. A remember me, Danny n Finnegan sittin talkin that night aboot Broonie n his hard life n how we couldnae really relate tae it. Broonie wis a young boy trapped in a never-endin cycle ae abuse, neglect n the indomitable will tae escape it usin the wrong means. That is Broonie's life in a nutshell.

'Long as yi know, we're here fur witever, son,' Big Kenzie says quietly.

'Know wit yees kin dae?'

'Anyhin, fuck sake, mate,' Danny says fae the back.

'Go n git a big dirty Chinese munchy box bought, a bottle ae fuckin wine each n a box ae cans.'

Big Kenzie laughs n shakes his heed. 'Aye fuck, A think we kin manage that, son.'

'Long as yees come back tae ma bit n get on-it wae us. That hoose is too fuckin quiet without ma da bouncin aff every wall fuckin mad-wae-it.'

We aw laugh this time. Our laugh is an obligatory wan oot ae sympathy. Broonie's is that laugh that is fundamental tae survival. A think he'll be awright. It isnae a certainty, just a feelin. If anycunt is conditioned tae deal wae this madness, it's Broonie. None ae us wid make it without our homes n the safety net ae our maws tae fall back on. Broonie's skin is armour-plated thick, tough-made n borne oot ae struggle. Survival expert since the age ae five. Bear Grylls doesnae huv a fuckin look in.

An Ancient Ritual

We're drunk but fuelled by some unseen force, misery n release once again. Me n Danny walked doon the woods wae a bottle ae wine each. The trees ir still full n green n the fields ir dry but the eld log we used tae sit on is rotted away tae nuhin. Yi kin see the remnants ae a hundred fires that hud burnt around it. There's still eld melted wheelie bins lyin in solid pools, but the soil hus claimed them n started tae form a layer over the top. There's broken green glass n the strewn yellow labels ae Buckfast bottles fae recent young teams. These woods ir full ae memories ae the madness. Suhin aboot this wee space makes us choke somewhere deep doon inside fur a joint ae solid n a few Reef or Sidekicks or Red Square tae go wae a bottle ae Tonic – tae go back n dae it aw again, but yi cannae go back, kin yi? There's nae mad plans n adventures like years ago, nae troops n nae bottles doon the field or the bridge. Nae fires n glowin embers beatin the last light n us aw sittin smokin joints roon it in our ancient ritual. The end ae summer always hus a poignant feelin tae it.

'Everyhin's fucked up,' A say hopelessly.

'A know it is.'

'Everycunt's away noo, Danny. Dain their own things. Forgettin aboot each other.'

'Mate, that's wit happens, fuck sake. Yi think we kin aw just jump aboot the-gither shoutin fuckin *Young Team* our full lives? Obviously no, fuck sake.'

The two ae us take a drink ae our wine.

'Everycunt hus literally fucked right aff! Addison's guyed it! Wee Broonie is keepin his heed doon, Toni's deid, fuckin Finnegan is fuck knows where n then there's us two fannies,' A say.

'Wit aboot us two?'

'Well, we're fuckin twenty-wan, sittin drinkin wine doon the woods like a couple ae fuckin teenagers.'

'So fuck, yir allowed wance in a while! Well, wit's the fuckin masterplan then? Azzy boy's always git a wee fuckin get oot ae jail plan!'

'Mate, Monica's asked me tae go wae hur.'

'Go where but?'

'Paris.'

'Ohhhh, oui! Fuckin Par-i! Aye, you'll fit right in there wae yir Lanarkshire accent n yir fuckin tracksuit. Come back wearin a stripy jumper n fuckin garlic roon yir neck n A'll call yi fuckin Johnny Onion Ring, ya cunt!'

A'm pishin maself laughin at ma eld mate.

'Yi should go, man. Yi fuckin love that lassie tae bits. Don't let hur fuckin disappear over there without yi or that's yooz fucked.'

'A don't want tae hold hur back, mate.'

'Aye right, fuckin Mother Teresa. You're sittin worryin aboot that n she's oot fuckin wae big Bobo Baldé eatin frogs' legs n drinkin chardonnay. Wined, dined n 69-d.'

'Fuck up, ya fuckin tattie-muncher.'

'Well don't ponder it too fuckin long. If she didnae want yi tae go, she wouldnae huv asked yi. Git yirsel a fuckin rucksack, git it packed n git yir fuckin arse on a plane. Yi used tae talk aboot leavin fur good – fuckin anywhere is better than here. You've got a chance tae go, take it. Or big fuckin Bobo wull!'

A punch the cunt a deedy in the arum. 'Wit aboot you, weesacks?' A ask.

'A've been thinkin aboot Oz, man.'

'Well sayin you've been dodgin work, watchin *Home and Away*, ya cunt.'

'Why no fuck? Danny Bhoy isnae dain much hangin aboot here maself.'

'Think you'll dae it?'

'Maybe, mate. Need a few grand away before yi kin start dreamin aboot aw that.'

'Fuck you've got it sorted noo, cuz.'

'No really, mate. Some days A feel fuckin mental n depressed oot ma heed. Other days A feel brand new n ready tae move on away fae here n sort maself oot. Nae cunt thought you wid be back. Where yi gonnae go, Azzy?'

'Dunno, mate,' A answer honestly.

'Yir a hard wan tae read, eld son. Bags ae potential but yi need that killer instinct, man, tae just make yir fuckin mind up n go! Yi wur always bad at that. Fulla ideas n nae idea how tae git there. The devil's in the detail, son, but yi need tae take a leap ae faith sometimes. Don't sit n analyse it, like yi always dae, ya cunt! Step intae the unknown!'

'Aye, maybe yir right.' Yir best mate knows yi best, their advice oft the best anaw.

'Def no gawn tae Paris wae yir burd?'

'Nuhin's definite, Danny.'

'Well, don't think too long. Just pick suhin random n go. Doesnae need tae be an amazin plan wae a life-long career. Just huv a look n see where yi want tae stay fur a bit, look fur a job n a gaff. Then meet cunts n socialise.'

'Aye that's the hard bit.'

'Wit aboot the college? Yi wur studyin wur yi no?'

'Aye mate. A could go tae uni eventually.'

'Well yi need tae start lookin at courses, don't yi! They're no gonnae come n chap the door, son. Get it sorted, cunto.'

'Could be a plan, sir.'

'Get a degree fuck n that's yir golden ticket oot ae here. Nane ae us could study fuck . . . you're Ricky, A'm fuckin Doughboy. Thug 4 life, eld Danny Ess.'

A breathe in the whole woods n the scent ae release n rebirth. We grew up in here, runnin aboot playin as wee guys. It felt massive then, like an unknown forest n yi hudnae explored tae the furthest reaches ae its boundaries yit. The dark mansion lay undiscovered in wait fur us till years later, protected by ghost stories ae the Grey Lady n rumours ae a rovin pack ae guard dugs. Yi wid run intae a dark bit n no recognise the trees n the settin dark wid look more menacin than usual n you'd git scared but yi ran back tae the trees yi knew n they guided yi home in the darkness like eld friends. The limit ae our imagination then wis greater than noo. We never knew aboot deprivation or sufferin. We only learned aboot aw that later. A need tae recapture that feelin ae being lost n exploring. Ma dreams huv vanished through the years ae aw this. The smell ae the soil n trees takes me back tae being that wee boy n fur a moment A'm healed n runnin wae ma pals fae the dark. A think noo A wid be grateful fur any measure ae peace away fae here. Suhin simple wid suffice, ma dreams irnae unreasonable. That wee boy that ran among the trees then should huv just kept runnin.

Changes

The last two nights A stayed wae Monica, A woke up momentarily forgettin that it wis almost over. Hur room hud slowly packed itself intae suitcases n became more bare. She's excited n who kin blame hur. Shc's gearin up tae go tae France as a graduate, movin in hur own direction, n wid make French mates n learn tae talk n think in their language. Wit wid Azzy boy dae oot there? Learn as well and fit in? Make new pals n become Johnny fuckin Onion Ring? Yi wrong a person tae tag along in their dream, cos yi don't belong there. Ultimately, yi wid waste it, change it in unforeseen ways n alter wit it could huv been. Withoot us, she kin travel n dream uninhibited. A owe hur that much cos sometimes if yi really love somebody, the best thing tae dae is tae let them git on without yi.

Monica's leavin tonight n A pick hur up tae take hur tae the airport. She holds ma hand a wee bit tighter on the gear stick n smokes quietly wae purpose. The trance songs flowin fae the speakers sound sadder in acknowledgement. A huvnae rehearsed this. She seems quietly confident that we wid find a way and that maybe A wid join hur oot there, when the time is right. A play ma part in this, cos A don't want hur departure tae be a sad wan. A suspect it isnae tae be. This is hur moment n everythin she deserves fur hur hard work. A know if we did go somewhere neutral the-gither then it could work but, as always, time is against us.

We're passin the Riddrie junction on the M8 at the bend, passin Parkhead n the Cathedral junctions on the way through the city. The lights ae Glasgow ir even a welcome change tae home. At least in the city, yi feel like yir somewhere recognisable. Lanarkshire hus nae real landmarks or anyhin significant tae separate these eld industrial towns, Airdrie fae Coatbridge, Bellshill fae Motherwell or Wishaw fae Larkhall. They ir, wan n aw, council scheme after council scheme ae the same hooses n run-down high streets. Kelvingrove n the University's spires lit in the dark make yi feel like yir somewhere else, a foreign city maybe. Over the Kingston Bridge yi kin see the Science Centre n doon the Clyde tae Partick n the eld Bilsland Bakery buildin still standin on the bank. Govan n Braehead pass by n we're nearly there, takin the slip road tae the airport. Then we're in the drop-off car park sittin quiet, trapped in the amber ae the moment.

'So . . .' she says, glancin over tae me, aw sad. 'I'm missing you already, honestly. Just so hard to say goodbye.'

This is it, the last few moments ae us.

'It's no easy, naw, but you've earned the right tae move on. It's amazin wit you've done.'

'Just do your own thing, Azzy. A know you always do, but it's more important now. You need to be your own man. You're different from the rest, you always were.'

'Don't worry aboot me. A'll dae just fine.'

'Kiss me then.'

A dae, a long, sweet n sad wan n A kin feel wee tears between our faces, comin fae Monica's green eyes. She lets oot a wee laugh before she goes n hangs ontae ma hand as she leaves. She's aff n A'm pullin away, heart in ma mouth n a wee tear ae ma ain in ma eye but she'll never see it. Azzy Williams doesnae greet, fuck sake. A watch hur walk tae the terminal wae hur bags headed fur hur new life. A turn the stereo up, 'The Voice Inside (Jonas Stenberg Remix)' plays oot it. The tune breaks n A'm flyin back along the M8, through the coolin twilight towards death.

PART VIII
Reformed

Everybody can change.

We've all got things to add . . . if he's been in that hole and dragged people out and he knows how to get out, he can do that . . .

You just need to give people a chance.

Give them a chance and listen to what's there . . .

We can make it better.

We can make it much better . . .

**John Carnochan, formerly Strathclyde Police
and co-founder of the Violence Reduction Unit,
discussing Paul Brannigan during a TEDx talk,
University of the West of Scotland**

Postcode Warriors

The phone calls started yesterday. Unknown numbers ringin me night n day. Every time A answer there's a squad ae Toi wans shoutin torrents ae abuse doon the phone. A gee them dog's abuse back, *Wit yi withholdin yir numbers fur, ya fuckin pussies?* It's startin tae piss me aff, constant fuckin buzzin in ma pocket. A'm patchin it n tryin tae furget aboot it. The closer we get tae the weekend the more it's happnin. It's Friday the morra. If suhin is gonnae happen, it's usually a Friday night. Even the night, yi kin feel the eld tension buildin, that static charge that Friday always attracts. It's still in us n it lies in wait fur me tae be hexed again by its spell, bringin aw the curses n bad juju ae the past back tae life. It is a powerful demon, awaitin only reincarnation.

Danny toots outside n A jump oot n intae his motor. We head doon tae the off-licence in the main street where yi kin git aw sorts ae mad cargo. Danny picks up on ma reluctance tae come tae his party the morra. A didnae feel like socialisin much, especially no wae the likes ae Kenzie n co. He's invited them aw, wan last bash ae the summer wae aw the troops. Friday night, just like eld times. A'm under nae illusions aboot that but A think Danny just wants us aw the-gither before we split up again. We're aw pulled our separate ways tae our distinct lives n fates. Part ae me wants tae rekindle the Young Team n dae it aw over again, maybe different this time, as if that's a possibility. There wis a simplicity tae that eld madness. A strange sanity between the brotherhood ae these young postcode warriors, ma brethren in the YT.

We're walkin oot the shop heavy-laden wae cargo. Between us we've git two slab ae beer, a bottle ae vodka, a few poof juices fur the lassies n a bottle ae Aftershock plus four bottles ae Tonic. Plenty tae wipe oot a party anyway. We're nearly at the motor when A hear somecunt shoutin. Danny's turnin tae see who it is. There's nae squad. Just Si O'Connor marchin doon the street towards us. The cunt's swingin his arms aboot n swaggerin. He must huv a good few pints in him, cos usually he's a total fuckin mouse without Matty beside him. 'Awww, here we go! Wit you wantin, ya fuckin plamf?' Danny shouts up the street.

The cunt's swayin aboot, shoutin random pish up at us. 'Yees think yees ir fuckin maaad? YOUNG FUCKIN TOI!'

'Shut it, ya dafty, or A'll turn that swagger intae a stagger,' Danny says, laughin.

'WHO YEES TALKIN TAE? TOI BOIZ FUCKIN RUNNIN IT!'

'Fuck sake, sir. Yi no a bit eld tae be jumpin aboot shoutin that?' A ask.

'Yooz two ir fuckin gettin it, wait n see the morra. Yees huvin a wee party? Wait n see wit yees wull fuckin get.'

'Si, mind you've no git yir big brother there tae save yi, son! Noo piss aff.'

'Fuckin shut it, Danny Stevenson, phffft. Who the fuck ir yi?'

Danny is just shakin his heed, laughin. It's pathetic. It strikes me when A think aboot Monica wae a degree n away teachin in a foreign country, or Big Kenzie or even Div, movin on n startin a family. 'Mate, yir no a wee boy anymore. Dae yi no think it's time tae gee aw this a by?' He looks at us two as if we're daft.

'S'awright fur you, Azzy Williams. Look at ma fuckin face.' Si runs his finger doon the faded scar where Danny slashed him aw they year ago. 'It's never fuckin finished fur me.'

'You wur unlucky, mate, but yi gonnae bounce aboot when yir thirty shoutin Young fuckin Toi?'

'Aye fuck.'

'Who yi tryin tae kid?'

'Don't you fuckin call me kid.'

Danny sits his cargo doon next tae a wheelie bin sittin on the street. A'm shakin ma heed n tryin tae pull him back. 'Naw, Azzy, if the cunt fuckin wants his go, he'll git it. Yi want smashed again dafty?'

'Aye fuckin mon then!'

'Yir aboot tae git leathered fur nuhin, Si. Fuckin piss aff, mate. Nane ae us ir tryin tae start wae yi, we're doon gittin a wee cargo oot the shop n we're gawn hame. Wit yi fuckin tryin tae start fur?'

'A'm here the noo. A don't need anycunt else.'

Danny's aboot tae go fur him. A kin see him rollin his shoulders n focusin on Si's nose. 'Mon, Danny. Fuckin leave him.'

'Naw, Azzy. Then he'll be gawn aboot tellin cunts we shat it. Fuckin sit that drink doon n we'll gee him a fuckin dooin.'

The argument hus lost aw meanin tae me in this moment. Within hours ae ma return A wis awready back tae fightin wae cunts n watchin ma back. The rage buildin within me is aimed at Danny n his stupidity. 'A DON'T GEE A FUCK WIT HE TELLS CUNTS. Now fuckin move, mate, before A go right aff ma dial.' Si looks surprised. He hus nae concept ae stoppin fightin wae us. Suhin within me hus changed n A feel heartfelt sorrow that we

349

put that fuckin mark on his face n doomed him forever tae think like this. A'm no gonnae lift ma hand tae the cunt again.

'Calm doon, Azzy boy, fuck sake. Mon then, fuck him.'

'A'm gonnae tell fuckin everycunt yooz two girls shat it fae the bold Si O'Connor.'

A sit ma drink doon n walk up tae Si, his confidence ae a second ago retreatin wae every step towards him. He's no said a thing n he's no sprung intae attack mode. He's a miserable, pathetic drunk tryin tae fight in the street.

'Tell them wit yi fuckin like.'

Si is still shoutin the odds as we walk away but his arguments huv lost conviction n he bumbles intae the chippy. Danny's lookin at me strangely, like he doesnae quite understand. A know he isnae as far doon the path as me yit. His real troubles only just ended, in the grand scheme ae things. He didnae huv that silver thread yit, the suhin tae lose that is the start ae aw things.

'Wit the fuck did yi no just smash him fur?'

'Mate, you better rethink yir fuckin attitude if yi expect tae git intae Oz.'

'If somecunt starts then A'm no gonnae back doon.'

'Mate, he's a fuckin liberty. Who cares wit cunts think man, honestly. They're fuckin deadbeats, Danny. Gawn naewhere. You git caught n hut wae a charge before yi go n that's it fucked.'

'Listen tae Mr fuckin Sensible!' he says n winks at me.

A'm home n lyin in ma bed, starin at ma eld posters n chewin over aw the shite ae the last few weeks. The drama wid never end here. A'm driftin aff, wae dreams startin tae flicker intae the room. Ma phone buzzes tae life n wakes us up. 'Aye?'

'Azzy? It's Tam, fuck. Did A wake yi?'

'Naw, man. Wit's happnin?'

'A'm doon at the hospital.'

'Aye, fuck sake, everyhin awright? Michelle?'

'Aye she's good, son. Wee Scarlett is anaw.'

'Aw no way, mate! Congrats!'

'A know, kid. It's fuckin mad.'

'So a wee lassie then?'

'Aye, mate. She wis right aw along!'

'Fuck. A'll git a quick wash n head doon tae see yees.'

'Sound, wee buddy. Ma maw n that's been doon fur a few hours. She's gittin kept in the night n maybe the morra, then we should be hame. But come doon n see us.'

A'm floatin through the foyer ae Wishaw General, lookin fur the maternity ward. A grabbed a bunch ae flowers n a card which A scribbled on wae a biro in the motor, courtesy ae Coatbridge Asda. Big Kenzie is the first wan ae ma guy mates tae huv a wean. Loads ae the lassies A knew already did, probably more than half ae the girls A went tae primary wae. It's true, young wans aboot here wur poppin them oot. Big Kenzie n Michelle ir a bit elder, more stable n huv a home n a credible relationship. They're ready fur a new addition. A cannae imagine a wee Azzy runnin aboot. No yit anyways. It's a mad thought.

A reach the ward n ask fur Baby McKenzie. The wee nurse tells me that it's just 'mum and dad' wae the baby n starts marchin doon the corridor wae me trailin after. It's mad tae hear, mad tae think that Big Kenzie is somebody's fuckin da. Ma phone starts buzzin n she tells me tae turn it aff. A mutter *sorry* n huv a quick look. *Private Caller*. Those fuckin fannies ir still phonin me. A turn it on vibrate n stick it back intae ma jeans pocket. The wee nurse points me doon another identical corridor towards the room. A kin make oot Michelle standin at the bottom. She's lookin through the glass wae a wee plastic coffee cup in hur hand. 'Wit you dain oot ae bed?' She turns, laughin, wae a big smile on hur face.

'Hi, Alan son. Awk A'm fine honestly. It wis a really easy labour, only five hours. We came in really early yesterday mornin. Ma waters broke in the house n Tam drove me straight doon in the work van.' The McKenzie pumpkin tae the ball – a Tough Construction Transit van.

'That's brilliant. How yi doing?'

'Wee bit exhausted n sore but apart fae that . . . A'm good.'

'How come yir oot here?'

She holds up hur wee coffee cup. 'No a good patient, son, but they wanted tae keep me in a day. They for me?' Michelle says, noddin at the flowers n card.

'Aye!' A say, laughin, n hand them over.

'You're a wee sweetheart! Thanks, Alan.'

'Where's Tam n the wee yin?'

Michelle stands oot the way ae the glass panel on the door. A walk up n look through. Tam is asleep on the chair wae the wee one next tae him in a cot. Big Kenzie's part in our story is over noo. A feel emotional lookin at them. It's a beautiful thing. At the end, yi huv new beginnings, n that is truly the circle ae life.

'Two ae them are oot cold.'

'So, Scarlett McKenzie after aw?'

'Aye,' Michelle says wae a wee smile.

'A'm over the moon fur yees! Honestly, man.'

'Will A go n wake Tam?'

'Naw, just leave them. A'll come see yees when yir back up the road n settled.'

Ma phone rings in ma pocket again. A go tae just leave it n Michelle notices ma expression. 'Avoiding somebody, son?'

'Awk it's nuhin.'

The call gets ended n they phone straight back. She gives me the look only an unconvinced woman kin gee yi. 'You sure? Is everythin awright?'

'It's absolutely nuhin tae fret aboot.'

'Alan, yi know if something is wrong, you can tell me n Thomas.'

'You n Tam are well matched – both as stubborn as each other!' A laugh.

A pull ma phone oot as it buzzes away again. *Mum Mob.* A laugh n show hur the phone as A answer it. She blushes a wee bit n stands back tae let me git it. 'Hello? A cannae talk, Mum. A'm doon in the hospital wae Tam n Michelle. They've just hud their wee one.' Ma maw's greetin doon the phone. *'Wit is it?'* A say, panicked noo, the sense ae impendin doom floodin intae me n takin over ma brain.

'Someone's put the window through again!'

'You're fuckin kiddin me on.'

'No, I'm not. I've called the police n they're on their way.'

'A'll be there the noo.'

Michelle looks even more worried. 'What is it, Alan?'

'Nuhin, Michelle. Nuhin fur you two tae worry aboot,' A say wae a forced smile.

'But you need tae go?'

'Aye, pretty much.'

'Please be careful. You've got a look.'

A hold ma hand up tae stop hur n take another look at Tam sleepin over his baby daughter. A gee Michelle a hug n A make ma way towards the exit.

The Supernatural Force of the Friday Feeling

It used tae rage within yi, a powerful force that burnt away aw reason n there wis nuhin left but you n the night before yi. It wouldnae let yi eat or hide away fae it, cos it wis a demon n aw it wid accept wis drink, drugs n madness. It happened every week, regular as clockwork, yet it wis still a tough wan tae overcome. The start point wis always the anticipation. The infernal waitin tae half three after school or work finishin. That fuckin yearnin fur freedom n the explosion within yi on the way oot that starts the fire. There wis nae gittin by it, nuhin anycunt could dae tae control it. It's maimed n killed n trapped many a man intae foolish and diverse lusts and eventually perdition itself, if yi couldnae resist its seduction.

There wis nae buzz really. It wis aw aboot the pursuit, a journey but never a destination. Wae every joint yi smoked or pill n line yi took, yi went further fae it, n yi ended up losin yirsel somewhere along the way. Yi chased it aw fuckin night n nae amount ae drink or drugs wid bring it back. Yi admitted defeat every Sunday mornin n even if yi tried again, yi never found wit yi wur lookin fur. The buzz wis only ever the initial spark – never the fire that followed. It wis aw a lie. The only method tae the madness, that yi hud a good run but eventually yi huv tae slow doon or stop the shite fur good. Most cunts dae that naturally, they git a burd, git married n huv weans n that's it. Once that happens yir partyin days ir over, apart fae the occasional blow-oot. If yi took it tae the edge like us, yi either got oot, n stayed oot, or yi got fucked up like the others, heads wasted, depressive, psychotic or suicidal – if the madness itself didnae git yi jailed or killed first. Eventually, if yi keep goin regardless, there wid be nuhin left but memories n a broken n burnt-oot shell . . . where yi drink tae remember n yi drink tae forget simultaneously n yi find nae peace.

That is the only sensible philosophy ae on-it.

Yi thought yi wur missin oot without it, but yi wurnae cos the Friday Feelin, that eld demon, is a clever one. A realised the truth a few year back, when A moved away n wisnae really drinkin n wis drug free. It wis an agony no tae go on-it tae begin wae, a sacrilege tae suhin sacred n a wasted weekend cos yi didnae spend it oot yir barnet. That lasted aboot a year, feelin like a traitor n a borin bastard. That fury n loneliness ae being the only wan left sittin in alone, when aw yir troops n even yir burd wis away oot – but you wur the only wan stayin the path. Through that deep solitude, yi discover it's a sacred path cos it's the road tae redemption n release fae aw this fuckin shite. That wis when A realised it hud fuckin lied tae me aw along.

Ever after, when A went on-it A wis subconsciously seekin that first night oot wae the troops drinkin nearly ten years ago, the first pill yi took n the first joint yi smoked, before the dream-state broke. The feelin ae chasin the burds when yi wur young wae reasonable ambitions n runnin aboot wae the troops in our YT brotherhood. Those first feelings ir the very essence ae the Friday Feelin n our entire lifestyle, but suhin hud gone sour along the way. It wis a long, lucid dream turned nightmare, constantly pullin yi back fae those first euphoric sensations.

355

Promisin yi those feelings again, but only takin yi further fae yirsel, further fae home n further doon the rabbit-hole intae addiction, decay n nothingness.

The big party is the night. Wan last attempt tae resuscitate the dyin summer wae a few bottles ae wine. There's a strange air aboot this wan n everycunt's invited, regardless ae aw the shite that hus happened recently. Danny wis always pally wae Kenzie, much more than me. A always preferred Tam but they two hud been thick as thieves at wan point. Even Kenzie's wee terriers Gunny n that ir invited. A cannae forgive Kenzie fur his wee hand, however insignificant, in Stevie Broon gittin done, but it's up tae Broonie tae make his mind up aboot wit he deserves. Any acts ae vengeance wouldnae make any difference, apart fae maybe givin him a moment ae brief, meaningless n violent pleasure. A suppose if he kin forgive, then A kin at least forget. Maybe it's right tae bury the hatchet n end the summer wae redemption.

Ma door gits rattled n A hear footsteps on the stairs, ma hand drifts doon tae the bat before Broonie bounces intae ma bedroom. 'Hi, son!' he says n launches his bulky frame doon on ma eld, worn armchair. The thing creaks under his weight ae muscle mass. He lights a fag, then looks fur an ashtray. 'Fuck, this thing hus seen better days, mate,' he says, rockin back n forward.

'Aye nae wonder! Wae cunts like you chuckin theirsels on it fur ten year!'

'Ya cunt yi!' he says wae an eld smile that A know.

'Yi gawn the night then, Azzy?'

'Tae Danny's empty?'

'Aye, man.'

'A dunno, mate, tae be honest.'

'Is it cos Kenzie's gawn?'

'The company wis wan reason, aye.'

'Mate, it wis me that invited Kenzie n Gunny.'

'Aye?'

'Aye, man. A just want aw the boays the-gither. Cunts ir movin on n aw that. Wid be a fuckin shame no tae huv wan last party. Just fur . . .'

'Fur eld times' sake?'

'Exactly, mate. That's wit A'm talkin aboot. Just aw the boays, know wit A mean? Git a few bottles n a few cans n a few laughs.'

Broonie's powers ae persuasion ir unintentionally strong. A light a fag maself n blow the smoke oot the windae.

'Yi gawn then?'

'Aye fuck, A'll go.'

'Cool beans, mucka. Fuck A've been up aw mornin makin CDs fur the night, by the way. A made yi wan, mate. Wae loads ae *A State of Trance* tuncs n that oan it. The wans yi like n that.'

'Aw cheers, man. Stick it on.'

Broonie jumps up tae the eld silver CD player ma maw bought us oot Woolies aboot ten year ago. It's still workin fine. He's fiddlin aboot wae the side openin n stickin it in n puts the tunes on low. A wee trance prayer starts tae whisper in the corner, driftin doon n around us. Broonie looks back tae his usual self, as much as yi kin. He contents himself pokin aboot yir room n messin it up as he goes. Lookin in yir bedside drawers, huntin fur suhin n nuhin. If yi hud tae ask him wit he's lookin fur he'd just say *dunno* n laugh. That's Broonie awright. Then, he'll sit perfectly still n stare n talk slow. That's just grief A suppose . . . and withdrawal. As far as a knew the cunt wis drug free since his da passed. 'You still aff everyhin, Broonie?'

'Phftt, mate. Aw A'm dain noo is smokin n drinkin.'

'Fuck that's the best way, man.'

'If A'm gonnae dae anyhin, A'm gonnae keep it legal, couple ae beer n twenty Regal. *Cigarettes and alcohoool!*' He's kiddin on he's playin the guitar.

'Wise words.'

He seems tae ponder this a moment, a brief flirtation wae a philosophical imaginin ae his conditionin, then back tae the CD n his fag, smokin away in the ashtray.

'Wit's the sketch fur you noo, Broonie?'

'Wit yi mean? Work n aw that?'

'Aye.'

'Fuck A've been talkin tae that wee burd fae Coatbridge.'

'Aye?'

'Aye, man. We've met up a few times n that.'

'Wit dis she dae?'

'She's a dental nurse, but she's movin up tae Elgin. Hur family stays up there.'

'Elgin? Away up Inverness way?'

'Aye, she's asked us if A fancy it. Said hur uncle's got a job fur us up there wae his ain company n that.'

'Dain wit?'

'Roofin, mate. He says he'll help me git ma papers if A'm any good. Plus A kin sell ma maw n da's hoose n take that candy wae me. They reckon it'll go fur aboot fifty grand!'

A big smile crosses both our faces at the same time.

'Fiddy geez? Dis she know that?'

'Dis she fuck n A'll no be tellin hur! That's fur Broonie boy tae git set up when A git up there. See how it goes fur a few months n git a place n that. If A like it, A'll bang a deposit doon on a gaff n just fuckin stay.'

'No fuckin bad, son.'

'Surprised ma maw n da didnae sell the hoose fur a fuckin cargo, the cunts!'

A oblige wae a laugh. We both know it's true. It's amazin the place is even worth that after the condition the Browns kept it in. The interior décor wid be ripped oot n the stones wid remain. The cheap price wid make a quick sale n then Broonie wid be free.

'Wit aboot you n Monica?'

Hur name gees ma heart that wee sting roon the edges, especially when A wake up, expectin hur slim waist tae be under ma arm. Then A realise she's still gone n the feelin vanishes. 'That wan is on hold, bud. Fur now, at least.'

'You wur fuckin daft on hur, wint yi?'

'Suhin like that, mate.'

'Fuck it's no too late. Just git yir arse on a fuckin plane. A'll tap yi fur gawn soon as A git ma fuckin dough. Nae hassle tae. Yi don't even need tae pay me back.'

'Cheers, son. Means a lot.'

'Got yir fuckin back, Azzy big man.'

'Always, cuz.'

It's gone three o'clock n Friday is rollin on wae perfected bravado. A pulse beats around the system again, reanimation intae dead matter. The demon thrivin on the static in the air. Awready, as A watch the agonisin tick ae the clock, A kin feel it buildin inside, ready tae explode n drive me bang on-it. Oot wae the troops n fuckin causin it. Broonie's lookin more restless anaw. He's tappin his feet on the laminate n playin wae a lighter, then fiddlin wae his jakit n gettin ready tae boost.

The two ae us jump in the motor n head doon tae Broonie's bit. He's talkin away aboot suhin but A'm driftin away n no really

payin attention. Ma mind is on the night ahead n its many pos-
sibilities. It's pullin ma strings, tellin me tae forget aboot ma
worries n tan ma bottle ae wine n prepare fur battle. Broonie gits
a text n holds his phone up tae me as we arrive at his bit. 'Mate,
everycunt is in Danny's bit the noo gittin on-it. A'm gonnae
bounce in, git ready rapid n head straight up. Wit aboot you?'

'Aye A'll prob dae the same, cousin.'

'Right chusty! A'll see yi later, G!'

Part ae me doesnae feel like goin tae Danny's, n A've git that
bad feelin like A shouldnae go on-it. A'm flyin roon the scheme,
towards the shop at the bottom ae the hill. A'm gonnae dae the
same as Broonie, dump ma motor at ma bit n git ready, but as
A'm passin by the shop ma heart starts fuckin poundin n that
rage starts buildin in me. The distinctive black BMW is parked
roon fae the bookies. Matty n Si ir in the front n there's heads in
the back. A slow doon as A roll by but they've no noticed me.
A'm thinkin aboot ma maw's windaes n the fifty phone calls over
the last week, about Broonie and Wee Toffey n aw their fuckin
shite n it's makin me feel mental. Ma mare sensible side appeals
fur calm, go home, take stock n plan ma departure, but A kin feel
it gittin worse, like a battle drum pulsin in yir veins. An eld
feelin, like years ago . . .

A'm back in mine n the Friday Feelin is reachin new peaks – it
hud been fuckin simmerin away aw day, stable fuel without fire,
but noo it's a volatile compound waitin fur wan wee source ae
ignition. Ma fuse is lit n it's sparkin away, headin towards the
charge. A'm pacin ma room, a blur ae ma orange *Trainspotting*
poster, Union flag n Tupac Shakur. A'm smokin fags listenin tae
Broonie's CD fae earlier, but the trance tunes ir pickin up, gittin
faster n only addin tae ma higher state ae consciousness. A
cannae eat n A cannae sleep cos the Friday Feelin is a powerful

drug in itself. A feel oot ma nut, chargin on nicotine, adrenaline n anger. It's only a matter ae time before A fuckin blow. There's a bottle ae wine sittin starin at me. Its yellow label n green body callin oot fur me tae neck it n huv a wee fuckin tan. *Git it doon yi, son.* Even Tupac is talkin tae me, fuckin noddin n tellin me tae dae it. *On ya go, Azzy boi! Keep it OG, playa! Makaveli the Don. THUG LIFE!* A go fur it, crack its gold crown n gee it a wee screw aff. Drink, long n deep, a good fuckin healthy neck oot it n feel that instant warm rush ae alcohol n caffeine. Tonic is the fuel. The tunes ir fuckin blarin n the Azzy boy is on-it. Fuck yi, Friday Feelin, yir no gonnae know wit's fuckin hit yi, cos the fuckin Azzy boy is gonnae show them aw, fuckin big or small, who's still dain a bit. A light a Mayfair n take a deep draw. Cannae whack it.

A'm halfway through ma wine when the door gets rattled. A only just hear it over the tunes. It creaks open n A kin make oot footsteps on the stairs. A'm no grabbin no fuckin bats cos the Azzy boy is mad-wae-it n ready fur anyhin. A bounce aff the bed n go tae open the door. A've got the fuckin buzz noo n the Friday Feelin is coursin through ma veins, almost unnecessary cos the damage is done. There's nae calmin doon, nae veerin aff-track once yi started oan it. A'm oot on the landin waitin fur whoever is comin up the stairs.

It's Stacey, n she's git a look on, wan like yir fuckin maw in a bad mood wae yi.

'Hiya,' wae nae feelin.

'Wit's the matter wae yi? It's Friday bells!'

'You're drunk, wee man.'

'Phhhft, the Azzy boay's no drunk, fuck sake.'

'Aye yi are. Fuckin stinkin of Buckfast as well.'

'A've no even been swallyin, ya dafty!'

'What's happened tae you? You're like a different guy fae the one who came up. Back sittin in trackies n a Rangers tap, drinkin wine n steamin early evening. Charming, Azzy. Fucking charming, son. What a hit wae a decent lassie you'll be.'

'There's nae decent lassies aboot here anyway, don't worry.'

'Naw, yours fucked off, didn't she? N just as well if this is how you're plannin tae conduct yourself.'

'Aw calm it, Janet. A've no drank properly fur ages.'

'Why are yi sittin on yir own guzzlin Tonic anyway?'

'A'm no, fuck. A took two drinks oot ma bottle while A'm gittin ready tae go oot. Drinkin Tonic wine n feeliiin fiiine!'

'Aw n where are yi fit fur going? No out that door A hope, cos yi fucking stink.'

'Look, yir ma big cuz n A love yi, but if yir just here tae fuckin moan yi kin git oot!'

'Wit's happened tae yi?'

'Wit dae yi mean?'

'Is this the transformation complete? Between somebody away fae here n movin on n back tae their fate? Cos no kiddin, it's like Jekyll n fuckin Hyde.'

'Aw calm doon!'

'Don't be stupid! You're so close, cuz. So close tae actually realising this place is dead. Come on, Alan. You know it, pal.'

Ma bravado eases fur a moment. Stacey is like a sister n a best mate, aw rolled intae wan. Wan ae the cool burds fae Big Kenzie's lost generation. She wis always wan ae ma best pals really. Always there tae pick up the pieces when it aw went wrong. A owed hur that respect. 'So, tell me in your infinite wisdom, wit is a guy tae dae?'

Stacey glances doon towards a holdall, which ma maw's been surreptitiously fillin wae ma washed n ironed clothes. There's a suitcase being filled in the front room anaw, where aw ma T-shirts n socks keep disappearin intae. This is her gentle nudge oot the door. She wid gee me some candy n that wid be me. Bon voyage, motherfuckers.

'See that bag sittin on the floor?'

'Aye.'

'Pack it n beat it. How's that fur infinite wisdom? No that complicated, is it?'

'N go where?'

'Yi know where. Yi either go n get your woman in Paris – who's missing you like mad, by the way – or yi go it alone, somewhere else long-term. Anywhere yi like, son! Take yir pick. It's a big world oot there.'

'Aye! A'm hearin yi.'

'So which is it?'

'A dunno yit, fuck sake! It's a big decision.'

'Well yir no gettin any younger sittin there bumpin yir gums, rubber on the wine!'

A smile at Stacey n shake ma heed.

'Get it sorted, pal.'

'A wull, A wull.'

'Use your head, son. A needty go. Just remember before yi head out that door tonight, what happens tae you, happens tae your mum n me as well. We're the family that care aboot yi. It's us three against the world.'

'A know yees dae. A dae anaw.'

'Well don't break your maw's heart n come back in a box. Or put someone else's boy in one. Cos either of those options n that's Angela finished. Yi hear me?'

'Loud n fuckin clear.'

'A hope so, Azzy Williams. Yir my wee cuz n A love yi.'

'Awk same, ya dofty.'

A wait till Stacey is doon the stair n oot the door before A take another long tan ae ma bottle n light a fag. Tupac's noddin tae us again, salutin us in ma quest fur street fame, the bold yin. Secretz of war, Outlawz. Thug 4 life. He understood the troubles ae a west-coast weekend warrior like Azzy W n we're brethren ae our individual struggles fur fortune, social justice n redemption. 'Tupac, ma man! Wit's happnin, captain? Lanarkshire boys fuckin runnin it, coozan!' *No doubt, lil playa! Stay up! West coast!* 'Wit will A dae, Tupac?' A ask him, but he's just a poster again n he doesnae huv an answer fur me. Ma phone buzzes wae another withheld number. It's they fuckin Toi dafties. It's happnin noo, the Friday Feelin almost hus me. Wee Toffey is on ma mind. It isnae anyhin as noble as revenge, cos it's a mortal sin tae use his death tae justify more violence. They tanned ma maw's windae but she doesnae care cos it's only broken glass n metal venetian blinds. The phone is still ringin, piercin intae ma brain n makin us feel worse. A know if A answer, it's happnin. There's nuhin tae hold us back noo cos A'm fuckin mad-wae-it n aff ma fuckin heed. Jekyll n fuckin Hyde? Azzy fuckin Williams, ya dafty. Young Team fur life, kick tae kill n stab fur fun. Hit the green button n here we fuckin go.

'Is that Azzy?' Matty asks us.

'Yi know who it is, ya fuckin goon.'

'The infamous Toi's at yir shop waitin fur yi! Runnin yir fuckin scheme as always, wee man!'

'Only runnin you cunts dae is away, ya fuckin gypsy!'

'Come take us a square-go then – or dae you only hit burds?'

A lose ma temper n start shoutin doon the phone. 'Fuck yir fuckin burd! Think yees ir gonnae stab ma fuckin pal n git away wae it? Yir lucky A didnae stab fuck oot both yees!'

'Aye, aye, Wee Azzy. You'll be stabbin nae cunt, son. Y T fuckin B.'

A'm fuckin ragin noo. Uncontrollable.

Matty speaks again. 'So, yi comin doon tae take us a square jigg? Or dae we needty bounce up n through yir maw's fuckin door?'

'Come tae ma maw's fuckin door n yi know wit's gonnae happen.'

'How wit's gonnae happen, like, wee man? Yir a fuckin pussy. You only hit burds, Azzy. No real cunts like us. Young Toi in yir fuckin hoose. Yi better git doon here right noo or A guarantee we're comin through your maw's door the night, ya fuckin beasty wee bastard! Maybe A'll break her beak n see how you like it.'

'Come tae ma maw's door n A'll fuckin kill yi.'

A hang up before A smash ma phone aff the wall. The next tune comes on, 'Mumbai Traffic', Ashley Wallbridge, the last wan on the CD. The rain starts pishin doon outside, dark clouds takin the rest ae the sky. A'm in a frenzy noo, huntin fur suhin tae pull on top ae ma long-sleeved Rangers tap. Ma eyes settle on the holy grail ae waterproof fashion. It's git a few battle scars, just like the wearer, but no matter, cos this jakit is legendary: the Berghaus Mera Peak. A cannae think ae anyhin better tae wear as A stick ma wine bottle in the inside pocket. A fly doon the stair n run oot the door as A make the call. Aw this mad beast patter is designed tae wind us up n push us over the edge. They're aw at it, tryin tae shame us tae fight. These Toi cunts ir ma particular devil tryin tae ride n fuckin torment me, tryin tae tempt me back tae eld ways ae violence n the never-endin wheel ae life here. In the end, yi huv tae give battle.

The Philosophical Difference Between Running and Walking

A'm runnin towards the shop but A dunno wit A'm gonnae dae when A git there. A'm flyin past aw the eld monuments ae home n travellin back through space n time, losin ma current self n findin ma lost self again. A'm runnin through the woods behind ma street where we used tae sook buckets wae the boys, tinfoil n spreaded dope when we wur wee guys, sockets n grass when we wur older. Yi kin still see glass bottles lyin aboot wae the arse smashed aff them n plastic two litres wae the heed chopped aff them like Mary Queen ae Scots. We used tae jump doon tae the burn n fill them wae the stinkin water n try n no drop the bucket n splash yir face when yi took it n coughed up. They ended up brown, full ae thick oils. The polis used tae appear doon the woods, two black uniforms wae wee blue radio squares n we wid aw split intae the trees n try tae make it intae the big woods, where the Mansion is. They go on fur miles, away tae the Golfy n the Toi's scheme. If yi made it in there, yi wur sound. In these wee woods the polis wid pounce oot on yi n frogmarch yi straight doon tae yir maw's door n take yir bit-fur-a-joint aff yi or pour yir wine oot.

It breaks ma heart that the Mansion is almost gone noo. Our ain fuckin castle, destroyed fur a block ae flats, but they could-nae demolish it in yir dreams, cos sometimes A wid dream ae the place, back tae its former glory n full ae ma eld pals wae nae polis n nae rain tae hide fae. Then A wid wake up n forget that it's gone n that it's years later.

A'm emergin fae the woods n havin the traditional wee look over the wall, tae see if the coast is clear. Nae polis aboot. A'm back on the street n swaggerin doon towards the church. Many a night we sat there, oot our nuts on eckies n fuckin freezin. Yir trackies tucked intae yir socks n yir jumper tucked intae yir trackies, everywan huddled the-gither tae keep warm. If yi wur gittin chased through the cemetery, yi always ended up there, in the eld section where the mad graves wae skulls n crossbones ir. The statue ae the Grey Lady still keeps hur silent vigil in the main bit. Even though yi knew the eld urban legend wis fuckin bollocks, yi still wouldnae look hur in the eye after half seven if yi wur yirsel, nae chance.

A know A few folk in there anaw: Wee Toffey n Toni, Alice n Stevie Broon, the-gither again n forever. A heard even eld Billy the Kid finally kicked the bucket n is somewhere in there anaw. The blue Campsie hills over the back keep watch over them aw n the expanse ae floodplain that stretches as far as Lennoxtown. Those strong, silent, giant guardians that balance yir soul tae look at, as yi stand n pay yir respects tae the dead. Soon as it gits dark, the lights ae Cumbernauld light up like Times Square at Christmas, fuckin Hollywood. When yi drive the backroad tae Brackenhirst, the lights ae the city ir right in front ae yi, beyond miles ae fields n the eld railway bridge that the wind sweeps roon on summer evenings.

A'm goin the back way, doon the series ae lanes, an arterial system that carries blood vessel bams, floatin aboot wae wine n big fat bottles ae cider. We used tae stand here on Friday nights, up n doon them. This wan leads tae the Orange Hall. A'm keepin up joggin pace, past the eld garages wae spray-paint aw over them n the barbed wire fences n CCTV. The Union flag, flyin high as a reminder ae our loyal leanin. A'm doon the scheme noo, runnin past aw the eld terraced hooses, row after row lookin the same apart fae the shade ae yir roughcastin n the colour ae yir door. Ma granny used tae paint hers red n it stood oot, even if it wis flakey in the last days. There wur drops spilled on the landin that wouldnae disappear, even if yi brushed it.

A'm passin hur eld hoose. It's long since sold on noo n new life is in it, different curtains n blinds ir up, no like when she wisnae well n they wur always doon. When she hud been in the hospital fur ages the hoose stayed dark, like it wis wise tae wit wis comin n hud already begun tae mourn hur passin. Maybe it's hur garden that Danny's gran's reminded me ae, that the true source ae sorrow when she passed n it fell intae disrepair. New residents probably slabbed over the soil flowerbeds in the concrete, optin fur an easy-maintenance garden tae fit in wae their busy modern lifestyles.

Ma granny hud been proud ae hur garden, kept it nice n always turned the soil, even when she wisnae fit tae. A'm a wee boy again as A pass hur hoose, oot playin on an eld red scooter ae ma maw's n aunt's, kickin stones aboot doon the tarry, a rough car park behind the hoose wae eld wooden garages that smelled ae creosote n burnt yir nose. That's where the cowfields start n led away tae the big gas-tanks. Yi used tae hear their siren every lunchtime n that wis when yi knew ma gran wis gonnae put on a tray ae oven-chips fur yi n gee yi them in a piece wae Mother's Pride n red sauce. They're gone noo anaw. A grow back up intae a man n weep fur ma past life as the hoose passes oot ae sight. A keep joggin by n on towards the end.

A'm passin the bottom park where we aw used tae sit. There's nae park really, just a few eld broken swings n burnt crash mats. A heard they wur gonnae dae it up fur the weans tae go back doon n play, but it never happened. It wis left broken as a memorial tae those who hud destroyed it. Ironic, that noo some ae them couldnae take their own wee ones doon tae play n hud tae go doon tae the big wan at the Lochs in Drumpellier or up tae Polkemmet country park. We used tae git taken up tae Palacerigg as weans. Yi got right up tae the animals n they hud bison n a few real lynx, arctic foxes n aw sorts. They used tae huv Halloween walks wae cunts chasin yi n jumpin oot on yi n aw that. They even kidded on the wolves hud escaped wan year, got us ontae the treetop walk n then they bounced oot wae chainsaws n started them up tae scare us aw. Yi probably wouldnae be allowed that noo.

We hud practically nuhin, nae real parks, only the woods that offered a natural climbin frame n eld tree swings that git confused wae hangin stories, n whose blue ropes haunted yi in the night. Maybe Wee Toni died on a tree swing tryin wan last time tae recapture lost youth before it wis gone forever. It's easier tae think that way n in some ways it makes more sense tae me. The Mansion, somewhere ahead, waited fur us n it wis there we spent those last days of youth.

A'm nearly at the shop, the place where it aw began. The source ae our madness and first scared Friday Feelin wis the wee convenience store, next tae the hairdressers n the Chinese takeaway. There wis nuhin simple aboot the pleasures yi could purchase there cos their effects ir long and complicated, hidden fae yi at thirteen or fourteen. Ten Mayfair n a bottle ae Buckfast n a bottle ae Red Square Reloaded. That wis the first Friday Feelin, the first madness n the buzz tae go on-it. It's that path that led me here, runnin doon the lane, a last time, towards the shops.

It wis Taz who ran up after gittin done n recruited us tae back him up, eight fuckin year ago. He moved away when we wur aboot sixteen n A never seen hide nor hair ae him again. He wid be away livin somewhere else, movin on – same as the rest. It's been a long time since we hud aw ran aboot in a young team. That's fur wee guys – it's a stage, a phase ae needin tae belong. Aboot here, in Lanarkshire, Glasgow, the west n the rest ae Scotland – belongin meant yi wur in a fuckin young team wae troops fae yir area n yi got mad-wae-it n defended yir scheme. Who dae they think they ir? Standin up our fuckin area waitin fur wan ae us tae walk roon so they kin jump us. Thinkin they're fuckin nuts cos there's a motor full ae them, cardboard gangsters runnin nuhin. The Friday Feelin hus me n A'm possessed wae that eld spirit ae madness, the Buckfast n endless enmity wae our rivals, the Young Toi. Azzy the Williams, oan a mission, runnin it. Scotland's most famous son, a man ae myth n legend tae come.

'YOUNG TEAM, YA FUCKIN DAFTIES!'

The Toi wans aw turn tae see where the shout came fae. There's five ae them aw crossin the road, aboot tae fuckin dae me in. Matty, Si, JP, Allen n McVeigh. A've git ma fuckin wine bottle prime position, ready tae whack the dial aff the first yin tae bounce up n fuckin try it. A'm standin wae ma arms oot, nae chance A'm runnin. They're nearly at me n A see Matty whip a blade oot, the same camouflage serrated huntin knife he hud the last time. They're feet away noo n he's marchin towards us wae it in his hand. Five versus wan, the brave yin. 'You're fuckin gettin it fur slashin ma brother. You and yir fuckin best mate Danny,' Matty is shoutin.

They aw stop dead in their tracks but n start backin aff. Their faces ir a fuckin picture cos A hear a famous cry, *Fuckin Young*

Team! YT fuckin P! A turn tae see aw the troops, backin us up tae the fuckin hills. The full party hus emptied n they're aw here. Danny, Broonie, Finnegan, Wee Kenzie, Gunny, Briggy n the new ranks ae younger wans whose names A don't know. Ma troops ir the tap men noo – the elder wans. The wee young team ir aw here, backin us up, fulfillin their destiny tae be YT legends like us. They're followin in our footsteps, like we hud in Big Kenzie's. A'm still in the middle, troops beside us, arms wide, blue Berghaus on, bottle ae Tonic in ma paw, geein it fuckin laldi. The full YTP is here backin up eld Azzy boy in his greatest hour ae need. We're twenty strong n runnin amok, back on patrol after aw these years – THE FAMOUS YOUNG TEAM.

The Toi wans huvnae moved forward n they're aw hesitatin noo. Matty swaggers up, still wae his blade oot. 'Phffft! Look the fuckin nick ae yi, Azzy. Needin aw these wee guys tae back yi up!'

'Put yir fuckin blade doon then n take us a square-go!'

Aw the young faces ir lookin up at me wae a kind ae fuckin wonderment, pure admiration. This is the start ae that great journey fur them, the same as it wis fur us aw they year ago – but tae wit a dark place it hud led us aw, tae the very door ae our ain destruction, tae the limit ae our minds n bodies n intae this vast hopelessness. These young boys cannae be more than fourteen or fifteen. A feel complicit somehow in their future sufferings in this, our moment at the front ae the pack as elder wans n tap men, a right ae passage earned wae survival ae the streets. These wee cunts ir ma enlightenment n they return me tae maself.

'Want us tae set aboot these cunts, Azzy big man? We're wae yi, cuz!' the wee tap man says.

A turn tae aw ma boys n laugh. The young wans don't

understand, they look ready tae dae a bit, as bold n daft as we wur. Danny n Broonie ir laughin cos they git it. They huv their ain plans n noo we're the elder wans, content tae stand at the back, no longer concerned by the troubles ae the young team. A foreign species – elder wans – beyond violence n trouble, beyond drugs n drink, happy tae live our lives wae burds n holidays n work n motors. A sit ma wine bottle doon by the kerb.

'Nah, wee pal. It's finished.'

Matty overhears us n A see him throw doon his blade n start walkin up tae us. 'It's finished? Ma brur's fuckin face isnae finished so nuhin's finished, dafty!'

'A'm fuckin tellin yi, it's done.'

He puts a hand up n pushes ma face, still feart tae crack us wae the YT at ma back. A put ma hand oot fur him tae shake. 'Shake ma fuckin paw n it's finished. A'm no tryin tae start.' Matty cracks us a beauty n A ride it. Feeble as per. 'Git yir fuckin hand oot n shake ma paw, ya prick. Yi gonnae dae this forever? Grow the fuck up, man. A'm tellin yi A'm no wantin tae start. A'm sorry aboot yir brother's face.'

'N fuckin wit! *Yir fuckin sorry! Aye right!*'

'A'm tellin yi, it's fuckin done. Nae cunt is wantin trouble.'

'Fuckin Azzy Williams has shat it, finally! *Wit a fuckin pussy you ir, mate!* You used tae be a decent cunt tae. The tap fuckin man oot the younger wans!'

'Mon, boys,' A say as A leave those cunts standin n walk back up the lane towards Danny's gaff n the party wae the full YTP beside us. The Toi wans ir still shoutin suhin, but A don't turn back tae look. A put ma arm roon the wee tap man n he passes us his wine. 'Wit's yir name, wee man?'

The transformation is complete n A'm transported tae a moment eight year ago when A seen the big troops standin behind us. That's us noo n the young team is no more, we've passed through n above n beyond somewhere without realisin it. There is almost nae violence left in me – but wit is left is reserved fur the status quo, that attitude, the solidarity amid the decline. The defiant 'Don't gee a fuck.' It's that A want tae fight. Our conditionin, two hundred years ae hard labour, made us believe this shite is aw there is fur us – our lot, the drink n drugs, anaesthetic n elixir tae this social nightmare. A didnae believe that. No fur a minute. We wur aw deceived by the lure ae the Friday Feelin n aw the rest ae the great deception. We built our barriers tae a future high as mighty barricades n defended them, sometimes wae our lives. A hud been at war, but ma war wisnae against the Toi, but maself.

Airdrie Boys

A wander through the woods wan last time, up the eld fadin paths towards the Mansion. There's piles ae brown leaves under ma feet n the end ae summer is in the air. Yi kin smell the long grass that sways in the wind n soaks yir ankles as yi make yir way through. A barbed-wire fence sits at forty-five degrees n seems tae lean drunk intae the field. A huge conker tree is the sentinel that watches yi as yi start on its path. Its spikey green fruit is scattered aboot the wide trunk. Yi kin see where wee guys hud split them n acquired the prizes inside, big fat brown pearls. A never minded actually playin the game, just seein who could git the biggest wan n polish the starchy remnants ae its green body armour on yir jumper n stick it in yir pocket, after, of course, yir many boasts tae yir wee chums that yours wis the best n theirs wis shite. The weans huv aw long since run hame cos it's gittin dark. The long nights started tae retreat backwards n the darkness came in earlier around the parks, garages n eld closes once again.

The eld paths hud formed the infrastructure ae the wooded acres ae ground. It hud aw centred around a big Georgian mansion – a real wan, rather than our namesake. A hud dreamt wit this big hoose wid huv looked like. Ma gran's grandmother wis a domestic servant there, but both took its secrets tae the grave wae them. There is nae picture or memory that survives. The hoose itself is a ghost that haunts the woods. If yi look closely, there's still clues tae its existence. There's still garderers' cottages, noo modern bungalows, dotted around the edges ae the estate. Still eld stone paths almost swallowed by the convergin weeds n reed grass, which survive cos ae the burn that trickles through the far side ae the field. Bushes n trees huv claimed back a set ae great stone pillars which must huv formed a gate. Yi wouldnae even notice them noo, unless yi awready knew they wur there.

Some ae the stories survived, mind you. The oldest ae the gardeners' cottages wis always said tae be haunted. Ma maw hud spoken wae wan ae the owners, who said the rumours ae the Grey Lady ir fact, not fiction. Perhaps testament tae the fact, nobody ever stayed long in that hoose. This is the true ghost story that inspired the urban legend ae the statue in the cemetery. Ma gran hud spoken aboot the ghost n a great hoose wae kept gardens, trees n paths through the woods. Noo, yi couldnae fit two abreast on the eld camouflaged paths. Maybe when we're aw gone there wid be nae record ae the place n the woods wid huv their revenge n the natural equilibrium wid return. Maybe even the Grey Lady wid finally gee up the ghost n let the new buyers huv their peace.

A Taylor Wimpey estate replaced the great manor. Three streets ae red-brick semis n white rough-casted detached hooses. The place we know as 'the Mansion' is the only real survivin part ae that original estate – the stables n farmhoose. Then, it wid huv been just servants' quarters n a workin farm. The cobblestones, the eld barn, the farmhoose wae the arch on the left side leadin tae the room wae nae window n the stable blocks. The modern owners left in a hurry, leavin aw their sofas and the electricity and water runnin. That's another mystery ae the place. They wur likely just normal people who lived their lives here in peace, but their hasty departure fed our imaginations n urban legends fur years tae come. Maybe they'll come back wan day, the first indication that the night didnae swallow them whole.

Maws n das in the street received plannin permission letters aboot the flats being built behind the pre-existing estate. The new lords ae this mansion, our elder wans, knew that their new-found castle could only ever be a temporary sanctuary. The place hud been top secret at first. They decided tae keep it safe n hidden, knowin full well that any den that wis made in the woods wid always be found eventually n looted by rival or younger youths. Their prediction ae invaders who wid likely plunder n trash it wis bang on. As wae any other secret here, it didnae last long.

In actuality, it wis me, Danny n Addison who hud followed them towards their new hideout. We braved the darkenin woods n waited in the trees until they left, then besieged it. We broke every window n used a lead pipe tae smash a plasterboard wall tae bits. Within months everybody knew, the farmhoose wis burnt doon, every room hud been vandalised atop vandal-ism, wrecked and ravaged. Nights wae the CD player n warm shelter fae the single glazin wur over anaw. It became cold n damp seeped through it. Somecunt even pulled oot the eld fuses and smashed the electricity box n the place fell intae a perman-ent sodden darkness. We reduced our great mansion tae its bare shell, a hidden treasure turned intae a bus shelter, a mere roof over our heads fae the rain. Only when it wis destroyed did we realise the error ae our ways but then, as always, it wis too late. We wid never find another place tae hang aboot and we wur stuck in our ruined mansion, tae suffer the destruction ae our own hands.

The path clears the trees n disappears. Water fae the field hus made a small marsh wae the stone path submerged somewhere beneath. It re-emerges after aboot a hundred yards and winds up towards the courtyard. The gable end ae the first building faces me as A walk up. The roof hus fallen away and the eld slates ir covered in green moss n burd shite. A'm stopped in ma tracks as A turn right intae the courtyard. The rumours aboot developers buildin flats hus finally come tae pass. Aw that's left is the stable block n the wooden balcony inside. The grand stones which formed the hoose, the archway n the barn ir reduced tae a pile ae debris n piled up in the middle ae the courtyard. Strange, tae think we used tae sit somewhere among that rubble.

A walk over tae the only remainin section. Half ae the stables huv collapsed towards the back and the ferns huv begun tae storm the keep. Renegade weeds grow fae the slates on the top and in the puddles beneath. The eld filing cabinet still lies trampled, purposely blockin unfamiliar feet in the dark. A step over it subconsciously and peer intae the darkness. It wis still aw here, the graffiti, rubble n ash, waitin fur a broom sweep that's never comin. The metal troughs and gates hud aw been ripped oot n likely sold fur scrap. A mind that feelin when yi walked intae each walled-aff pen, where horses wid huv steamed n stamped behind, scared in case somecunt wid be lurkin behind them in the gloom, beneath the dirty sky-lit roof.

We hud been the last life tae bless the place wae presence, signs ae our temporary passin still here. AZZY W 2K4 still scrawled in red spray-paint but faded noo n almost gone. It's become a modern nest fur the local wildlife, a pot fur the foot-soldier weeds which huv begun tae reclaim it fur the woods behind. Nature always hus the last say. The woods ir dark noo n A cannae see through gaps in the trees. There's residual energy here, some unseen force like the Friday Feelin at work, pullin me backwards n makin me long fur those simpler days spent within these walls. There's nuhin left here apart fae eld ghost stories n shadows ae that past, still flickerin fur me like our fires in the woods. A make ma peace n leave, walkin back after a moment ae silent reflection.

The sun sneaks behind the hills just a wee bit earlier n the nights start tae come in around yi again, remindin yi ae the mortality ae summer. The summers ir where it's at. Even a grey place like this, in the sun, kin light up temporarily, offer some consolation fur the constant dull shades n fuckin shine. Everycunt wid go nuts, taps aff, cargos n doon the fields n the parks, lyin hazy aw day n slidin home when the long evenings drew oot n started tae retreat, bringin those warm dusks in around the trees n the troops. Those wur the best wans, the young summers, six weeks ae warm, sweet nothingness. Yi kin never git those back. Even if yir oot ae work n every day is a Saturday, it's never the same. Those days become long, drawn-oot Sundays. Yi huv tae work n tae work, yi huv tae gee up yir time. Wae nae time n a shitey job, yi live fur the weekend n yir fortnight at the fair n Christmas but yir time aff is spent worryin aboot work, so yi drink tae forget n remember the eld times. That's how the eld summers wur special n how yi never git them back. There wis suhin sacred aboot them, suhin that drove yi on apart fae boredom n occasional adventure. Suhin meaningful among the madness, even though we wasted them, squandered ours drunk n in drug-induced numbness. Try as yi might tae work oot wit that wis, or tae feel that eld magic again, yi kin never git them back n there's nae point dwellin on it cos it's done. It wis but the blink ae an eye, but we're no they wee boys fae the young team anymore.

It's the end ae August noo, two weeks after the last party wae the troops. A've been keepin a low profile. There's nuhin tae hide fae anymore really. A seen aw the Toi wans doon the street but they just looked at me n A walked past without a word. There wis a few whispers n tuts but none ae them acknowledged me as a threat. It's the way yi carry yirsel, ma heed's still up, but there's nae challenge in ma eyes, nae aggressive swagger ae ma arms. A'm just a normal cunt goin aboot his business. That doesnae make yi invincible, no by any means. A wid always huv tae watch aboot here. Yi cannae fly wae the crows then just expect tae be forgotten. It doesnae work like that, cos just when yi think yir oot the woods, on a night oot or walkin roon the corner, somebody who still wants tae be a somebody wid be there n wid remind yi ae who yi used tae be. That's how tae dae this properly – yi huv tae disappear, long enough tae be forgotten. How long is that? Possibly forever. Cos every time yi come back it wid always be the same n even if they've forgotten, you won't huv. It's too easy tae fall back intae eld routines, habits n wae eld friends. The grey depression ae the towns aboot here drives yi backwards, even if yir heed's elsewhere n yir heart belongs there. Time slips away quickly when yir waitin fur that kind ae revelation n before yi know it yir right back where yi started, dain the same things wae the same people n startin aw over again.

A cannae imagine that noo. A feel different, no the same eld Azzy. A cannae really describe the feelin cos it's new territory, uncharted lands within maself. A've git a new kind ae clarity, suhin fresh n scary. Fur the first time in years, A actually huv some kind ae progress tae fall back on, suhin tae lose – the silver thread. The last time, goin tae Newcastle hud been a step in the right direction. It didnae matter where yi left tae go, as long as yi went somewhere n did somethin. Yi huv tae ask fur forgiveness fae yir family n pals n community but yi huv tae forgive yirsel. That's fundamental tae recovery. There wis a lot ae wasted time n missed opportunities aye, but there's plenty time tae make amends. Wherever A wid end up, A won't need tae watch ma back n A kin grow n heal. Cos there's healin needin tae be done. No only fae aw that badness we hud seen n done but fae drugs n drink n aw the things that huv damaged the spirit ae a young man. Yi huv tae break free fae aw these demons n live tae the fullest yi kin. Cos if there's nae redemption n nae joy then there wis nae point fightin fur yir life in the first place. Everycunt who sees yi livin that proper life will be inspired by yi n you'll help more cunts that yi wid know. It's time tae defy this pre-Columbus notion that the world ends wae Lanarkshire, the schemes ae Glesga n the west ae Scotland, tae break free n go beyond. That's where the Azzy boy wull be. Away livin without fear n makin the most ae every opportunity that comes ma way. Sky's the limit, troops.

Ma maw seemed different these last few weeks, time seemed tae go backwards fur hur n some ae the worry in hur face relented. It's still there n always wid be as long as A'm under hur roof. She hud, n always wid, dae hur best tae provide n keep me oot ae trouble but it's down tae me noo. Ma choices ae the last month seemed tae change hur life fur the better. Maybe somewhere deep down she dares tae think this is it, that A'm on the straight n narrow fae noo on, no more gettin carried in drunk or waltzin in high on drugs. She fuckin hated that, n hur only son became a stranger before hur eyes, someone she didnae know or like fur years, but she hung on n didnae let us go. These dreams ae another life came fae hur somehow. She's the true unsung hero ae this story.

As fur the boys, everybody is dain their own thing noo. Wee Kenzie, Gunny, Briggy n aw the younger wans ir still playin the game. They're still deep in it aw, sellin drugs n livin it. The young boys ir just gittin started n the drink is sweet n the burds ir stunnin. They hud nuhin tae worry aboot fur a few years yit. As fur the elder wans, they're just gittin worse. Kenzie seemed tae fall naturally in at the head ae the pack. Status couldnae put him there before noo, so age hus. He could persuade aw the wee guys he's mental, being a dealer n a bully aw he wanted. They wid believe him but the cycle wid eventually repeat n the maddest oot ae the young troops wid smash him. His fate wid be a predictable wan n nae interest tae anycunt. He wid find a wee scheme burd n git hur up the duff n disappear intae nuhin. Folk still tried tae help cunts like Kenzie, put time n effort intae listenin tae them tell yi over n over how they're gonnae change, how next week, month, year it's gonnae be different. It's usually aw lies n even if the desire tae change is there, there's nae willpower behind it.

Broonie is on the way noo. He didnae huv the heart tae be a gangster or a ruthless cunt. Most wid have been destroyed but wee bulletproof Broonie kicked back n refused tae gee in. Cos there's suhin in him anaw, suhin that me n Danny don't huv. He hus that purest survival instinct, that steadfast knee-jerk that when things hit rock bottom n wid kill most ae us, that means he endures n survives. That's suhin special, hard formed n fought fur against his home life n his million n wan knocks tae his hard shell. Resilient, but never bitter. A hope in aw ma heart that his money n his wee burd wid take him far away fae here. Somewhere else, Elgin maybe, or further. Broonie's peace wid be more difficult tae find, further pursued n less tangible but it's oot there somewhere n he deserves it.

As fur Danny Stevenson, well, he's a different kettle ae fish. He's still talkin aboot Australia. He husnae won his own war against drink n drugs yit n until he does, he wid never be free. Every day, week n month that yir aff them adds tae the thin margin – and the likeliness yi wid stay aff them increases. Australia could be the makin ae him or the ruin. Cos if he wis tae make pals wae bams like us fae the north ae England or Ireland or Wales, wae matchin psyches n sensibilities, he may slip back tae the eld ways n the party wid come tae an end prematurely. People kin surprise yi soon as yi take them oot their element but. If yi kin bury the past n adapt n blend in wae other normal folk – rather than seekin oot clowns, who yi will inevitably meet – yi realise there's so many good people oot there n yi kin build positive relationships n huv proper friends. Yir attitude n swagger go n yi become a decent human being, capable ae interestin conversation wae anybody – wae just a twist ae Scottish charm. Yi huv tae be yir own man n yi wid find a world ae opportunity oot there. As a sound Scottish cunt yi wid generally be well received. Plus, the burds love it. It's no that shite being Scottish, Irvine.

People like Big Tam McKenzie irnae made tae run. He hud never dreamt ae another life, content tae live, work n die in Scotland. It wis true, yi could find yourself in much worse places, wae worse folk that ir a lot worse aff. Tam is proud workin class, happy tae work hard n earn his livin tae dae the best he kin fur his new wee family. That's easy tae understand n value. His own past hus made him wise tae the downfalls ae our area n A'm sure that him n Michelle wid move on somewhere, but no too far. He wid forever be the king ae the young team, Big Kenzie. The last days ae his dynasty hud come wae the birth ae his daughter but he wid live forever in the memory n legend ae these streets.

Then there's Monica Mason n Patricia Lewis. Patricia left n started afresh somewhere else, but she wis just continuin hur life here wae new faces. Patricia helped me take that first step over the door, rightly or wrongly, n fur that A'm grateful. If an opportunity comes up in life yi ought tae take it, so wit it didnae work oot. It's huvin the baws tae try that's important, both small step n giant leap. That paved the way fur this adventure. Monica Mason is hur complete opposite. She wid make a few real friends wherever she went, treat herself n others well. Hur life wid be a success cos it wis born oot ae struggle. A contented soul, far more than me, n deservin ae aw the good things in life that ir comin tae hur. Yir character is defined by the choices yi make and the life yi huv is often the result ae them. Plenty cunts wid sit aboot here n be bitter aboot the success ae plenty who deserve it. The pubs ir full ae philosophers who will tell yi over another pint that they know the way things ir aboot here, long as you're buyin.

Aw the other lassies huv faded away, almost forgotten. They didnae bother wae any this shite. A heard Amanda is engaged tae a guy fae London she met in Ibiza. She's aff doon there livin n no one hus seen hide nor hair ae hur. Big Rose hud been a cleaner n noo she works in the supermarket wae hur maw. Hur maw works on the deli counter n Big Rose in the warehoose. She drank in the local pubs n hud started livin the life ae an eld wuman too young. A heard she's goin wae a cunt aboot thirty-five n they're movin over tae Viewpark, intae a council hoose. That's literally aw A've heard aboot them. Lassies just git hitched n disappeared. Or stayed n suffered like Wee Toni. Stories like hers, part n parcel ae why A cannae accept the place, like Tam. A cannae find peace here when that kind ae thing happens so regularly. Hur story hus changed the woods fur me, once a space ae our first childhood adventures n teenage transgression, tae a darker place A barely recognise.

Someday, maybe dream ae them again – that first time we wandered doon, wae the log n the wee campfire burnin, bottles ae wine n tunes on n the great Mansion rebuilt tae its former glory n aw ae us there the-gither wae nobody missin.

The day's light hus started tae fade. A'm oot the front ae ma maw's door smokin n lookin at a big sun set slowly behind the eld red roof tiles as Big Kenzie pulls up in his eld Golf GTI tae pick me up. Ma maw's at the door noo n she's greetin n kissin me n tellin me tae be careful. A'm doon the steps, the first ae many on this great journey called life. Big Kenzie is oot the motor n grabbin ma bag aff ma back. We both gee ma maw a wee wave n she watches us go fae the doorstep.

Tam's lightin two fags n passin me wan n A'm smokin while we drive oot ae the village in silence n head ontae the M80 towards Glasgow. The tune playin is Wolfgang Gartner, 'Redline'. It's a new wan oot this year n sounds a bit space-age, but class nonetheless. Music is changing, people ir changing. The predicit-ion hus come tae pass. It's playin as we pass the Campsie hills on our right. They're lit orange towards the west as the sun goes doon, castin their dark silhouette beyond the green fields. Ma eyes ir fixed on them till they fade oot ae view. They ir ma true north, the pilot stars that wull guide me home if A git lost, blue n forever.

The signs read 'Airport' noo, wae Glasgow stretched oot behind me n the Old Kilpatrick Hills n the Campsies towards the east n home. Before A know it, we're in front ae the terminal. Big Kenzie is carryin ma bag over his shoulder n we're smokin a fag walkin up tae the main buildin. 'So, wee man, this is it!' the big yin says.

'Aye, mate.'

'Knew this day wid come.'

'Aye? A didnae.'

'A always knew, fuck sake. Yir destined fur bigger n brighter things, Azzy.'

We reach the smokin bit in front ae the buildin n smoke another customary smoke before A head in. There's a wee moment ae silence between us, both thinkin aboot our lives n how they're aboot tae change forever.

'Scary shit, int it, son?'

'Aye fuck.'

'Phffft. Bold as brass fuckin Young Team wans,' he says n winks.

Wae that, Big Kenzie shrugs it aff n stubs oot his fag wae his trainer. 'Right, ya fuckin slopin bastard. Git tae fuck, away yir fancy travels thinkin yir better than aw us.' He puts his rough paw oot n A shake it. The big man turns n swaggers across the road n disappears among the hurryin crowds. He spins back roon wae his arms fuckin wide n shouts, so that everycunt outside the terminal turns tae look n two polis start marchin towards him,

'AZZY BOY! FUCKIN YOUNG TEAM, YA BAM!'